布宁短篇小说选

[俄] 布宁 著
陈馥 译

人民文学出版社

图书在版编目（CIP）数据

布宁短篇小说选/(俄罗斯) 布宁著；陈馥译. —北京：人民文学出版社，2020
(布宁美文精选)
ISBN 978-7-02-016124-9

Ⅰ. ①布… Ⅱ. ①布…②陈… Ⅲ. ①短篇小说—小说集—俄罗斯—现代 Ⅳ. ①I512.45

中国版本图书馆 CIP 数据核字(2020)第 031907 号

责任编辑 柏 英
装帧设计 黄云香
责任印制 王重艺

出版发行 人民文学出版社
社　　址 北京市朝内大街 166 号
邮政编码 100705
网　　址 http://www.rw-cn.com

印　　刷 北京盛通印刷股份有限公司
经　　销 全国新华书店等

字　　数 165 千字
开　　本 850 毫米×1092 毫米 1/32
印　　张 9.75 插页 1
印　　数 1—5000
版　　次 2020 年 8 月北京第 1 版
印　　次 2020 年 8 月第 1 次印刷

书　　号 978-7-02-016124-9
定　　价 49.00 元

目 次

布宁与他多维的文学创作

在二十世纪俄罗斯文学的大师谱中，有一个在欧洲文坛享有“最出色的俄罗斯作家”和“当代最伟大的艺术家”美誉的作家伊凡·布宁（1870—1953）。在中国，种种原因使得这位俄罗斯第一个诺贝尔文学奖得主（1933）的名字被高尔基、肖洛霍夫、帕斯捷尔纳克、索尔仁尼琴的“日晕效应”几乎给遮蔽了。尽管他的中文译本不少，但广大中国读者对他的阅读、认知几乎是缺位的。

这是一个在诗歌、散文、小说等多个领域均有重大建树，对二十世纪俄罗斯文学产生了深远影响的作家。2020 年适逢他诞辰一百五十周年，人民文学出版社第二次全方位精选了这位经典大师的文学遗产，汇集成涵盖诗歌、散文、爱情短篇的典丽的三卷本以飨读者，实属外国文学界的一件幸事。

布宁出生在一个渐趋破败的贵族庄园之家。他从年轻时就浪迹天涯，足迹遍布欧亚非大陆。1920 年，他永远离开了俄罗斯，侨居在巴黎，直至生命的结束。漂泊的人生和丰富的阅历似乎不需要他用任何艺术手法去虚构，要做的只是不断唤醒记忆深处的人或事，复活一个内心遥远的时代。这是一个从个人记忆、从个人生命的内在体验方面想象生活、表现世界、进行心灵创造的文学家。在一个多甲子的文学记忆重构中他“以旧感怀”，不断地感悟人生、认知天地、安顿自我。一切成为过去的记忆在他的笔下，都会变得澄澈宁静、风轻云淡，很生活，很亲切，很有诗意。不过，在他喷薄欲出的人生向往里，也有故乡难回的精神困惑。

在托尔斯泰、契诃夫、高尔基名满天下，现代主义文学风靡俄罗斯文坛的十九世纪和二十世纪之交，布宁是个重要的文学存在，却又是个“无所归属”的存在。这种身份认同和价值立场被内在地转化为他文学创作的精神支撑，外显为一种清醒而睿智、自信而通达的个性气质和独立自由的书写风范。在布宁被批评界概念化地、保守地定义为现实主义作家的时候，很少有人注意到，他其实是个凌空高蹈的作家。他始终把目光投向纯真圣洁的自然，高远莫测的天空，难以割舍的乡情，景象万千的爱情与人生。这是一个具有唯美气质的文学家，其诗文表现的风物人事自然真切、诗性充溢，采用的叙事形式如同生活流一般地明晰畅达，构筑的文学意象寓意深广。

一

诗歌是布宁多样性创作中颇具活力的先导，八岁时他写下了第一首诗，三十岁之后更多写散文和小说。在十九世纪和二十世纪之交现代主义诗歌成为主流的文学大背景下，他的诗歌创作却始终遵循着普希金、莱蒙托夫、费特、丘特切夫等人的传统，从题材到题旨，从语言到表达方式，只是融入了他的现代思考，找到了属于他的与俄罗斯古典诗歌对话的方式。

布宁早年的诗就透出灼人的光芒：抒发俄罗斯的家国情怀，表达诗人对艺术殿堂深深的敬畏和应有的责任伦理。

《乡村乞丐》浸透着诗人的眼泪与叹息，是对乡村罗斯苦难的哀号，表达了“看到罗斯这般困苦，心里如何能不难受”的赤子情怀。《诗人》是向天下苍生敞开的诗人使命的表达，是坚守高洁人格的呼唤：“忧郁的艰苦的诗人，/ 你为贫困所迫的穷人，/ 你无须总想要挣断 / 自己身上赤贫的锁绳！ /……你，喜欢光明的憧憬，/ 你要热爱，你要深信！”即使“你会活活地饿死，——人们将在 / 你墓前的十字架上插满花丛！”《悼纳德松》散发着悼亡诗的悲悯，是布宁对仅活了二十五年的十九世纪诗人生命伦理的深层体认：“他的生命短促，然而高尚，/ 自幼服务于艺术的殿堂；/ 他有诗人的名加诗人的魂，/ 既非冒牌，亦非冷漠无情；/ 诗歌的强大力量 / 活跃着他的想象；/ 他的心喷涌着灵气，/燃着炽热真挚的爱！/他高贵的心深深蔑视/仇恨与熏心的利欲……”不满十八岁的少年诗人以这些朴实明晰、情感真挚的诗句，在召回象征主义诗歌走散的精神魂魄，为自己立下高远的艺术志向。

大自然是布宁诗歌的重要题材，大自然每一种色彩的细微变化都在他的关注、观察之中。他笔下的大自然如同列维坦的风景画，题材丰富，用笔洗练，情感充沛，在描绘大自然千姿百态的同时呈现抒情主体精神感受的千变万化。田野、花草、森林、河谷、夜空、星星、四季的更替永远是布宁抒怀的对象，它们不仅有着丰富、复杂的美，还有属于自己的情感温度、生命魂魄。

田野活泼泼的生命令他动容，因为它能吞没“忧郁的霞光”，见证“朦胧的夜影”，养育“神秘似幽灵”的“跳鼠”（《“田野像无边的海洋，渐渐黯淡……”》）。他咏颂野花，因为它们不仅经得起风雨吹打，还镌刻着世事百态，“诉说着过去的那些/早已被遗忘的光辉岁月”（《野花》）。秋林的愁绪在他的笔下有着别样的意境：“秋在林间吟唱，走动，无形无影……/白昼一天暗似一天……/‘让黄叶去随风翻飞，/让它们扫除昔日的愁痕！/希望、悲伤、爱情——这些陈词，/就像枯萎的树叶，不会返青！’/……我听到的是对春的责问，/话里含着愁，温软动人。”（《“森林的寂静里有着神秘的喧声……”》）“星团好似皇家徽记，/组成它们的粒粒钻石以寒光/映照夜空的岑寂”(《星团》)。在明媚的早春，“大地一天比一天年轻”，“雪在流泪”，“一片片树丛、一汪汪水/反映着那天空的蔚蓝”，“其中闪耀着……爱情和生存的欢乐”(《“二月的空气还冷还湿……”》)。

布宁的大多数风景诗不是随物赋形，简单地描摹自然，而是通过自然景致传达一种情绪，寄托一种情感，传达他对人生的认知与思考。风景诗是诗人生命体验的诗性记录。诗中表层的大自然意象群落是显性的，深层的情感脉络是隐性的。比如，人世的孤独、异域的乡愁常常会转化为一种对乡土、自然的亲近。

《“如今我再也找不到那颗星星……”》表达的是身在异乡的诗人离别与失落之痛：“如今我再也找不到那颗星星，/那黎明前在池塘闪耀的灯火，/……如今我再也回不到那度过/青春岁月的故居的村庄，/我曾在那里等待过幸福和欢乐，/还在那里谱写过最初的乐章。”在孤独、苦闷的心绪中他用诗歌聊获救赎的宽慰。在原名“冰上十四行诗”的《“在那白雪覆盖的山巅……”》中，他说：“我用钢楔刻下了诗篇。/任岁月流逝，或许至今/白雪保存着我的孤痕。/……高处的天穹是这样的蓝，/正午时分我刻诗十四行，/只为了站在山巅的人。”《“长长的小径，通向海边……”》是对海边小径的风景描写，但更是历史人文的再现和创造美的渴望：“那里有石阶列队迎浪，/

人面狮子躺卧在山巅；/……我寻求纯洁、温柔的女性，/为分享爱与幸福的青春/……回忆我的最美好的时日。/如今我爱的是创造的梦，/我又为无法实现而哀痛。/……我的梦境充满了光明，/是这人间的苦涩的美/让我重识非人间的乐趣。”脍炙人口的抒情长诗《叶落时节》写深秋五彩斑斓的森林，它有形、有色、有味、有声、有魂。整首诗虚实相生，情景交融，满纸活泼灵动,有一种空灵超越的精神意蕴。“森林宛如一座彩楼,/有浅紫，有金黄，有大红，/五色缤纷，喜气洋洋/……槭树的空隙是窗牖，/这里一扇那里一扇，/都开向清澄的高天。/……松柏的清香四处弥漫。/秋这一沉静的孀妇/如今跨进自己的华屋。/……入夜，在白色的花纹间，/会点起一盏盏的天灯。/到了万籁俱寂的时刻，/北极光就像冰冻的火/从天边升起，北斗七星——/长盾星座便大放光明。”高尔基读完长诗后称赞说：“太棒了！如同银铃撞击的声响，一股轻柔的暖流，从这本质朴、美妙的书页中淌进了心坎儿里……”

布宁的哲理诗基于他真切的生命体验和高度个人化的想象，大都有具体物象的承载，如古都、教堂、圣经、星星、文化人物等。布宁对人类生存命题的沉思并非纯粹形而上的，是生活的哲理和生命的哲学，有着明显的私人化色彩，亲切自然，毫不玄虚神秘。

《君士坦丁堡》通过对古都历史的追溯，表达诗人对“伟大游牧文化的最后营地”的追忆与感叹，是诗人对人类文化嬗变的深沉思考。《“儿时我爱教堂的黝黯……”》是布宁倡导祈祷、忏悔、拯救主题的集中反映。教堂是他自幼带去“心中的快乐和伤悲”的地方，“儿时我爱彻夜的礼拜，/听人们在一起唱念，/……忏悔自己的过失罪愆。/……每当唱诗班轻声颂赞/《静静的光》，我感动得/忘记了不安和忐忑，/心亮成一团欢乐的光……”在《夜与昼》中，诗人秉烛夜读《圣经》直至朝阳升起，感叹“万有无常——无论是悲，是喜，是歌，/惟上帝永在——在夜晚非人间的静中。/……‘放下那本古老的书、直到日落。/众鸟在歌颂永在的上帝的喜乐！’”外在的物象追随诗人内在的精神显化为诗情，生成信徒共情的世界。《“星星呀，我不倦地歌颂你们……”》是对宇宙无垠、神秘、永恒的赞美，是对人类与宇宙和谐的向往。“星星呀，或许我会理解你们，/或许我的梦想有一天会成真，/人世间的种种希望、种种悲伤/最终将汇入充满奥秘的天上！”短诗《“别吓我，我并不怕暴风雨……”》是诗人生命哲学的诗性再现：“春天风雨的轰鸣有多么欢愉！/……雷雨过后，有一片新意，/花儿在明丽的光辉中/透着更加馨逸，/显得格外富丽！/但我最怕天气阴霾：/无谓奔忙，终日劳碌，/……既没有痛苦，又无幸福，/既没有劳动，又没有斗争，/生命的源泉将会干枯……”诗歌《萨迪的遗训》只有两行：“要像棕榈一样大方。

如果不行，/ 那就像柏树一样直、朴——高尚。”这是作者对中世纪波斯诗人萨迪的敬仰，也是对人类应有的人格形态的张扬。

布宁的部分哲理诗还原了人类熟识却无法参透的爱情的苦难本质：它难以久长，常常给人带来悲哀、痛苦与孤独。“爱情只在我热切的梦里——/ 我的希望全都付予了逝水。”——这是《墓志铭》中写在坟墓上少女的诗句。“谁能挽回你们决绝的那个黄昏，/ 忧郁的眼中含着泪花？”这是《“如果你们和解，如果你们重逢——”》中诗人表达的爱情不再后的无比痛楚。《他人之妻》是对已成他人之妻的昔日恋人的思恋，一种深深的相思之苦。而具有明显自传性的《孤独》表达的是诗人在失恋后寒冷、孤寂的人生苦境，但诗中仍有对生活的一种无奈的妥协：“罢、罢！生起炉火把酒喝……/ 能买一条狗就再好不过。”

如同歌德所说，布宁的诗是“处于低处现实领域得以提升的诗”。[①]就是说，他通过写诗来实现对形而下的现实生活和人生经验的超越与提升，实现“思”与“诗”的交相辉映，从而完成对生存困境的诗意突围。他的诗对俄罗斯诗歌的影响是内在和深远的。这种影响不仅仅在于诗歌领域，还影响到了小说，赋予了后者一种浓郁的诗歌精神。纳博科夫说：“布宁的诗歌是近几十年来俄罗斯缪斯创作的最好的诗。”

① ［德］歌德：《歌德谈话录》，杨武能译，河北教育出版社，2015 年，第 474 页。

二

从二十世纪初开始，布宁开启了其重叙事、重深层思想掘进和文体形式多样性的创作之路。除了小说，他写了一系列兼具叙事、抒情、议论的散文作品。这些散文题材十分广阔，如大自然的景色、旅途的见闻、人生的记忆、民族和人类的历史文化遗产等，作品大都取材于作者的人生经历，饱含生活的质感，有着对文学审美性的守望。作品或以写景为主，或以叙事、写人为要，没有严格的形式规约，游记、观感、日记、书信、随笔、对话，各种体裁都有。作品叙事通达，思绪奔放，语言优美，结构严谨，形散神凝。

布宁的散文有两个特点：游记化和小说化。作家长期保持着一种途中行者的生存状态，他的大多数散文都是第一人称叙事的游记体散文。行走不仅体现在作品的生活现实层面，还被赋予了生存思考的哲理深度。小说化是指散文创作对小说技巧的借鉴，布宁常常将人物、情节、细节、心理描写等小说元素融进写作中。正因为如此，布宁选集和全集的俄文版编者常常将他的部分散文作品纳入小说体类中。

大自然是布宁散文的重要内容，与众不同的是，他用现代的眼光刷新了写景散文的质感。

《静》是一篇浏览日内瓦的写景散记。湖光山色令作家陶醉，但他更看重无声的“静”的意境，因为“静的福地”能让人从迷乱的现实中抽身，触发美的遐思和联想，更多地向心灵和精神世界探寻。这里有雪莱、拜伦、莫泊桑的足迹，拜伦的诗剧《曼弗雷德》中的同名主人公在痛苦的自我审视中告别生命的记忆，还有易卜生剧中的主人公对“山中的静”的感叹。人需要借鉴自然的伟力对内心进行审视，深入到广阔宁谧的天地中，人小小的内心才能与宇宙、历史和美联通。日记体散文《大水》被布宁称为“有点像莫泊桑东西的”“散文诗”，它记叙了作者从埃及塞得港去往锡兰途中的见闻和思考。作者任凭船上船下的生活散漫随意、真实无序地像水般流淌，每一个对应的景观或风物都能引发作者广阔的联想。旅行散文的抒情铺陈成为叙事人的精神寻觅之路。《割草人》是作者客居他乡时对故乡草原与俄罗斯人的久远的记忆。广袤草原的丰饶，农民的健壮、勤劳、豪放、浪漫令他终生难忘，然而令作者扼腕叹息的是，那已是“一去不复返的时日……大地母亲憔悴了，活命泉水枯竭了——上帝的宽恕到了尽头”。作品不期然地提醒着，折射生命之美的，除了当下心灵世界的真实，还有超越当下苦苦找寻的那份寥廓和悠远，俄罗斯故乡不仅仅是俄罗斯人出生、成长的地域空间，还是一个有着千年历史传承的精神文化空间，更是他们灵魂的安放地。

从更远的视野看，布宁写人的散文在人性观察和心灵呈现的丰富性上，远远超越了他所属的时代和所代表的人群，充满悲悯，它们指向更遥远的时空，指向永恒奇妙的人生。

《半夜的金星》讲述他在旅途中遇到的一个乡村驼背姑娘，身体残疾加上无人与共的孤寂造成了她巨大的生存苦难甚至赴死的念头。靠着那颗“半夜的金星。爱情星，黎明前的星”，一种对上帝的爱，她才活了下来，这是在讲爱的信仰和爱的胸襟的伟大力量。《苍蝇》是一个让人心酸的故事。双腿截肢的中年农民躺在铺板上已经两年，他不仅以“碾苍蝇为乐”，而且“这乐趣已经逐渐变成纯粹行猎的癖好”。他总是“面带微笑”，“一双眼睛明亮而又生气勃勃得使人震惊”，他以一种独特的方式创造生命的快乐和价值。“究竟是智力游戏，还是大彻大悟者的貌似呆傻呢？”是如同《马太福音》所说“虚心的人有福了”，“还是绝望产生了无所谓的心态呢？”这是作家在文末发出、需要读者自己回答的提问。《篝火》是一个暖心的故事。作者在旅途之夜偶遇围着篝火的一家四口。这些漂泊流浪的茨冈人美丽善良、真诚热情，与他们的道别“给了我一种新的感觉，使我烦恼，使我困惑，向我诉说着一种无法弥补的失落……”人生总是由千万个偶遇组成，错过并忘却其中的美好是对生活和生命的不敬。《主教》讲述的是古修道院主教尘世的最后一夜。

他召来所有的修士诵读他写下的颂诗，向他最喜爱的修士讲述他虔诚的一生，随后拄着铁杖跪在神龛前苍然离世。这个普通农民成了古老圣像画中的伟大形象。他悠然苍劲的亡灵是如钟如磬的俄罗斯灵魂的象征。作者说："只有上帝知道如何衡量俄罗斯心灵的难以言说的美。"深究之，彼时的读者和批评家之所以被这些主人公打动，是因为他们都是具有悲剧意义的精神强者，属于永恒的人类时空。《黑夜的海上》是作家与医生的对话录，明显有着作者的身影。原本是情敌的两个社会名流分手二十三年后在游船上相遇。时间流逝，女人早已离世，作家被人夺爱后的痛苦和仇恨也早已烟消云散。不过，"水天相连的地平线""显得黑暗,愁惨"。开放的结尾引发读者关于时间、人性、爱、生命这些永恒命题的思考：是时间的残酷、人性的不堪、爱的虚无，还是生命的无常？

这些充满深邃哲思的散文具有很强的情感张力。布宁总是以生活中的感觉、直觉为先，总是有意识地让认知的理性滞后，让在生活中获得的感觉的朦胧和暖意容涵一个深邃而博大的理性世界。他先让浸润在感性故事中的生动和丰饶感染你、引领读者，再让读者自己求得一种知觉中的人生本质的还原。

文化散文是布宁散文创作中的又一个亮点，独具艺术魅力。文化散文并非布宁的独创，但将它们上升到民族精神、灵魂的高度却是这位散文作家的独到之处。在他的笔下，文化不仅是题材，而且是探究俄罗斯民族性的钥匙。

《陈年旧事》可视为一篇深刻的文化隐喻。一个名叫伊万·伊万内奇的古老的俄罗斯人和一位“曾经入世很深”的老公爵同在莫斯科阿尔巴特街北极饭店下榻，前者气衰力竭、不思进取，后者无所事事却显得忙碌不堪。奇诡的是，不识好赖的前者竟莫名其妙地被后者迷住，亦步亦趋起来。作品是对曾席卷全俄的西欧主义的深刻讽刺。对于伊万来说，“其实重要的不是对什么着迷，而是渴望被迷住”，“我们总希望过一种新的生活、穿一套新的衣服、戴一顶新的帽子、做一种新的发式、在某方面向某人看齐、结识新的人、交新的朋友等等”。服膺此观念的俄罗斯难免处处碰壁，无处存身。《名气》中，一个古旧书商讲述了一个个俄罗斯假先知、假圣愚的故事。这些头顶光环的历史“名人”实际上是骗子、赌徒、无赖、泼皮、白痴、疯僧、罪犯，他们之所以在历史上屡屡得逞，就在于民族文化的“虚名崇拜”。俄罗斯文化史或许也是一部骗子和败类的崇拜史。《书》讲述的是生命世界与书本世界、现实世界与虚构世界的对立统一。前者鲜活、生动，充满了美好、快乐和幸福，但若没有文字记录下的生命的历史、崇高的轨迹，人类便难以抵达远方——一个美丽的精神高原。书信体散文《不相识的朋友》是一位女读者写给一位名作家的不求回复的十三封信。布宁隐喻式地表达了他的文学观：文学是创作主体心灵生活的一种方式，是对个人灵魂的倾诉和倾听，是克服了空间、地域、命运差异的人类共同的情感、思想的表达，是人的心灵唱出的歌。

三

较之于诗歌与散文，布宁的爱情短篇小说集《暗径集》似乎更为作者本人青睐，也赢得了读者和批评家更多的关注。布宁说："这本书讲了悲剧性的，还有许多温柔的和美好的东西，我认为，这是我写得最好的、最独特的东西。"

小说集以"暗径"为标题起码可以作两个层面的解释。第一层意思是，作家笔下的爱情常常发生在贵族庄园里幽暗的林中小径上，正如小说所援引的诗所言，在那"蔷薇花开红似火，暗径菩提处处荫"中。如《纳塔莉》《安提戈涅》《橡树庄》《大乌鸦》等。第二层意思是，爱的征途不只是甜蜜、幸福的情感大道，还是布满迷津并充满悲剧的情感"暗径"。如《暗径》《高加索》《穆莎》《鲁霞》《深夜时分》《亨利》《犹太地之春》《小教堂》《净身周一》等。爱情中什么都有，什么都可能发生。布宁说："这本书里的所有的故事都是讲爱情的，是讲爱情的'幽暗'和常常是非常阴郁与残酷的小径的。"

首先进入我们视野的，是书中的核心篇《暗径》。两个昔日的恋人，曾经的老爷和女佣，今日的将军与旅店女店主，三十年后邂逅。爱情尚未发展到婚姻便让位于各自的现实生活，两人地位不同，对生活、爱情的理解也不同。男人说：“你总不能一辈子爱我吧？”“一切都会过去，一切都能忘掉。”女人却回答：“我可是把我的美貌，我的热情都给了您。”“一切都会过去，可不是一切都能忘掉！”杯水主义是男人的催情之药，更是诛爱之刀。惩罚似乎早晚到来，将军终未逃脱妻子背叛、儿子堕落的因果之约。两人都经历了背叛，只是坚定的更坚定，卑琐的仍卑琐。

布宁是相信世间有真爱的，《暗径集》中为数不多的表现美好爱情的篇目无不是令生命饱满、丰盈的个体情爱。这种爱没有任何功利色彩，既不排除肉体的欲望，也期求情感与精神的契合。需要指出的是，在作品中这种“真爱叙事”仅仅停留在呈现层面，只作为一种爱情现象告诉人们的，无涉社会思考与价值评判。

《纳塔莉》描述的是少男少女初恋的生理冲动、心理变化及情感纠结，特别是那种一往情深的痴恋。贵族青年“我”和两位美丽姑娘的微妙情感同样清纯、美好。命运使然，纳塔莉嫁了人，可真挚的爱保留到了生命的最后一刻。而“我”一旦与一个农家女一起生活，便“根本无法想象”“爱上别人，跟别人结婚”。与“我”有了爱情结晶的农家女说：“您走吧，去快快乐乐地生活吧，不过您记住一点：要是您正经爱上了别人，打算结婚，我马上抱着他投水自尽。”这个“他”，是“在她怀里吃奶的娃娃”。真正的爱是长久的，不可能不幸的。《深夜时分》描写老年的叙事人月夜重游初恋旧地，被唤起巨大的愁绪和悼惜之情。女孩早已不在人世，但当年的石板、光华四射的星星、庄严肃穆的修道院，仍见证两人无猜无忌、绸缪缱绻的爱情。《鲁霞》中，丈夫向妻子坦陈当年做家庭教师时与姑娘鲁霞相恋，但被她母亲逐出家门。初恋来得快，去得也快，几乎转瞬即逝。二十年过去了，为人夫的他仍无法忘怀，为了不让妻子不快，他只是用她听不懂的拉丁语说了一句：“真正的爱情只有一次！”《小教堂》里，小教堂以及坟地里的亡人中，除了年长的老者，还有一个自杀的年轻的叔叔。不解的孩子们被告知说：“他爱得太深了，爱得太深的人往往自杀……”《狼》里，大车上的一对相恋的少男少女在林中遇到了狼，受惊的马在耕地狂奔，姑娘无所畏惧地夺下车夫手中的缰绳，制止了一场悲剧，却在脸上留下了一道永远的伤痕。“她后来爱过的人，不止一个，都说没有什么比这道伤痕更可爱的了，它就像一丝永恒的微笑。”

然而，爱情小说集《暗径集》中深藏的是一个斯芬克斯式的命题：爱情是人类一解再解却永难解开的谜团。正如王尔德

① ［俄］弗·索洛维约夫等：《关于厄洛斯的思索》，赵永穆、蒋中鲸译，辽宁教育出版社，1998年，第63页。

所说："爱情之谜比死亡之谜更大。"①布宁无意解题，他只是回寻——回到爱情本身的纷乱中来。诗人霍达谢维奇说："布宁观察和研究的对象不是爱情心理，而是爱情的非理性，其难以认知的本质（或其本质的不可知性）。"

《橡树庄》中，骑兵军少尉与庄园管家的老婆偷情，事发后，女人被她男人吊死，男人也被发配去了西伯利亚。《高加索》讲述"我"与一位军官妻子的私奔，追随而至的丈夫在爱的绝望中开枪自杀。《叙事诗》是女香客讲的一个故事：老公爵迷上了刚进门的儿媳妇，儿子不得已带着新娘子逃跑。老公爵骑马追逐，途中意外地被"上帝的狼"咬死。对自己的疯狂之举深感罪孽的老公爵终有所悟，临终前作了忏悔，把那只狼画在了他的坟墓旁，以警示后人。死亡似乎是作者提供给这一"爬灰"企图的最终出路，又似乎是对情欲风暴的一种临终审判。小说《美人儿》和《傻丫头》的着力点不在爱情，也不在婚姻，而是肉欲给男人和女人以及他们的孩子带来的巨大不幸。

另有一组小说讲述风流男女的奇异恋情——没深没浅的勾搭，恣肆无爱的放纵。作家采取的是道德悬置、臧否缺位的叙事立场。他要表现的是作为生活经验事实存在的两性关系的实然形态，可以看作他对黄金世纪俄罗斯文学将爱情社会化、理想化、崇高化的反拨，对俄罗斯文学爱情书写的话语重构。

《亨利》讲述的是文化男女的乱情。诗人格列博夫赴法国尼斯旅行，他年轻、帅气、精力充沛，渴望新奇，期盼艳遇。少女诗人娜佳来旅店道别，不错过片刻的欢愉；李姑娘来车站送行，不忘频频示爱；列车里还另有纤细活泼的女记者兼翻译家亨利在包房中等候。这三个漂亮时尚的年轻女人各有自己的生活、情人，哪一个也没有与他建立深入的关系，进入真正的生活，因而也无真正的情义可谈。《犹太地之春》是一个考察队员的自叙。他在耶路撒冷的耶利哥看上了当地族长的不满十八岁的侄女，利用她送羊奶酪的时候，用一个英镑的金币占有了她，最终被族长打伤，落下了终身残疾。《穆莎》与《惩罚》是作家从女性欲望角度探讨女性生命本然和情感追求的两篇小说。前者的女主人公是一个大胆、泼辣的音乐学院女生，主动向“我”示好，尽情释放她的爱，随后又很快移情别恋。后者的叙事人画家“我”遇到了一个“有爱的需要”“而从来没有真正体验过爱”的女人。她先遭丈夫抛弃，后又被同居的男人欺骗，最后在“我”这里找到了新的爱的寄托。《大乌鸦》里，身居要职的父亲强行夺走了儿子的爱。《“萨拉托夫”号》，中青年军官被情妇告知她要重归旧情人的怀抱，军官在激愤中把她开枪打死，他自己也成了囚徒，被发配去了远东。《投宿》里一个摩洛哥男人因为要对一个青春美貌的姑娘非礼，而被她的忠实的狗咬断喉管死去。

上述小说多以对话的形式展开，男女相互倾诉各自埋藏在心底的情感秘密和伤痛，在对话、倾诉、聆听中呈现情爱中人的冲动、焦虑、惶恐和无助，抚慰人心，唤醒人性，更重要的是还原和敞开爱情中被遮蔽的人的生存真相，冲破现实生活中或隐或显的话语堤坝和话语屏障。

显然，布宁的爱情小说不是凭借故事的完整性和曲折性吸引读者，而是靠寓意、靠言外之意激发读者的思考和想象的。细读小说，你会发现，爱情有时只是一层新颖而别致的窗户纸，小说真堪把玩的还是对人性的解密和探索。作家凸显的是爱情在故事之外的“文学”意义，诠释他基于文学想象的对爱情形态的各种理解。作家始终关注的东西没有变：探秘人性幽微，关怀人的生命存在，探索人的本质与多重的属性。

布宁不是一个社会批判型作家，他从不追寻时代命题的答案，从不关注光鲜亮丽的伟岸形象，只是关注自然宇宙和历史文化中的美与和谐，关注人类个体寻常生活中的感情和状态。这些人构成了人类生活“木桶”中最短的一截，是它们控制着历史进步的速度，决定着社会发展能实现的历史位移。他的诗歌、小说、散文都有一个共同的特点:清丽、本真。“清丽”是说，他讲的故事与日常生活具有一致性，抒发的情感顺畅、舒缓，语言晓畅、亮丽；“本真”是指，作品没有理性的雕琢、加工的痕迹，没有宏大叙事，不提供关于历史规律的任何信息，描写的是原生态的人性与人情，揭示的是生活的秩序和人生内在的真理。

阅读布宁的诗文一定能给中国读者带来不同于阅读其他俄罗斯作家作品的另一种感觉和快乐。

张建华

二〇二〇年三月

安通苹果

一

……我记得那晴朗的初秋。八月中旬，在圣拉弗连季节前下了几场小雨，是及时雨，好像有意为秋播下的。俗话说：“拉弗连季水不大，秋冬日子乐开花。”接着是小阳春，田野里结了许多蛛网，这也是好兆头：“小阳春，蛛丝挂，秋天果子大。”……我记得那清凉宁静的黎明……我记得逐渐干爽疏朗起来的满目金黄的大果园，我记得枫树间的一条条小径，落叶的幽香，还有安通苹果香、蜂蜜香和秋的爽气。空气多么洁净，似乎根本不存在。园子里到处是人声车声。租种园子的果贩们雇了些农民来摘苹果，要连夜运进城去——一定要在夜里运，躺在大车上仰望繁星的天空，闻着爽人的空气中一丝煤焦油味儿，听着一长串运货马车在黑暗中沿着大路小心翼翼地轧轧作响，那有多美啊！摘苹果的农民啃着一只又一只苹果，发出清脆的声音。这已经成了惯例，果贩非但不制止，反而说：

"干吧，吃个够，有什么办法！收蜜的时候人人都吃蜜。"

打破这凉爽清晨的宁静的，只有园里结满红果的花楸树丛中吃饱了的鸫鸟的咕咕低鸣，人声，以及苹果落进木斗木桶里发出的喑哑的笃笃声。在疏朗起来的园子里，看得见远处一条撒满麦秸的大路通向一个大窝棚，果贩们夏天就在那里安营扎寨。到处是苹果香味，而那里尤其浓烈。窝棚中铺了几张床，备有一支单筒猎枪，一个泛铜绿的茶炊，角落里有些杯盘。外面扔着粗席、木箱、破烂家什，还挖了一眼土灶。中午就用这土灶煮上好的猪油粥，傍晚烧茶炊，长长的青白色炊烟在园中果树间散开去。若逢节日，窝棚旁边简直就是个集市，不时有红头巾在树干间闪过。独院小地主①的活泼的女儿们穿着染料气味挺重的无袖长衫，这里一群那里一伙；"老爷家的"穿着漂亮而乡气的粗毛料盛装。年轻的女庄头有孕在身，她脸盘很大，睡眼惺忪，有一副凛然不可侵犯的神情；她的辫子盘在头顶两边，再罩上几层方巾，那头就仿佛长了两只犄角，而且十分庞大，真像丘陵地区的母牛。她穿一双钉了掌的半筒靴，稳稳地呆立在那里。她的坎肩是波里斯绒的，围裙很长，裙子用带红砖色条纹的深紫色呢料做成，裙边还镶了一圈宽金"绦带"……

① 独院小地主源于俄国历史上小有地产的下级官吏，地位等同于农民。

“管事的婆娘！”果贩摇头晃脑地说，“像她这样的如今快绝种了……”

穿白麻布衫和短裤的小男孩，露着白白的头，赤脚迈着碎步，三三两两走上前来，同时警惕地斜睨着拴在苹果树下的一只毛蓬蓬的牧羊犬。每次自然只有一个孩子买苹果，因为只花得起一个戈比[1]，或者拿一个鸡蛋来换，不过买的人很多，生意兴隆。那穿一件常礼服和一双长筒黄皮靴的有肺痨病的果贩兴高采烈。他和他“收容下来”的半疯半傻的大舌头兄弟，一面做买卖一面贫嘴说俏皮话，有的时候还“摸一摸”图拉制的手风琴。直到天黑都有许多人聚集在这里，窝棚旁边的欢声笑语不绝于耳，偶尔甚至响起舞蹈的顿足声……

入夜气温下降，露重而又寒冷。我闻足了打谷场上的新麦秸、新糠秕的黑麦香味，精神抖擞地顺着护园土堤回家去吃晚饭。傍晚冰凉的空气格外清晰地传来村里的人声或者开门关门的声音。天一黑，又有了别的气味——园中燃起篝火，樱桃树枝冒着扑鼻的香烟。夜幕下的果园深处出现一幅奇幻的图画：窝棚旁边燃着一团熊熊烈火，好像地狱的一角，周围有一些仿佛用乌木刻出的剪影在暗处活动。这些剪影在苹果树上投下巨大的游移的黑影。时而有一只几俄尺[2]长的黑手搁在整株苹果

① 戈比是俄国币值最小的硬币。

② 1 俄尺约合 0.71 米。

树上，时而有两条腿黑柱般清晰地呈现出来。忽然间，它们一齐从苹果树上滑下去，阴影卧倒在从窝棚到栅栏门的整条林间小径上……

等到村里的灯火都熄灭了，夜已深沉，如钻石般亮晶晶的北斗七星高悬在天上，我再一次跑进园里，踩着沙沙作响的干树叶，摸黑走到窝棚跟前。这块空地比别处亮些，抬头可以看到天河。

“是您吗，少爷？”不知是谁从黑暗中轻声问道。

“是我。你们还没睡吗，尼古拉？”

“我们可不能睡，少爷。夜深了吧？好像是火车来了……”

我们仔细听了许久，分辨着大地的颤动。那颤动逐渐变为轰鸣，越来越响，终于像是到了园子外边，车轮加快了敲击的节拍，一列火车隆隆地疾驰而来……渐近，渐强，渐凶……忽然弱下去，消逝了，似乎钻入地下……

“尼古拉，你们的枪呢？”

“就在木箱旁边，少爷。”

我举起那铁棍一般重的单筒猎枪放了一枪。随着一声爆炸的巨响，一股鲜红的火焰冲向天空，顷刻间使人目眩，星星也没了光辉，一串生气勃勃的回声在天边滚滚而过，远远地消逝在洁净敏感的空气中。

“嘿，真行！”果贩说，“放吧，放吧，少爷，不然要倒大霉！

堤上的‘杜力’苹果又给偷光了……”

几颗流星划破了黑暗的天空。我久久地仰望那挤满各种星座的墨蓝色深处，直到脚下的大地浮动起来。我颤抖了一下，把两手藏进袖筒里，连忙沿着林间小径跑回屋去……外面真冷，露水真重，活在世上可是真好！

二

“安通苹果大，今年年成好。”如果安通苹果长得好，乡下的日子就好过，粮食准丰收……我记得一个丰收年。

大清早，鸡刚叫，一家家农舍冒起了黑烟，打开面向凉爽的园子的窗户，园中还浮动着淡紫色的雾气，有的地方透过来耀眼的朝阳的光辉。我急不可待地命人备马，自己则跑到池塘边去洗脸。近岸柳条上的细叶几乎落尽，秃枝间呈现出碧玉色的天空。柳树下池水澄澈，可是砭人肌肤，而且看上去沉甸甸的。这水立刻赶跑了睡意。洗罢脸，在下房和雇工们一起吃罢热土豆和撒了粗盐的黑面包，舒舒服服地跨上滑溜溜的皮马鞍，经过新村去打猎。秋季教堂节日比较多，人们都穿得整整齐齐，心情也格外好，村子的面貌焕然一新。若是年成好，打谷场上金灿灿的粮食堆积如山，河上一早便有群鹅大声鸣叫，乡下的生活真不错，何况我们新村祖祖辈辈从来就是个富裕村，远近闻名。这里的老人都长寿（长寿是富裕的第一个象征），而且身材高大，毛发白如霜雪。只听见人说："阿加菲娅八十三岁才死！"

或者说：

"潘克拉特，你什么时候死啊？想必有一百岁了吧？"

"您说什么，老爷？"

"我问你多大年纪啦！"

"不知道，老爷。"

"你还记得普拉东·阿波隆内奇吧？"

"怎么不记得，老爷，记得清楚着呢。"

"我就说嘛，你顶少也有一百岁了。"

老头儿在东家老爷面前挺直身子，露出温顺而自责的笑容，似乎想说，有什么办法呢，真不该活这么久。如果不是在圣彼得节[1]吃多了葱，他大概还要活得更长久些。

他的老伴儿我也记得，经常在台阶上的一张小板凳上坐着，弓着脊背，晃着脑袋，两手抓住板凳吁吁喘气，总在想什么。村妇们说她想的"准是她的财宝"，因为她的那些大木箱里真的有好多"财宝"。她似乎听不见别人说话，哀愁地扬起眉毛，茫然望着远方，晃着脑袋，像是在奋力回想什么。这老太婆个

① 圣彼得节在旧俄历六月二十九日，公历七月十二日。

子很大，看上去不知是哪朝哪代的人。她身上的呢裙几乎可以说是上一个世纪的，麻绳鞋是死人穿的那种，脖子上的皮肤干黄干黄的，人字棉布衫雪白雪白，“简直可以就这么入殓了”。台阶旁边有一块大石板，是老太婆亲自买来给自己做墓碑的。殓布也是如此，那是一块极好的殓布，上面有天使，有十字架，四边还印着祈祷文。

新村的农家院也和它的老人相称，都是砖砌的，祖传下来的。像萨韦利、伊格纳特、德龙这样的富裕农民盖的房子，都是两三栋连成一体，因为这个村还不兴分家。这样的人家都养蜂，以有铁青色的比曲格马[①]而自豪，宅院也收拾得井井有条。打谷场边密密地种着大麻，烘谷脱粒棚顶上的麦秸铺得像梳过一样整齐，棚屋和小粮仓都安了铁门，里面存放着粗麻布、纺车、新短皮袄、有金属饰物的马具、带铜箍的木斗。大门和雪橇上都烙有十字。记得我曾经一度觉得务农是一桩极其诱人的事业。在阳光明媚的早晨，骑马穿过村子的时候，心里总会想：割草，脱粒，在打谷场的麦秸垛上睡觉，逢节日天明即起，听着从大村传来的浑厚悦耳的教堂钟声在水桶旁边洗脸，然后穿上干净的麻布衫裤、带掌的结实的长筒靴，那该有多美啊！如果再加上一位穿节日服饰的健壮美丽的妻子，一起去做午前祈祷，做完祈祷去蓄一

① 比曲格马是十八世纪俄国沃罗涅日省培育的一种能负重的高头大马。

把大胡子的丈人家吃饭，饭桌上有用木盘盛出来的热气腾腾的羊肉、细面做的面包、鲜蜂蜜、家酿啤酒，那就再满足不过了。

中等贵族的生活方式与富裕农民的生活方式在我的记忆中不久前还有许多共同点，一样的善于持家，一样的旧式农家乐。比如我姑妈安娜·格拉西莫夫娜的庄园就是如此。那里离新村约十二俄里[1]，骑马到那里往往天已经大亮。因为牵着几只猎犬，只好让马遛蹄走，何况在凉爽的大晴天，开阔的野外是那么令人惬意，也就不想赶路了。那一带地势平坦，视野开阔。天空是那么清淡，无垠，高远。阳光从一侧照耀着，雨后被大车碾过的土路上留下许多油污的车辙，像铁轨一样闪闪发光。两边是大片大片长出绿油油的嫩苗的冬麦田。一只鹰不知从什么地方冲上澄澈的天空，招展着尖尖的双翼，忽然在一个地方不动了。一根根清晰可见的电线杆朝着明朗的远方奔去，上面的电线有如银质的琴弦，直滑向明朗的天边。一些红脚隼蹲在电线上，简直就是五线谱上的黑色音符。

我不知农奴制为何物，没有亲眼见过，但是我记得，在安娜姑妈家我感觉到了它的存在。一走进院子便发现，农奴制在那里还是活生生的。姑妈的庄园不大，然而古老、坚实，有上百年的白桦树和柳树环抱着。院内有许多房屋——不高，可是

① 1俄里约合1.06公里。

实用。它们像是由发黑的橡树原木连成一体，顶上盖着麦秸。显得大一些，或者不如说长一些的，是已经发黑的下房，家奴中残剩的几个气衰力竭的老头子老婆子，貌似堂吉诃德的退休老厨子，从那里向外张望。客人刚进院门，他们就都挺直身子，然后深深地鞠躬。白发苍苍的马车夫从车棚走出来牵马，一出车棚就摘下帽子，经过院子的时候一路都不戴上。他本是姑妈的前导马驭手，如今只赶车送姑妈去做午前祈祷，冬天赶有篷有门窗的雪橇车，夏天赶结实的包铁皮的马车，就像神父坐的那种。姑妈的园子是远近闻名的不加修整，有许多夜莺、斑鸠、苹果；大宅呢，却是以其屋顶出名的。那大宅坐落在整个庄院的上首，紧靠园子，有椴树枝叶拥抱着，矮矮的，并不壮观，然而在高得不寻常、厚得也不寻常、因年深日久变得既黑又硬的麦秸顶下却显得那么坚固，根本不像百年老屋。它的正面在我看来总像有生命，犹如压在大帽子底下的一张老人的脸，睁着两只凹陷下去的眼睛，那是两扇经过日晒雨打玻璃成了贝壳色的窗户。窗户两旁都有带圆柱的老式大台阶，它们的三角楣上总是蹲着吃得饱饱的鸽子。还有数不清的麻雀阵雨般从这个屋顶洒向那个屋顶……置身于这片家园之中，这碧玉般的秋的晴空下，客人觉得舒服极了！

进屋以后，首先闻到的是苹果香，然后才是旧红木家具、干椴树花（从六月起一直摆在窗台上）的气味……所有的房间，无论是听差室还是大小客厅，都凉爽而阴暗，因为屋子四周有树木环抱，上层窗玻璃又都是彩色的，或蓝或紫。处处是一片幽静的气氛，并且一尘不染，虽然那些圈手椅、有镶嵌物的桌子、带一圈窄窄的涂金花饰的挂镜，似乎从来没有挪动过。屋里传来一阵咳嗽声，姑妈出来了。她个子不大，然而也像周围的一切，看上去很硬朗。她披一块很大的波斯披巾，挺神气，又挺和蔼。谈话总是围绕着陈年往事、遗产。而谈话一开始，待客的吃食也就跟着端出来了。先是“杜力”苹果、安通苹果、“白太太”苹果、波罗文香苹果、红黄色的甜苹果，然后是一顿美美的午餐，有熬得通红的火腿豌豆汤、填馅儿鸡、火鸡、香醋渍的鱼和肉、蜜蜜甜的劲儿大的红克瓦斯……面向果园的窗子支起来，使人振奋的凉爽的秋风吹进屋里……

三

这些年支持着地主们那日益衰败的气派的只有打猎了。

从前，像安娜姑妈家这样的庄园并不稀罕。还有那些一年不如一年却仍然大手大脚地过日子的庄园，还有大片大片的地产，有二十俄亩①左右的园子。诚然，个别这样的庄园存留至

① 1俄亩约合1.09公顷。

今，但已没了生气……没了三驾马车，没了供人骑的吉尔吉斯马，没了猎犬，没了家奴，也没了拥有这一切的主人，像我已过世的内兄阿尔谢尼·谢苗内奇那样的爱行猎的地主。

九月一过，我们的园子和打谷场就空了。这时节的天气往往骤变。风整天撕扯着树木，雨从早到晚往它们身上浇。偶尔，在傍晚时分，西边天上一线夕阳的金光会闪动着从低低的乌云间穿过来，空气清新澄澈，阳光在枝叶间炫目地照耀着，一阵风吹来，那枝叶就像有生命的网似的骚动。北边在浓重的铅灰色云层之上的稀薄的蓝天寒冷而明亮，群峰样的雪白的絮云慢慢从铅灰色的云层后面浮现出来。你站在窗前想："也许天要放晴了。"可是风并未减弱，它搅得园子不安宁，不停地揪着由下房的烟囱里冒出来的黑烟，重新聚集起一团团不祥的灰色雨云。这些雨云很低，跑得很快，像烟雾般瞬间遮住了太阳。太阳又失去了光辉，开向蓝天的窗户关上了，园子变得萧索乏味，雨又下起来……起初洒下几点，像是小心翼翼地，接着越来越密，终于变成暴风雨，天昏地暗。漫长的，使人心神不安的夜降临了……

经过这样的折腾，园子几乎光了，带着遍地湿叶像是屏声息气地顺服地立在那里。等到天再晴开，十月初那些万里无云的寒冷的日子——告别秋的节日来临，园子看上去真美啊！树上残剩的叶子要一直挂到下头几场雪。发黑的园子遮不住碧色的寒天了，它晒着太阳恭顺地等候冬的到来。新翻耕的地更是黑得醒目，冬麦已经长得绿油油的……行猎的季节到了！

我又像是置身于阿尔谢尼·谢苗内奇的庄园中，宅第很大，客厅充满阳光，香烟缭绕。人很多，大家的脸都晒黑了，吹干了，身上穿着紧腰长外衣，脚下是长筒靴。因为刚刚饱餐了一顿，个个满面红光，围绕着眼前这场猎事的热烈讨论使他们兴奋，但是他们没有忘记把剩下的伏特加酒喝光。外面响起号角声，猎犬们以各自不同的音色大声吠叫。阿尔谢尼·谢苗内奇的宝贝，一只善跑的尖嘴细腿黑毛猎犬，爬上餐桌大嚼盘子里残剩的沙司兔肉。忽然间，它惊恐地尖叫了一声，掀翻杯盘跳下餐桌，原来是拿着皮鞭和猎枪从书房来到客厅的阿尔谢尼·谢苗内奇出其不意地放了一枪。客厅里的烟雾更浓了，而阿尔谢尼·谢苗内奇却站在那里笑。

“可惜打偏了！”他挤挤眼睛说。

他长得高而清瘦，但是肩膀宽阔，身材匀称，五官像个茨冈美男子。他的目光中有一种放任不羁的神气，动作很灵活，穿一件深红色绸衫，一条天鹅绒灯笼裤，一双长筒靴。他放那一枪吓着了他的宝贝狗，也吓着了客人，而他却用他的中音嗓子故意一本正经地朗诵道：

出发，出发，骑上顿河骏马，

把响亮的号角往肩上一挎!

然后大声说：

“行了，可别误了大好时光！”

我至今还能感觉到我的年轻的胸膛怎样贪馋地深深吸着那晴朗而潮湿的一天的寒气。向晚时分我有时跟着阿尔谢尼·谢苗内奇那闹嚷嚷的一群猎手出去，被猎犬们好听的合唱刺激得兴奋不已。猎犬们冲进阔叶林，奔向“红岗”或者叫作“响岛”的一片孤林——这名称本身就能煽起猎人的欲望。骑在凶悍、强壮、敦实的吉尔吉斯马背上，拉紧缰绳，你就觉得自己与它几乎合为一体了。它喷着鼻息，想跑起来，马蹄搅得铺在地上的厚而轻的一层黑色落叶哗哗直响。任何声响在落尽树叶的潮湿而清新的林中都会隆隆地传开。远处有一只狗叫了一声，立刻便有第二只、第三只热烈地，哀求似的响应，整座树林就像是玻璃的一样，突然充满狗和人的狂呼乱叫而轰鸣起来。在这一片嘈杂声中砰地响了一枪，于是一切都“沸腾了”，而且向着远处什么地方涌去。

“盯住！”有人拼命大吼了一声。

“哈，盯住！”这叫人陶醉的念头在脑海里闪现了一下，你向你的坐骑大喝一声，便在林中脱缰似的奔突驰骋起来，只见一根根树干从眼前晃过去，马蹄溅起的泥浆糊到脸上。出了林子便看见冬麦地上趴着一群五颜六色的猎犬，再猛催座下的吉尔吉斯马去切断猎物逃窜的路，经过冬麦地、新翻耕的地、留着麦茬的地，直到钻进另一座孤林，直到那群猎犬的身影和狂吠、喘气声都消逝了，汗流浃背、紧张得发抖的你才勒住口吐泡沫、嘶嘶地喘息不已的马，大口大口地吸着林中谷地的冰凉的潮气。猎手们的呼喊声和猎犬们的吠叫声渐渐消逝在远方，你的四周如死一般岑寂。经过一番采伐的建材林呆立着，你仿佛跑进一座禁闭的宫殿。从沟壑中袭来浓重的菌类、腐叶和湿树皮的气味。这种潮气越来越重，林中也越来越冷，越来越黑……是准备夜宿的时候了。猎事结束的时候要把猎犬找齐真不容易。林中久久地回荡着那无望的凄楚的号角声，很晚还能听到人的呼喊、咒骂，狗的尖叫……最后，天黑尽了，猎手们叽叽喳喳地拥入某一位几乎不相识的独身地主的庄院，主人点上油灯和蜡烛出来迎接客人……

有的时候行猎队在这种好客的邻居家要住上好几天。一清早他们迎着寒风和湿乎乎的初雪出发到树林和野地里去，天黑才转回，人人一身泥，脸颊通红，散发着马汗、猎获的野兽的毛皮气味，接着就是开怀畅饮。在野外冷风中待了一整天以后，灯火通明而又挤满人的屋子显得格外暖和。大家敞开外衣，从这个房间踱到那个房间，胡吃胡喝，大声交换被打死的大狼给他们留下的印象——那死狼龇牙瞪眼的，伸长毛蓬蓬的尾巴躺在大客厅中央，染污了地板的狼血已经不鲜，而且凉了。你吃饱喝足以后感觉疲乏得那么舒服，那么昏昏欲睡，别人的谈话声像是从水里传过来的。给风吹坏了的脸颊开始发烧，一合上眼睛脚下的大地就浮动起来。等到走进拐角上某一间供有圣像和长明灯的古色古香的房间，上床往软和的羽绒被褥里一躺，眼前就出现猎犬的影子，像火星一样闪烁，浑身都酸痛起来，在不知不觉间随着种种影像和感觉一起堕入酣甜的梦乡，甚至忘记了这房间曾经是一位老人的祈祷室，关于这位老人还有一些从农奴制时代流传下来的阴郁的故事，他就死在这间祈祷室里，也可能就在这张床上。

如果睡过了出猎的钟点，休息尤其使人惬意。你醒了以后，久久地赖在床上。整个大宅静悄悄的。听得见管园子的雇工小心翼翼地到各个房间来生炉火，点燃的干柴哔哔剥剥作响。眼下可以在这已经入冬的安静的庄院里歇上一整天。你不慌不忙地穿衣起床，在园子里漫步一会儿，湿漉漉的叶丛中还能发现个把漏摘的既湿又凉的苹果，不知为什么特别好吃，完全不同于别的苹果。然后你去找书看，都是祖辈留下来的，有厚厚的皮封面，上等山羊皮书脊上烫了小金星。这些像教堂圣礼书一样的书籍用的是不光滑的厚纸，已经发黄，气味好闻极了！那是一种酸酸的霉味儿，古老的香水味儿……书页边上的注也写得好，是用鹅毛笔写的，字体粗大而圆润。你翻开一本，看到这样一行字："无愧于古代与近代哲学家的思想，理性与情感之精华"……不由得要读一读这本书。《贵族哲学家》，讽喻体，一百年前由某个"获得过许多勋章"的人资助出版，社会救济机关印刷所印刷，讲的是某一位贵族哲学家，"因为有时间也有能力议论人的理性能够提升到何等地步，故而一度产生在自己居住的广阔天地中绘制一幅人间蓝图的愿望"……后来你又抓到一本《伏尔泰先生的讽刺小品与哲学论文》，久久地欣赏那造作得可爱的译文："先生们！伊拉斯谟[①]曾于十六世纪写下对憨愚的颂赞；（不自然的停顿——分号）是诸君命足下在诸君面前吹捧理性……"接着你再从叶卡捷琳娜女皇时代的故纸堆转向浪漫主义时期，转向各种丛刊文库，转向感伤主义的辞藻华丽的长篇小说……钟盒里的布谷鸟跳了出来，在空寂的屋里可笑而又凄楚地报时。一种甘甜而奇怪的惆怅情绪油然而生……

瞧，《阿列克西斯的奥秘》。瞧，《维克多，或林中童子》："钟打子夜十二时！神圣的寂静替代了村民白昼的喧哗与快乐的歌声。梦展开它的黑翼覆盖我们这个半球，扇落下黑暗与幻想……幻想……往往不过是延续薄命人的痛苦！……"眼前又闪现出一些可爱的老词儿：巉岩、茂林、素娥、孤凄、异象、幻影、"厄

① 伊拉斯谟是尼德兰文艺复兴时期的人文主义者。

洛斯”[1]、玫瑰、百合、“顽童的恶作剧”[2]、素手、柳德米拉们、阿林娜们[3]……瞧，这些杂志上有茹科夫斯基、巴丘什科夫、中学生普希金的名字。于是怀着惆怅的心情忆起祖母，忆起她在古钢琴上弹的波兰舞曲，以及她怎样有气无力地诵读《叶甫盖尼·奥涅金》中的诗句。从前那种梦幻般的生活似乎就在眼前……这些容貌姣好的女子曾经生活在贵族庄园里！她们的肖像从墙上望着我，一个个都有贵族气派的漂亮的头，梳着古老的发式，长长的睫毛温顺妩媚地遮覆着神情忧郁的温柔的眸子……

四

安通苹果的香气渐渐从地主庄园中消逝。日子还不长，可是我觉得几乎过去一百年了。新村的老人们相继过世，安娜姑妈也已辞世，阿尔谢尼·谢苗内奇开枪自杀……如今是破落小地主的时代。不过这种破落小地主的生活也挺美！

我仿佛又来到乡下，是深秋时节。天空呈灰蓝色，阴沉沉的。清晨，我骑上一匹马，带着一只狗、一杆猎枪、一只号

① 厄洛斯本是罗马神话中的爱神，原文用小写、复数，意指情欲。

② 指小爱神向人心射箭。

③ 柳德米拉和阿林娜是俄国一些著名诗人和作家笔下的爱情故事中的女主人公名。

角，到野外去。风在枪筒里呜呜地叫，它强劲地迎面扑来，有时夹着雪粉。我整天在空廓的平原上游逛……黄昏时分返回庄院，又饥又冷，可是一看见新村的灯火，闻到庄院的人烟气味，心里就热乎乎的，快乐极了。记得我家里的人在这个季节喜欢“守黄昏”，不点灯坐在昏暗中闲谈。一进屋我就发现，过冬的双层窗已经安上，这更增添了祥和的冬的情调。一个雇工在听差室生炉子，我像儿时一样，在一堆散发着浓重而新鲜的冬的气息的麦秸旁蹲下来，时而盯着烈火熊熊的炉子，时而望望窗外——黄昏的朦胧正令人惆怅地消逝。然后我走到下房去，那儿灯光明亮，人很多，女仆们在砍圆白菜帮子，弯刀一闪一闪。我倾听她们弄出的细碎整齐的砍斫声和她们吟唱的那些快乐中含着忧伤的和谐的乡野歌谣……间或也会有一位小地主邻居来接我去他家住好长一段时间……小地主的生活也挺美！

小地主起得早。他先用力伸伸懒腰，接着就下床，拿廉价的黑烟丝或者干脆拿马合烟丝[①]卷一支挺粗的烟卷儿。十一月的清晨，淡淡的日光照着四壁没有任何装饰的书房，照着挂在床头的粗硬的黄狐狸皮，以及主人的穿一条灯笼裤、一件系腰带的斜领衬衫的敦实身子，镜子里映着他那张睡眼惺忪的酷似鞑靼人的脸。半明半暗的暖和的大宅里如死一般寂静。从小就

① 马合烟是俄国的一种劣等烟草。

生活在东家大宅的老厨娘还在老爷的卧室门外走廊里打鼾，然而老爷照旧扯着嘶哑的嗓子大声喊叫：

“卢凯丽娅！茶炊！”

接着他穿好长筒靴，披上紧腰长外衣，衬衫领子也不扣就往台阶上走去。锁着门的穿堂里有一股狗臭气。几只普通猎犬伸了伸懒腰，尖叫着打个哈欠，高高兴兴向他围拢来。

他用低音嗓子慢条斯理地、宽容地对它们说了一句：“一边儿去！”径自穿过园子到打谷场上去了。他深深地吸着清晨刺骨的冷空气，闻着一夜之间冻僵了、落光了叶子的草木气味。已经砍去一半树的白桦林荫道上，冻得卷了起来而且颜色变黑的落叶在他的皮靴践踏下沙沙作响。烘谷脱粒棚顶上有些寒鸦缩着头蓬着羽毛在睡觉，突现于低矮而灰暗的天幕上……真是个行猎的好天！老爷在林荫道上站住，久久地眺望秋的原野，眺望有小牛犊在其间走来走去的一片荒凉的冬麦田。两只母狗在他脚边尖声叫着，一只名叫“大嗓门儿”的公狗已经跑到园子外面的麦茬地里，在那儿跳跃着，似乎召唤人们打猎去。可是如今只剩下这些普通的猎犬，能干什么呢？猎物现在只在翻耕过的地里以及野外的荒径上出没，怕进树林，因为风一吹树叶就沙沙作响……唉，要是有善跑的尖嘴细腿猎犬就好了！

烘谷脱粒棚里开始脱粒了。脱粒机的碾子慢慢启动，发出轰隆轰隆的声音。几匹马懒洋洋地拉紧挽索，在传动杆之间不情愿地踏着它们的粪便兜圈子。赶马人坐在传动杆中央的一张小凳上跟着转，单调地吆喝着，总用鞭子抽打一匹栗色骟马，它最懒，仗着眼睛蒙上了，简直是边走边睡。

“哎，哎，姑娘们，姑娘们！”喂料人厉声喊道。他穿一件肥大的粗布衫，是个稳重的人。

姑娘们连忙清扫场地，抬着担架拿着扫帚跑来跑去。

“上帝保佑！”喂料人说着就把第一束麦子放下去试车，麦子嚓嚓地溜到碾子下面，又成扇形被卷上来。碾子的轰鸣声越来越稳定，工作也红火起来。不久，各种音响就汇成一种好听的脱粒的嗡嗡声。老爷站在门口，看着那些红头巾、黄头巾、手臂、耙子、麦秸在昏暗中晃动，一切都在脱粒机的嗡嗡声和喂料人单调的吼声、口哨声伴和下有节律地忙碌着。麦糠云雾般飞向门口，给老爷蒙了一身灰。他不时地朝田地那边望一望……快要白了，初雪即将把它们覆盖……

初雪！善跑的尖嘴细腿猎犬没了，十一月打不成猎啦。不过冬天一到，又可以带上普通猎犬去“干活”了。像从前一样，小地主们聚在一起，把仅有的一点钱喝光，整天在雪地里逛。晚上，远远地可以看见一处荒凉的田庄的厢房里有灯火在冬夜的黑暗中闪亮。这小厢房内烟雾腾腾，点着几支昏暗的脂油烛，有人调了调吉他……一个浑厚的男高音唱了起来：

白昼将尽，刮起了狂风，

长驱直入，掀开了大门，——

其他人强作开怀地以含着哀愁和绝望的豪气哇里哇啦应和着唱道：

长驱直入，掀开了大门，

铺出一条雪白的大路……

（1900）

梅 利 通

那是一个五月的明亮的黄昏，我骑马经过我们的禁伐林。马走在新生的白杨和榛树间的一条狭窄的路上。周围的一切都那么年轻、青翠，夜莺在四下里柔美而清晰地婉转歌喉，彼此呼应。太阳早就落下去了，树林还没有静下来。近处有一些斑鸠发出咕咕声，远处有一只布谷鸟叫着……五月的夜晚，觉既轻又短，不到黎明时分就已破晓，晚霞迎朝霞。

我向着护林人的小屋所在的林中空地走去。空地那边是洼地，有一个大池塘，蓄满了水。池塘周围长着百年的白桦树和橡树，上空挂着一轮素白透明的月亮。护林人梅利通正坐在池塘旁边一个树墩上，把干树枝扔到吊在土灶上端的一只铁锅下面那熊熊燃烧着的搭得很巧的柴堆上。像往常一样，他那一身打了补丁的衣裤干干净净，包脚布绑得整整齐齐。他把两个胳膊肘儿支在膝上，用双手捧着脸颊，眼睛望着火，嘴里唱着，声音轻，嗓门儿细，简直就像个女人在唱。

“梅利通，你是不是抓了不少鲫鱼？”我从马背上跳下来的时候问他。

他站起身来，摆了个立正的姿势，只有尼古拉一世时代的军人才有的那种姿势，立刻变得神情麻木，似乎竭力要藏起他那双淡绿松石色的眼睛里经常含着的忧郁。他的身材高而瘦削，两道浓眉是灰色的，与鬃毛般的颊须连在一起的口髭也是灰色的，给了他一副严厉的神情。然而那秃顶、那绿松石色的眼睛和表明他随时准备“躺到圣像下面去”[①]的干干净净的农民衣着告诉你的是，他过着一种顺应自然的隐士生活。

当铁锅里煮的土豆嗞嗞地响起来沸腾起来的时候，梅利通拿一块木片往锅里戳了两下，然后把锅从火上取下来。火苗没了，土灶里只剩一堆红炭在放光，周围散发着燃尽的橡树叶气味。等到梅利通开始剥土豆皮的时候，那扑鼻的香味使得我忍不住向他要两个土豆吃。于是在渐渐暗下来的一平如镜的池水边，在寂静和尚未消逝的春天的晚霞微光中，我们两个默默地开始吃晚饭。右边树木后面的霞光柔和而稀薄，仿佛黎明已经到来。少不更事的我天真地问他：

“梅利通，你真的受过夹鞭刑吗？”

“真的，少爷。”他简短地回答说。

“为什么事情？”

① 从前在俄国，人死了先停在家里供的圣像下面。

“当然是因为糊涂，犯规了……”

他起身走进小屋，我望着柴火的余烬，独自在外面坐了许久。他无声无息地从暗处走出来的时候，又拿来一大块黑麦面包，还有一把用旧的大草镰改作的小刀和一撮粗盐。一只活泼的小狗兴奋而友好地摇着尾巴跟着他跑出来，别看这小狗很活泼，凶起来厉害着呢。那小狗也在土灶边蹲下来，高兴地打了个哈欠，舔了舔嘴，然后盯着在面包上撒盐的梅利通的一举一动。夜莺仍旧热烈而嘹亮地唱着，温柔而又豪放。

“你完完全全是孤身一人？”我问。

“完完全全是，少爷。我娶过妻，那是很久以前的事，都记不得了。”

“孩子呢？”

“孩子也有过几个，也是到时候就让上帝召去了……”

梅利通又沉默了，像一般的老人那样不慌不忙地嚼着面包。我仔细观察他的布满皱纹的双颊的动作，还有他垂下的眼帘，一心想看透他那悲哀的沉默深处究竟隐藏着什么。他顺从而无奈地看了我一眼，我转过脸去。那个时候我才二十岁，周围的一切：树林、天空、护林人的小屋、穿堂屋顶下檩子上的干叶间那一束束野草和一把把小帚……都使我感动。梅利通的脚下是一双树皮鞋，身上是一件麻布衬衫……我想，过这种洁净、简朴、贫穷的生活是多么美妙啊！这些小帚——他是为谁采集为谁扎的呢？它们尤其使我感动，我一面起身一面说：

“梅利通，你这儿简直就是隐修院！”

他亲切而伤感地微微一笑。

“隐修院要有小教堂，少爷。”他说着扔了一些面包皮给小狗，又把铁锅里的水倒出来浇在火炭上。

湿炭发出咝咝的声音，终于熄灭。这时候，林中那朗朗的月夜立刻引人注目，月光把空地照得通明，密密的树林黑了，向后退去。小狗吃罢晚饭就值它的夜班去了，这里那里忙着警卫，不时传来它的响亮的吠声，好像林子里到处都有恶犬，闹个不停。梅利通点亮了小屋里的灯，以便为我在坐柜上铺些干草，于是压得很低的有些年头的屋顶下那两扇小窗亮起来，像两只金眼。接着他把灯拿到穿堂里。我走了进去，他又对我笑了笑，望着他的床点点头说：

“少爷就在床上睡吧。”

在靠门的那个角落里，由几段高高的白桦原木支撑着一个类似床的东西，上面也铺了干草，盖着马衣，床头垫高了。

“现在还睡什么觉，”我说，“就要天亮了。”

“快了，少爷。”梅利通不冷不热地附和说。

的确，我们只打了一个盹儿。熄了灯的黑屋子里静悄悄的，很舒适，小窗让我看见两方微绿的月夜。可是我睡不着，一点蚊子哼哼的声音也会使我清醒。我倾听小狗吠叫和夜莺歌唱，想着一些过后回忆不起来的事情，不眠之夜总是这样……梅利通也没有睡着，是跳蚤闹的。他偶尔喃喃地显然是对小狗说：

“又钻到床底下去睡，你等着吧，等我来治你！”

接着他咳嗽，叹气，低声说了一句什么话……最后我听见窗下响起他的脚步声。我探身窗外呼吸夜间清凉的空气。他没有发现我。他垂着头坐在门槛上，不慌不忙地用手掌搓着烟叶，又用女人的忧郁的嗓音唱着。

“唉，上帝呀！”他深深地叹了一口气低声说，一面摇头一面打火。他点燃烟斗以后，用一只手支撑着身子，更清楚、更动情地唱起来。

听得出他唱的是一些绿茵茵的园子，以善意的责难口吻提醒什么人别忘记“断了旧情”的地方……夜色还是那么明亮。月儿升到了中天，挂在池塘上空。偶尔有什么东西在水上一闪一闪地浮游而过，好像一条银白色的水蛇。靠近对岸的地方似乎没有水了，有的是通向地下另一重天的明亮深渊。对岸的百年老橡树和白桦此刻比白昼显得更高更挺拔。然而根朝上头朝下浸入对岸那个明亮深渊中的黑沉沉的树林更美。树林以外那远方的天空已经变得像绿玻璃一样，鹌鹑在那边野地里嗓音清亮地对歌……我闭上了眼睛。等我醒来，已是白昼。池水冒着轻烟，大滴大滴的冰冷的露珠使得空地呈灰白色，凉下来的清新的树林，似乎更加一动不动地呆立在池塘四周。接着窗口吸进潮湿的气流，池塘里的青蛙开始聒噪，穿堂里有一只大公鸡使劲扇了扇翅膀，用沙哑的低音啼叫了一声。梅利通弯着腰从池塘那边提回来满满一桶沉甸甸的、直往外溅的水，在身后的灰白色草地上留下一长串鲜绿色的印迹……

我最后一次探望梅利通是在去年冬天。记得那天阴沉沉的，有雾，树上挂满了白霜。我到车站去取邮件，返回的时候天色已晚，爬过车站院子里的雪堆，来到野地里，我决定转到禁伐林那边去。天很快就黑了。我的马浑身挂霜，鬃毛都拳曲起来，我的眼睫毛和胡子不久也都拳曲起来。起初在野地里连两步以外的东西都看不清楚，只见一片灰蒙蒙的黑暗。后来在这黑暗中渐渐有了亮光。一轮马林果色的圆球样的大月亮从黑暗中钻出来，在远处逐渐上升，一半被一片长长的淡紫色乌云切去。它在上升的过程中把这片乌云甩在了下面，颜色逐渐变成金黄，越来越亮。等我到达禁伐林，进入它投下的很大一片由光造成许多图案的阴影中，雪原和禁伐林已经被照得十分明亮，像一个童话中的王国。接着我就看见护林人的小屋里有了灯光，像一颗美妙的红星闪烁起来，在树林深处奔跑的小狗的吠叫声响彻整座敏感的、霜冻的树林。

我把马拴在小屋前一株橡树旁。从橡树上洒下烟花似的白霜。我站在那里听了听林中的深沉的寂静，然后小心翼翼地走到墙脚土台边，从被冰雪封了一半的窗户上端向屋里张望。那老头儿的与世隔绝的隐士生活，以其圣洁的严酷性，再一次震撼了我。梅利通站在灯光微弱、被烟熏黑的小屋尽里头供着的圣像前面，闭着眼睛，时而鞠躬到地，时而齐腰。看来他刚刚洗过澡，他的稀疏的头发还是湿的，已经梳理过，下巴刮得很干净，长长的白衬衫系着腰带。有时他仰起头翻着眼珠久久站立在那里……

那天晚上他还是很少说话，待我特别亲切。屋里像澡堂一样，既热又湿。我脱了皮袄，在一张长板凳上坐下来。他笔直地站在我面前不慌不忙地答话，并且总是垂着眼帘。最后我准备离开了，又像是顺便地问了一句：

“梅利通，你怎么总是这样沉闷？”

他显出吃惊的样子，不知所措地说：

“我吗？我没什么，少爷……老了嘛……”

“是不是有什么伤心事？”我看着他的眼睛又问。

“可别这么说！”他连忙说，“我守着林子……”

“我指的不是这个，”我难为情地说，“我不过问问……”

他明白了，立刻释然，并且半闭着眼睛温和地笑笑，说：

“我以为问我有没有受什么委屈。要说我不快活，现在我还有什么可快活的？罪孽深重啊，少爷。”

“你会有什么罪，梅利通！”

“人人都有罪，”他认真地说，“咱们活着就是为了忏悔自己的罪，少爷。”

“你本来就像圣徒一样活着。你一辈子都在把斋。”

他又显出吃惊的样子，甚至微微皱起了眉头。

“我吃得跟大伙儿一样，”他急速地说，“人家吃得比我还差，都不说抱怨话惹上帝发怒。”

“好，既然是这样，你多保重，再见。”我说着就穿上皮袄，站起身来，打开门。外面是月夜酷寒的空气。

气温很低，大熊星像钻石一般高悬在铺满白雪的林中空地之上。梅利通站在门口，没戴帽子，只穿着一件衬衫。

“再见了，梅利通，”我一边坐进雪橇一边说，“进屋去吧，别着凉！”

“没事，”他说，“一路顺风，少爷……”

马在光明的雪原上跑得起劲，滑铁吱吱地唱着歌，风灼着脸，把胡子和眼睫毛冻硬。我转过脸去，拉起在严寒中有一股香气的浣熊皮衣领遮挡着。

（1900—1930）

蛐蛐儿

这段不长的故事是一个叫蛐蛐儿的马具匠讲的，整个十一月份他一直和另一个叫瓦西里的马具匠在地主列梅尔家干活。

这年的十一月阴暗而又泥泞，总没上冻。列梅尔和他的年轻的妻子不久前才迁到祖上留下的这座庄园里来，大宅的门窗多半还封闭着，只有那一排圆柱下面的底层有一间房勉强可以住人。夫妻俩觉得寂寞，晚上常常到老厢房去坐坐。这里从前是账房，如今成了家禽过冬的地方，还住着两个马具匠、一个雇工、一个厨娘。

圣母进堂节[1]前夕起了暴风，夹着漫天雨雪。这间不知什么时候粉刷过的宽敞而低矮的账房暖和而又潮湿，满屋都是马合烟、煤油灯、擦线蜡、上光剂、鞣皮酸的浓重气味，碎皮子和工具、新旧马具、轭垫、毡鞯、麻线、铜质饰物一起乱扔在工作台和被踩得到处是雪泥的地板上。此外还有从旁边接出的

---

① 圣母进堂节在旧俄历十一月二十一日。

一间黑黢黢的小屋里散发出来的家禽的臭气。但是蛐蛐儿和瓦西里就在这臭气中过夜，每天拱肩缩背地坐在这儿工作约十个小时，而他们对自己的住所却总是十分满意，尤其满意的是列梅尔舍得给柴烧炉子。水汽聚合成水滴，不停地从窄狭的窗台上往下滴，湿而黏的雪花在黑糊糊的窗玻璃上闪闪发光，显得特别白。两个马具匠在聚精会神地干活。厨娘是个小个子女人，穿一件短皮袄、一双庄稼汉穿的长筒靴。一天下来她冻僵了，在火烧得很旺的炉子旁边一把磨破了面子的椅子上坐下来休息，一面烤她的脊背，一面目不转睛地看着煤油灯，倾听着时不时地摇撼着整座厢房的狂风的呼啸，还有瓦西里敲打马轭的声音，以及秃老头蛐蛐儿发出的老人和小孩才有的呼吸声——蛐蛐儿在做皮马套，用力的时候往往吐出红红的舌尖来。

那盏糊满煤油的灯搁在工作台边上，正好在两个干活的人中间，让他俩都看得见，不过瓦西里总是要用他的皮肤微黑、肌肉发达、袖子卷到胳膊肘上的强壮的手把油灯往自己那边挪一挪。这个像马来人一样的黑发男子的整个体态，他身上那些凸显于曾经是红色的、如今薄得像要朽了似的衬衣之外的肌肉，都使人感觉到他的力量和他对这力量的自信。小个子蛐蛐儿显然也在精神抖擞地干活，不过总使人觉得他是弱者，就像所有的家奴一样。他有点怕瓦西里，瓦西里却从来不怕谁。连瓦西里本人也感觉到了这一点，并且养成动辄朝蛐蛐儿吼几句的脾气，仿佛是拿他取乐，逗旁边人笑，而蛐蛐儿甚至还给他凑趣儿。

瓦西里用油迹斑斑的围裙护着的两膝夹着一个新轭垫，正往上绷一块深紫色的厚皮子。他一只手牢牢抓住皮子，用钳子将皮子紧紧绷到木头上，另一只手从紧闭的双唇间取出有铜帽的钉子，塞进事先锥好的洞眼里，然后举起锤子，啪的一下灵巧而有力地将钉子敲进去。他的大脑袋低低地弯了下去，汗湿的黑色鬈发由一圈皮带扎着。他干活紧张而有序，让人看着舒服，只有手艺高超的人才做得到。蛐蛐儿的忙碌可就是另外一回事了。他正用马鬃缝一副肉色新皮马套，同样是把马套夹在两膝和靴筒之间，有围裙护着，却缝得吃力，总要伸伸舌头，把秃顶转向灯光，才能把马鬃穿进洞眼里，不过在向四面八方拉线的时候，他也有一种熟练老工匠的气派。

瓦西里向着活计低下去的脸很宽，包在油光油亮的黄黑色皮肤下面的骨骼突起，两边嘴角上端都有几根很硬的黑胡须，神情严峻，阴郁，大有深意。而从蛐蛐儿向着他的活计低下去的脸上只看得出他愁闷，艰难。他比瓦西里足足年长一倍，个子却比瓦西里几乎小一倍。他坐着和站起来差不多高，因为他的两条腿实在太短了，脚上穿的是一双破皮靴，因为太旧变得软绵绵的。他本人也因为年纪大了走起路来腿脚不灵，弯腰驼背的，以致围裙离开身子，露出深深下陷的肚子，肚子上的腰带像幼儿的一样系得松松垮垮。他那油橄榄似的小黑眼睛也像幼儿的一样黑，脸上带有一点调皮而滑稽的神情：下颚突出，上唇瘪进去，蓄着两撇细细的八字胡，总是湿乎乎的。他把“巴林”[①]说成“巴银”，把“洛”说成“沃”，而且常常发出抽吸声，用他那冰凉的大手和食指关节擦鼻涕——他的鼻子悬垂着，鼻尖上总是有一颗亮晶晶的水珠。他身上散发着马合烟，皮革以及老年人都会有的一种刺鼻的气味。

透过狂风的呼啸，从穿堂里传来跺脚、清除靴子上的雪以及关门的声音，列梅尔和他的妻子带着一股好闻的新鲜气流走了进来，脸上湿乎乎的，头发和衣服上都沾着亮晶晶的雪粉。列梅尔的那一把深红色大胡子，两道挂在既严肃又活泼的眼睛上端的浓眉，毛茸茸的大衣的有光泽的黑卷毛羊羔皮领，也是黑卷毛羊羔皮做的帽子因为上面沾了许多亮晶晶的雪粉而显得格外漂亮，他那有孕在身的妻子的嫩生生的可爱的脸、长而柔软的睫毛、灰蓝色的眼睛、毛茸茸的头巾，也因此显得更加柔美。厨娘要把破椅子让给太太坐，太太客气地向她表示了谢意，执意要她别动，自己走到另一个屋角，小心地把那里一张凳子上的马笼头和断了的嚼环拿开，然后坐下，轻轻地打了一个哈欠，耸了耸肩膀，微微一笑，也睁大眼睛望着灯火。列梅尔点燃一支烟，在屋里来回踱步，既没有脱衣服，也没有摘帽子。像平

① 在俄语中是“老爷”之意。

常一样，老爷太太到这里来只打算待一会儿，因为两个马具匠把屋里的空气弄得太浊太热了。然而也像平常一样，他们进来了以后就忘了这回事，也不觉得气味难闻了……正是在这种情况下，蛐蛐儿叫大家意想不到地讲了他的这段故事。

瓦西里点点头向老爷太太问过好以后，又把灯挪到他那边去了，于是蛐蛐儿一面抽吸一面抹鼻涕，口齿不清地说："伙计，你真够机灵的，我年纪比你还大一点吧。"

"什么？"瓦西里故意蹙起眉头厉声说，"兴许你还想点一盏煤气灯吧？照瞎了眼可就得进收容所了。"

大家脸上都露出了笑容，连太太也笑了，虽然她不大喜欢这种玩笑。人人都以为蛐蛐儿像平常一样，又要讲点什么让他们开心了。不料这回他只摇了摇头，叹一口气，把目光投向粘满白色雪花的黝黑的窗玻璃，然后用他那青筋暴突、大指和食指关节分得很开的大手握住锥子，笨拙而费力地扎进那块肉色生皮中。厨娘发现蛐蛐儿望着窗户就说，她担心她丈夫到奇切林村去请马医会不会迷路给冻死在外面，那似乎在专心工作的蛐蛐儿突然凄切而和气地说：

"是啊，伙计，我瞎了眼……不由得我不瞎！等你活到我这岁数，也受受我这份罪吧！不过你活不到！不知为什么，我自来就这么虚弱，可一直活着，要是有个目标，我兴许还能活这么久。伙计，只要活着有意思，我真乐意活下去，不答应死。

你到底有多壮，咱不知道。还嫩嘛，没经受过考验……”

瓦西里仔细看了他一眼，老爷、太太、厨娘也都仔细看了他一眼，奇怪他今天说话的调子不同寻常。在刹那的静默中，风声显得格外的响。瓦西里认真地问他：

“你胡说些什么呀？”

“我吗？”蛐蛐儿抬起头来说，“我不是胡说，伙计。我这是想起我儿子来了。你听说过他有多壮了吧？兴许比你还强，可我经受住的他没经受住。”

“他好像是冻死的，对吗？”老爷问。

“我认得他，听说不是蛐蛐儿的儿子，不像爹，不像娘，倒像过路的少年郎。”瓦西里一点也不避讳地说，就像人们当着一个孩子的面说这个孩子。

“这是另外一码事，”蛐蛐儿同样憨厚地说，“这都可能，不过他对我不比对亲爹差，但愿你的孩子也像这样对你，再说我也不追究他是不是我的儿子，是不是我的骨血……说不定人人的血都一样呢！关键是他对我来说比十个亲生儿子还宝贵。您，老爷，您，夫人（蛐蛐儿这样呼唤的时候依次向老爷和太太转过脸去，而且在呼唤夫人的时候语气特别亲切），您二位听听这到底是怎么一回事儿，他是怎么给冻死的。我背着他走了一宿啊！”

“是不是暴风雪特别厉害？”厨娘问。

“根本不是，”蛐蛐儿说，“是雾。”

“怎么会是雾？”太太问，“雾能让人冻死吗？您又为什么要背着他走呢？”

蛐蛐儿的脸上露出温和的笑容。

“嘿！”蛐蛐儿说，“夫人，您怎么也想不出那雾能把人折腾成什么样儿。我背他是因为我太疼他了，一心只想着不让他那个……不让他死。这事儿，”蛐蛐儿既不是向瓦西里，也不是向老爷，而是向太太一个人口齿不清地讲开了，“这事儿就出在圣尼古拉节①前一天……”

“很久以前吗？”老爷问。

“五六年前。”瓦西里替蛐蛐儿回答说，他一边卷烟一边认真地听着。

蛐蛐儿用老人的严厉目光瞥了瓦西里一眼，说：

“给我留一口烟。”

接着他往下讲道：“夫人，当时我们在奥格涅夫卡的萨维奇老爷家干活。我儿子总跟我在一块儿，从来没离开过我。我们一块儿干活，在一个村子里租了一间房，他娘过世以后我们爷儿俩就像两个好搭档。圣尼古拉节要到了，我们寻思得回家

① 冬季圣尼古拉节在旧俄历十二月六日（公历十二月十九日），是圣徒尼古拉的忌辰。春季圣尼古拉节在旧俄历五月九日（公历五月二十二日），纪念圣徒尼古拉的遗骨迁移。

收拾收拾，不然，说句良心话，家都快塌完了。我们准备晚上动身，没想到天黑前刮起了那么刺骨的寒风，还下雾，连草场那边的村子都看不见了，那地方本来就特别荒。我们在自个儿藏身的澡堂子里磨蹭了一阵，整理工具，黑黢黢的什么也找不着，老爷手紧，连个蜡烛头你也捞不着。我们觉着有点儿晚了，您信不信吧，我突然心里难过得要命，我就说：'亲爱的搭档马克西姆·伊利奇，咱们等明天早上再走怎么样？'"

"您的名字是伊利亚[①]？"太太问，她忽然想起她至今还不知道蛐蛐儿叫什么名字。

"是伊利亚，夫人。"蛐蛐儿温和地说，并且抽吸了一下，擦了擦鼻涕，"我的名字是伊利亚，姓卡皮通诺夫。不过我儿子也叫我蛐蛐儿，总跟我开玩笑，说粗话，不比这位能人瓦西里差。那天，当然啦，他也开玩笑，冲我嚷嚷：'什么？你再说！'他拿棉帽往我头上一扣，直扣到耳朵上，自个儿也戴上帽子，拉紧皮带。他可是个美男子，夫人，这是真话！接着他拿起一根棍子，二话不说大步走到台阶上去了。我跟着他……我看见雾那个大呀，天也黑下来，东家的园子全给霜盖了，就跟戴上好多瓦灰色帽子似的，昏天黑地的像有乌云在雾里飘。可是没办法，我不想得罪年轻人，就没吭声。我们走过一片又一片草

① 蛐蛐儿的儿子叫马克西姆·伊利奇，"伊利奇"的意思是伊利亚之子，所以蛐蛐儿的名字是伊利亚。

地，上了一个小坡，回头一望，东家大宅的窗户都看不清了。我扭过脸去避风——那风一下子吹得我憋了气，黑糊糊的云雾直扑上来，像是有人对你哈气，我觉得再走两步身子骨就要给冻透了，我们俩的靴子都只有一层光皮，身上的紧腰长外衣也是不花钱凑合做的。我又说：'折回去吧，马克西姆，别逞强！'他寻思了一会儿……可是年轻人的事儿，夫人，想必您也知道，能不逞强吗？他又往前走了。我们进了村子，这儿的风当然小点，家家都点上了灯，虽说不亮，总是有人住的地方，他嘟哝说：'瞧见了？冷什么？走起路来暖和多了，只不过开头觉得特冷……别落下，别落下，不然我就来赶着你走……'暖和什么呀，夫人，村里所有的拉水车都结了霜，所有的柳条都给压弯到地上，家家的屋顶都看不见了……当然啦，有人住着，可是灯火反倒衬得雾更大了，我的眼睫毛都挂了霜，沉甸甸的，跟好马一样，对过儿东家大宅的窗户连影儿都没了……反正一句话，真是个凶多吉少的吓人的黑夜……"

瓦西里蹙起眉头，从鼻孔里喷出两股烟来，接着把烟头递给蛐蛐儿，打断了他的话，说：

"像你这么讲，到基督再来也完不了。讲快点。"

瓦西里熟练地把夹在两膝间的马轭翻转过来，打算继续干活。蛐蛐儿用他那烤黄了的指尖接过烟头，使劲吸了一口，神情哀伤地沉思了片刻，仿佛在倾听自己的幼儿般的呼吸声和墙外的风声。然后他怯生生地说：

“好吧，依你，我就讲短点。我刚才想说的是，我们没走几步就迷了路。夫人，”这时候蛐蛐儿看了太太一眼，捕捉到太太的同情的目光，忽然更加尖锐地感觉到了他早已习惯的痛楚，也增强了讲下去的信心，“我们迷了路。刚出村就掉进黑糊糊的冰天雪地里，走了差不多一俄里就分不清东南西北了。前面是个大坡，有一大片草地，一条条旱沟直通村子，沟上面总是有路的，我们就去探路，总觉着没走错，其实我们顺着不知道什么人朝比比科夫沟走的脚印偏到左边去了，倒霉的是后来连脚印也看丢了，冲着风雪瞎走。这种事儿，夫人，谁不知道？谁没走迷过？谁都走迷过，我想说的是我这一宿受了多大的罪！我真害怕啊！我们转了两三个钟头，使出了浑身的劲儿，已经上气不接下气，人也冻僵了，站在那儿傻了眼，发现我们彻底完了，我吓得手脚火烧火燎地刺痛，谁不惜命啊！不过我怎么也没想到后来会出那样的事儿，上帝会那样惩罚我！我当然以为先死的是我，我能有多大精神您也看得出，可是我还行，我站着，他倒坐下了，我一见他……”

最后这句话蛐蛐儿是轻轻喊出来的，他看看已经在哭泣的厨娘，忽然使劲眨起眼来，扭曲了眉毛、嘴唇、颤抖的下颚，连忙找他的烟荷包。瓦西里生气地把自己的烟荷包塞给了他。他用颤抖的双手卷烟的时候，泪珠直往烟丝里滴。等到他再接着讲下去，那语气已经不同，从容而坚定，并且提高了调门：

“亲爱的夫人，我们那边有一位伊利英老爷对我们这号人，对我们这些家奴凶得很，全省没有比他更凶的老爷了，他也冻死了，在城外发现的，躺在雪橇车里，浑身盖满了雪花，早就硬了，满嘴都是冰，身边蹲着他的宝贝赛特猎狗，还活着，披着浣熊皮皮袄直打颤，就是说那恶棍把身上的皮袄脱下来给狗盖上，他自个儿冻死了，他的车夫也冻死了，三匹马倒在车辕上，都死了……我这儿可不是什么狗的事儿，是我的亲生儿子，我的宝贝搭档啊！夫人！我能脱什么给他？这件衣服吗？这衣服的岁数跟我的一般大，他身上那件比这两件还暖和……再说当时有皮袄也不管用！我就是把贴身衬衫脱下来也救不了他，怎么呼天喊地也叫不来一个人！不一会儿他比我还害怕，这下我们完了。我们把脚印看丢了以后他就急了。他先是喊啊，叫啊，牙齿碰得嗒嗒响，大声喘气，风带着寒气钻进我们肚子里，后来他就发狂了。我冲他喊：‘等等，看在基督分上，咱们坐下来想想！……’他不吭声。我拉着他的袖子又喊……他总不吭声！要么是什么都不明白了，要么是什么都听不见。天黑得呀，手脚全不听使唤了，脸也僵了，嘴巴跟没了一样，只有下巴颏儿还露着，什么也弄不明白，什么都看不见！风在耳朵眼儿里叫唤，吹着黑雾往前跑，他一个劲儿瞎转，根本不听我的。我使劲走，吞着雾气，雪下得齐腰深……我正想，可别把他给丢了……突然，我们踩塌了，滚了下去，陷在雪坑里憋了气……我觉得我们像是坐在沟里。我们俩都没吭一声，就这么待了一会儿，喘了喘气，他突然说：‘爹，这是哪儿？是比比科夫沟吧？好，坐着，坐着，咱们歇口气。等爬出去以后就往回走。现在我全明白了。你别怕，别怕，我一定把你带回去。’他的声音很怪，硬邦邦的，不像平常人说话…… 这下我才明白我们没活路了。我们爬出去以后接着走，又走糊涂了……我们在雪地里又转了差不多两个钟头，进了一片橡树林，一碰到橡树我们就明白了，我们是在离奥格涅夫卡差不多有十俄里远的大草原上。他突然往地上一坐，说：‘蛐蛐儿，永别了。’我说：‘等等！怎么永别了？马克西姆，醒醒吧！……’没用，他坐下去以后就没声音了……”

“说来话长啊，夫人！”蛐蛐儿皱起眉头，忽然又响亮地说，“这下我连害怕也不知道了。他一坐下去我就明白了，心想现在不是我死的时候！我去亲他的手，求他，说再坚持一会儿吧，别坐着，别睡着，那可是要命的，咱们好好走到家，你靠在我身上！得，他干脆躺下了！在那种情况下我也会送命，可是我不能……我死不得……等他咽了气，一点儿声音也没有了，身子死沉死沉的，成了冰坨子，我就背起他这个壮汉，拼了命往前走。我心想，不行，哪怕要背他的尸体走一百宿我也不把自个儿交给死神！我使劲走，雪那么深，背上的冰坨子压得我直喘气，他头上的帽子早掉了，那冰凉的脑袋就耷拉在我肩膀上，蹭着我的耳朵，吓得我的头发都竖了起来。我一边使劲走一边喊：‘不行，我不干，现在不是我死的时候！’我心想，夫人，”蛐蛐儿说到这里声音忽然低下去，并且哭了起来，同时用袖子——挑选靠近肩头的稍微干净一点的地方——擦眼泪，“我心想……等我把他背进村……他身上的冰兴许能化了，我再把他搓热……”

过了好久，蛐蛐儿总算平静下来，两只红红的眼睛一动不动地盯着前方。等到太太和厨娘擦干了泪水，松了一口气以后，瓦西里严肃地说：

“我多余叫你讲短点。你讲得好。我真没想到你还能这么利索。”

“本来嘛，”蛐蛐儿也严肃而朴实地说，“伙计，就是讲一宿也讲不完。”

“他那个时候有多大？”老爷问，并且瞟了妻子一眼，生怕伤感对有孕在身的妻子不利，而他妻子已经擦干了泪水，正静静地微笑着。

“二十五岁，老爷。”蛐蛐儿回答说。

“再没有别的孩子了？”太太怯生生地问。

“没了，夫人……”

“我有整整七个呢，”瓦西里皱起眉头说，“房子一点儿小，孩子一大群。有孩子也没什么好。看来咱们是死得越早越好啊。”

蛐蛐儿想了想。

“这可不是咱们能明白的事儿。”蛐蛐儿更加朴实，更加严肃，更加伤感地说，而且重新拿起了锥子，“他要是不冻死，伙计，我就是活到一百岁也没有哪个死神能把我抓去。”

老爷和太太交换了一下眼色，一面扣衣服一面站起身来，不过他俩还站在那里听了好久，听蛐蛐儿怎样回答厨娘的问话。厨娘问蛐蛐儿有没有把他儿子背进村，最后到底怎么样了。蛐蛐儿说没有背进村，只背到铁路上，在那儿绊了一跤就倒下了。他的两只手两只脚都冻伤了，人也完全失去了知觉。天亮的时候刮起了搅雪风，到处一片白，他坐在草原上看着雪花盖在他儿子的尸体上，塞进他的稀稀拉拉的胡子里和白白的耳朵里。是一列从巴拉绍夫来的货车上的列车员把他父子二人抬上了车。

“真是怪事，”蛐蛐儿讲完了以后厨娘说，“我不明白，碰上这么吓人的风雪你怎么倒没冻死？”

“没工夫死啊，大嫂。”蛐蛐儿心不在焉地说，他正在工作台上的一堆碎皮子当中找什么东西。

（1911）

最后一次幽会

一

秋天的一个月夜，潮湿而寒冷，安德烈·斯特列什涅夫命雇工备好马。

月光青烟似的射进幽暗的单马栏那狭长的小窗里来，把骟马的一只眼睛照得像宝石一样。雇工给这坐骑戴上笼头和高高的沉重的哥萨克鞍鞯，把它从马厩里牵了出去，又把它的尾鬃挽成一个结。这马已经被驯服，在感觉到给它系上肚带的时候，也只鼓起两肋深深地叹一口气。有一根肚带脱开了，雇工好不容易把它重新塞进带扣中，用牙拉紧。

尾巴短了一截，又配着鞍鞯，骟马看上去挺帅。雇工把它牵到上房台阶下面，拴在一个朽坏的木桩上，就走开了。骟马久久地站在那里，用发黄的牙齿撕啃木桩，时而鼓鼓肚子，由内脏中就发出诉苦号泣的声音。它身边地上的积水有些发绿，映着天上不圆的月亮。稀薄的雾气笼罩着萧索的花园。

安德烈拿着一根短柄长鞭出现在台阶上。他的鼻梁拱起，小脑袋向后仰着，身子干瘦，肩膀宽阔。他穿一件褐色紧腰长外衣，细腰间系一根有银饰物的皮带，头上戴着红顶哥萨克皮帽，显得颀长而灵敏。不过在月光下也看得出，他的脸已饱经风雨，而且憔悴，拳曲的硬胡子花白了，脖子上露出条条青筋，长筒靴穿旧了，外衣衣襟上留有一些早已干透的野兔的血渍。

台阶旁一扇黑黝黝的窗户上的通风窗打开了，有个人畏怯地问：

“安德留沙，你上哪儿去？”

“我不是小孩子了，妈妈。”安德烈皱着眉头说，同时拉起了缰绳。

通风窗关上了，但是通往穿堂的一扇门砰的响了一声，帕维尔·斯特列什涅夫趿拉着鞋走出来。他有些虚胖，眼皮肿胀，灰白的头发向后梳去，身上只穿着内衣和一件旧夹大衣，照例喝得有几分醉意，话也就多了。

“上哪儿去，安德烈？”他声音嘶哑地问，“请向薇拉·阿列克谢耶夫娜转致我真诚的问候。我一向都很敬重她。”

“你能敬重谁？”安德烈说，“干吗总管闲事？”

“罪过，罪过！”帕维尔说，“少年纵马去践约！”

安德烈咬咬牙，准备上马。他的脚刚刚碰到马镫，那骟马立刻抖擞精神，笨重地打起转儿来。安德烈看好时机，敏捷地登上去，稳稳地落在吱吱作响的鞍架上。骟马仰起头，一脚踏碎了积水中的月亮，迈开溜蹄，神气十足地上路了。

二

在月下露重的田间，地界上的艾蒿呈灰白色。猫头鹰展开宽阔的翅膀，突然从地界上无声地飞起来，把马儿惊得一面喷鼻一面躲闪。道路伸向一片小树林，它满披着清辉和露水，冷冷的，失却了生意。月华如练，水洗过一般，照着光秃秃的树梢，那些落尽叶子的树枝融汇在这一片湿漉漉的幽光里，难分彼此。空气中有杨树树皮的苦味，河谷中的腐叶味……该下坡往河谷中走了，河谷仿佛无底，上面罩着一层薄薄的水汽。骟马在满披着晶莹露珠的灌木林中穿行，也呼出白色的水汽。枯枝在马蹄下噼啪作响，从对面坡上那黑糊糊的高大树林中传来了回声……忽然间，骟马警惕地竖起了耳朵。河谷中被月光照亮的水雾里站着两只肩宽、颈粗、腿细的狼。它们看见安德烈走上前来，立刻落荒而逃，穿过因霜冻呈白色、在月下闪着悦目的光辉的草地，笨拙地向坡上急蹿。

“要是她多留一天呢？”安德烈仰望着月亮说。

月亮此刻正俯视着右边那一大片银白色雾气笼罩下的荒漠似的草场……秋的愁绪，秋的美！

骟马经过深谷中那条被溪水冲毁的道路，吱吱地晃着背上的鞍架，憋足气力，呻吟着向坡上那片高大稠密的树林登上去，却突然驻足，几乎栽倒在地。安德烈气歪了脸，狠狠地在骟马头上抽了一鞭子。

“该死的畜生！”他向着整个回声很大的树林气急败坏地吼道。

树林那边是空空的田地。在斜坡上发黑的荞麦地间有一座简陋的庄园，几间杂用房伴着以麦秸盖顶的正房。这一切在月光下显得多么凄凉啊！安德烈停住马。四下里悄无声息，夜像是很深了。他进了院子。正房没有灯光。安德烈扔了缰绳，跳下鞍架。骟马就乖乖地低下头站在那里。一只老猎狗把头搁在前爪上蜷伏在台阶上。它没有动，只扬起眉毛看了安德烈一眼，又用尾巴敲了敲地面表示欢迎。安德烈走进穿堂，闻到一股从储藏室散发出来的陈年茅厕臭气。外室半明半暗，沾满寒露的窗玻璃在月光下闪着金色的光辉。一个身材不高的女人穿一件薄薄的浅色家常便服从漆黑的走廊里无声地跑出来。安德烈弯下身去。她立刻用两只裸露的胳膊紧紧地搂住他那枯瘦的脖子，把头贴在他的粗硬的呢外衣上，快乐地轻声啜泣起来。可以听见她的心像孩子的一样狂跳着，感觉得到她胸前挂着一个十字架，是纯金的，祖母的，也是仅剩的一件值钱的东西。

“你明天才走吧？”她急匆匆地低声问，“是不是？我真不敢相信我能有这样的福气！”

“薇拉，我先去把马安顿好。”安德烈一面从她的怀抱中脱开身子一面说，“明天走，明天走。”他嘴里这样说，心里却在想，“上帝呀，一天比一天狂热！她吸烟吸得那么厉害，又那么不能节制自己的感情！”

薇拉脸上的皮肤原本细腻，搽了脂粉更添几分光滑。她先小心地用她的面颊抚弄他的嘴唇，然后才用她柔软的双唇去热烈地吻他的嘴。金十字架在她袒露的胸前闪光。她穿一件极精致的睡衣，也是唯一的一件，她一直珍藏着，在最重要的时刻才穿。

“我早就坚信，”安德烈尽力回忆着她年轻时候的样子想道，“我十五年前就坚信，我会毫不犹豫地用十五年光阴换一次和她的幽会！”

三

黎明前，床边地板上点着一支蜡烛。穿着灯笼裤和解开的斜领衬衫的安德烈仰面躺着，他伸长身子，把鼻梁拱起的小脸自尊地转向暗处，两只手枕在头下。薇拉把胳膊肘支在膝盖上，坐在他身边，一双水汪汪的眼睛哭得红红的，眼皮肿了起来。她一面吸烟一面呆呆地看着地板。她的一条腿架在另一条腿上，那穿着昂贵的便鞋的小巧的脚是她自己非常欣赏的。不过此刻她内心的痛苦实在太大了。

“我为你牺牲了一切。”她低声说，两片嘴唇又颤抖起来。

她的声音里包含着那么多的柔情和孩子气的悲伤！可是安德烈却睁开眼睛冷冷地问她：

“你牺牲了什么？”

“一切，一切。首先是名誉，青春……”

“天晓得我们现在有多年轻。”

“你真笨，真木！”她亲昵地说。

“天下的女人都这么说。这是你们爱说的话，只不过说起来腔调不一样。开头欢天喜地地惊呼：‘你真聪明，真善解人意！’后来又说：‘你真笨，真木！’”

她似乎没有理会，低声啜泣着说下去：

“虽然我什么事也没做成……但是我一直酷爱音乐，本来至少可以……”

“唉，你爱的不是音乐。帕达尔斯基刚刚……”

“胡说，安德留沙……现在我不过是女子中学的一名可怜的钢琴伴奏，而且在那么个地方！在一个最可恶的，我向来讨厌的城市里！就是现在我也未必找不到一个男人能给我舒适的生活、家庭，并且爱我敬我。只是一想起我们的爱情……”

安德烈点燃了一支烟，慢慢地，一字一字地回答说：

“薇拉，我们这些贵族的子孙不会普普通通地去爱。这是我们致命的弱点。是我，而不是你，害了我自己。十五六年前我天天到这儿来，情愿睡在你门口。我那时候还是个孩子，是个头脑容易发热的多情的小傻瓜……”

烟头上的火灭了，他把烟头远远地扔了出去，任那只手垂下来，两眼望着天花板。

“先人们的爱情，他们那些装在贴金边的蓝底椭圆相框里的肖像……我们这些古老世家的护佑者古里、西门、阿维夫的圣像……不都是为了传给你我吗？我那个时候正写诗，有这么一首：

我恋着你，也追思着先人——他们
百年前也曾在此幻想，恋爱；
夜间我常常来到这片废园，
在他们仰望过的星空下徘徊。”

安德烈看了薇拉一眼，语气严厉起来：

“你为什么离开我，而且跟什么人走了？他和你出身一样吗？”

安德烈支起半个身子恨恨地凝视着薇拉那枯干的黑发说：

“我一想到你就心花怒放，仰慕不已，只把你看作我的妻子。

可是命运什么时候才让我们结合到一起了？你成了我的什么人？是妻子吗？而我曾经那么年轻，快乐，纯洁，双颊黑里透红，穿着细麻纱斜领衬衫……我每天到你家来，看你的衣裙——也是细麻纱的，轻飘飘的，充满青春气息；看你的裸露的双臂——给太阳晒得几乎呈黑色，也有血统的原因；你那双亮晶晶的鞑靼人的眼睛，是一双看不见我的眼睛！看你乌黑的秀发中插着的一朵黄玫瑰，脸上挂着像是少见多怪，但却十分动人的傻笑；甚至看你撇下我沿着花园小径跑了，心里想着别人，却装出是去拣槌球的样子；听你母亲在阳台上说那些气人的话。这对于我……"

"都怪她，不怪我。"薇拉好不容易说出这句话来。

"不对！你还记得你第一次去莫斯科的情景吗？你一面收拾东西一面心不在焉地唱着，满脑子幻想，以为幸福已经在握，眼睛里根本没有我。在那个晴朗而颇有寒意的黄昏，我骑马为你们送行。草木青翠欲滴，收割过的庄稼地和敞开的车窗上的窗帘是玫瑰色的……唉！"安德烈噙着眼泪气恼地倒在枕头上，"你手上的马鞭草气味也留在了我的手上，虽然我手上还有缰绳、马鞍、马汗的气味，但是我总能闻出你那马鞭草的气味，在昏暗中沿着大路骑马回家，不停地哭着……如果说有人牺牲了一切，牺牲了自己的一生，那么这个人就是我，一个老酒鬼！"

安德烈感觉到温热的咸咸的泪水顺着脸颊和髭须流下来，

流到嘴唇上，他就下了床，走到屋外去。

月亮沉下去了。稀薄的雾气还停留在坡地下面，泛着毫无生气的青色。血红的朝霞在天边冉冉上升。远处那清冷的黑糊糊的树林中传来护林人小屋里的鸡鸣声。

安德烈只穿着一双短袜坐在门前台阶上，感觉到阴冷的潮气透过薄薄的衬衫砭着他的肌肤。

"当然，后来我们交换了角色。"他厌恶地轻声说，"现在什么都无所谓了。完了……"

四

早上他俩在冷冰冰的外室里喝茶，茶炊就摆在一个大木箱上，没有擦洗，长了绿霉，早已失去了光泽。玻璃窗上的水气冷汗似的从上面往下淌。透过窗户依稀可以看到这有霜冻的清晨的阳光，还有一株节节疤疤的树，它长在所剩无几而且已经褪色的草丛间。一个睡得脸庞浮肿的棕红头发的女仆赤脚走进来说：

"米特里来了。"

"叫他等一下。"安德烈说，连眼睛也没有抬起来。

薇拉也没有抬起眼睛。她的脸在一夜之间消瘦了，眼圈儿发黑。她身上的黑衣裙使她显得更加年轻漂亮，在黑头发的衬托下脸上的脂粉色泽也更鲜艳了。安德烈那张干巴巴、硬邦邦的脸却像死人的一样，向后仰着，一个大喉结突起在既硬又鬈的花白胡子下面。

刚升起在地平线上的太阳放射着刺目的光芒。台阶上铺满了白霜。这盐一般的白霜也撒在了小草，以及随便扔在院子里的灰绿色圆白菜叶子上。一个长了一双铅灰色眼睛的农民把一辆塞满麦秸的大车停在阶前，麦秸上也挂了霜。他叼着烟斗，正围着大车转，把麦秸压实，一缕青烟就从他的肩头上向后飘去。薇拉穿着一件贵重、轻软、但是早已不时兴的旧皮大衣，戴一顶缀有铁锈色绢花的宽边黑草帽，走到台阶上来。

安德烈经过湿漉漉的村道把薇拉送到大路上去。他骑马走在大车后面。骟马总用嘴去逮车上的麦秸，安德烈用鞭子抽骟马的脸，每抽一下骟马都要仰起头艰难地从肚子里发出一阵嘶声。他们缓步向前走去，一路默然。那只老猎狗由庄园里出来，紧跟在安德烈身后。升起在地平线上的太阳晒得暖烘烘的，天空柔和而晴朗。

到了大路旁，那赶车的农民忽然说：

“小姐，明年夏天我再打发我那小子上您这儿来。我又叫他来给您当小牧工了。”

薇拉羞涩地笑着回过头来。安德烈摘下帽子，从马鞍上弯下身去，握住薇拉的手，给了她一个长长的吻。她吻了吻他的花白的鬓角，轻声说：

“保重，亲爱的。别记仇。”

上了大路，那农民就让他的马跑起来，大车发出轰隆轰隆的响声。安德烈拨转马头向收了庄稼的地里走去。老猎狗远远地跟着为安德烈送行，它的身影在金黄色的田地上清晰可见。安德烈不止一次停下来挥动鞭子赶它，它不止一次停下来蹲着，似乎在问：“叫我上哪儿去啊？”安德烈一迈步，它又不慌不忙地小跑着跟上来。安德烈心里想着远方的火车站、闪闪发光的铁轨、南去的列车喷出的黑烟……

他往下走，来到光秃秃的，有些地方石头很多的草场，气温已经升高了。秋天的晴空湛蓝湛蓝的，悄无声息。这深深的岑寂笼罩着空空的田地与河谷，笼罩着整个辽阔的俄罗斯草原。空中飘浮着蓟和枯萎的牛蒡草的絮绒。牛蒡草上有几只金翅雀，它们要在那里待上一整天，只偶尔飞过来飞过去，就这样过着它们的宁静、美好、幸福的生活。

（1912）

末　日

一切都结束了，卖掉的牲口已经牵走，马车、马具、家具也脱了手，牲畜院、棚屋、粮仓、马厩的门全敞着，到处空空荡荡，显得开阔，院子里简直可以踢球。

新庄主——商人罗斯托夫采夫通知说，他四月二十日晚上到。沃耶伊科夫决定在同一天下午三点钟离开。家眷呢，早在十二日就给他打发进城了。

雇工只剩下两个，当过兵的彼得和萨什卡。他俩躺在空厨房里的长板凳上吸烟，议论着倾家荡产的东家老爷，时而大笑，时而叹息。老爷呢，像城里人那样穿一身咖啡色西装，戴一顶有黄帽圈的枪骑兵制帽，一手拄根拐杖，一手拿个方凳，在大宅里转来转去。光秃秃的四壁之间有多亮堂啊！他每打开一道房门都要站到凳子上去，从上到下撕去沾满蝇屎并且已经脱离开墙面的壁纸。大块大块粘着石灰和干糨糊的壁纸随着撕裂声纷纷落地。拐角上那间大屋里的壁纸是蓝色夹金的，已经褪色，上面留下许多椭圆形和四方形的黑印子——从前这里总是挂满了银版相片和古色古香的小型版画，一个角落里供着圣像。这间屋的壁纸撕不下来。柔和的阳光透过四扇大窗户的昏暗褪色的薄玻璃射进来。沃耶伊科夫想起自己在这里度过的童年，抡起拐杖朝一扇扇窗户砸过去……碎玻璃片哗啦啦撒落在朽坏的窗台和镶着八角形图案的干裂的黄色镶木地板上。春天的和风从窗户的破洞里钻进来，窗外的灰色丁香花丛也看得见了。

沃耶伊科夫在凳子上坐下来，他要想清楚最后还有什么该做的事情。

他摘下帽子，耷拉着大脑袋端坐良久。他的头发按旧时式样斜分开，从右向左梳，蓄着鬓角。他把那些曾经在这所大宅、这座庄园里生活过并且故去的先辈想了一遍又一遍，几乎记起了为沃耶伊科夫家打猎争过光的所有尖嘴细腿猎犬的名字……如今它们的后代只有六只还活着，由于饥饿和衰老瘦得不成样子……不消说，它们也活不长了……不过不能给格里什卡·罗斯托夫采夫留下！沃耶伊科夫抬起阴沉的皮肤微黑的脸，那上面刻满了含有怒意的皱纹，蓄着染成墨绿色的唇髭。此时他的乌黑的眼睛射出严厉的光芒。

他戴上帽子，拄着拐杖，走到台阶上，隔着院子朝厨房那边喊了一声。身躯细长的彼得立刻出现在门口。

“狗呢？”沃耶伊科夫问。

彼得到穿堂、院子、花园……各处查看了一遍，回说：

“好像都在家呢。”

“那好极了，”沃耶伊科夫果断地大声说，“统统给我勒死。一只赏你们二十五戈比。”

于是他咬着熏黑了的贵重烟嘴儿，点燃了一支短而粗的卷烟，坐在台阶上吸起烟来。彼得走进厨房，赶紧把老爷的决定告诉萨什卡，叫萨什卡又惊又喜，然后他从长板凳下面找出一根绳子，再次走到门外，心里盘算着：先勒死哪一只呢？

三只花狗躺在院子中间晒太阳，两只白的在棚屋一侧的阴凉处。剩下的一只正从云杉林那边跑过来，踏着泛出淡红色的春天的土地，经过园中的大林荫道。大林荫道上的树木和园中刚开花的苹果树都还没长叶子。六只狗都老了，这只浅黄身子黑耳朵的母狗也老了，它那四条干瘦的腿上长着长长的枯毛。彼得拍拍自己的膝头，吹了一声口哨。母狗就摇着毛茸茸的尾巴，穿过院子，径直奔到他身边来，舔了舔他的手。彼得把绳子套在母狗的脖子上，牵着它经过院子向花园跑去，脚下的皮靴一路咯吱咯吱地响。生性快活的短腿萨什卡抄起被遗忘在穿堂角落里的一把铁铲，跟着彼得跑去。

那母狗起初还高高兴兴地走，到了花园门口突然站住，再也不肯往前迈一步。它尖声叫着蹦起来，又在地上打滚。跟在后面跑的萨什卡拣起一根开叉的草绿色苹果树枝，在母狗枯瘦的脊背上抽了几下，树枝就带上了些老狗毛。彼得用肩头拉着绳子，像要扑倒似的向前跑。母狗乱窜乱蹦，拼命往后缩，千方百计想把它的头从绳圈中挣脱出来。躺在院子里睡觉的几只猎犬惊醒了，一齐跑过来撵这只母狗。

沃耶伊科夫跳下台阶，大吼一声 ："赶开！"

萨什卡用铁铲赶开猎犬。母狗发狂似的啃那根绳子，牙床上见血了，原来是它咬伤了自己的舌头。彼得在刺槐树丛间的小径上放慢了脚步，因为母狗突然身子一软，不再挣扎，越发显得瘦弱，竟至摇晃起来，磕绊着两只后脚，拖着尾巴。彼得把绳子往一株长在两条小径交叉口上而且已经开始枯萎的大枫树的粗枝上一搭，连忙转身用右肩往下猛拉绳头。于是母狗给吊了起来，它痉挛地缩起前脚爪，竭力想在枫树下边被刨松的泥土上定住身子，但是四脚悬空，挨不着地了。它吐出紫红色的舌头，怪模怪样地露出珊瑚色的牙床，反映在它那黯淡下去的葡萄色眼睛里的日光逐渐熄灭。

"这下子你住嘴吧，别嚷嚷了。"彼得说起笑话来总是阴阳怪气的。

萨什卡一面用女人腔唱着，一面在已经发芽的树丛中挖坑。花园深处的一些老树上，有许多白嘴鸦在聒噪。四面八方都传来椋鸟的歌声，一只喜鹊喳喳地叫着，太阳晒着树根周围的积叶。萨什卡兴致勃勃，一脚一脚稳稳当当蹬在明晃晃的铁铲上，毫不费力地把铁铲插进松软的青色泥土中，一条条肥胖的酱紫色蚯蚓给切成了两截。安德烈，一个衣着整洁的青年农民，从村子里来到这一时无主的园子里放马。他走上前笑着问：

“干吗吊死？”

“按上头的命令呗，”彼得说，肩头仍旧拉着绳子，“举行告别仪式。东家让统统弄死，好叫别人捞不着。”

“他心疼吧？”

“是你也会心疼！你倒找着个好地方放马啦！小心点，新东家今天晚上就到。你甭想上他这儿来放马。”

“不等天黑我就牵走。”安德烈说。

他拿一根棍子垫在母狗屁股底下往上抬了抬，母狗苏醒过来，把肚子一吸，叫了一声。他接着心不在焉地说：

“前不久我也勒死了一只小狗。不知是谁家的，跟上了我。我养了它一两个星期，它连叫都不叫一声……我想来想去，最后干脆把它勒死了。”

“狗算个啥，连人，有名望的人，还没少给吊死呢。”彼得说。

“这么说你见过？”

“我哪儿见得着！不让看，连亲友都不让看。是当兵的告诉我的。他们摸黑搭好绞架，天一亮就带犯人，刽子手拿个袋子往犯人头上一罩，就把他吊在橡皮绳子上了。大夫走过来看一看，宣布是死是活……坟坑就在绞架底下。”

“不装棺材，就这么扔着？”

“你寻思该装玻璃棺材吧？”

“这样就没有一个建筑师找得着他啦。”萨什卡在树丛中笑着说。

彼得扔下绳子，母狗掉下来，一屁股坐在地上。接着彼得就吸起烟来。

“这绞架用过了还得往别处挪吧？”安德烈问。

“该往哪儿挪就往哪儿挪。”

“干吗要吊死他们？”

“明摆着不是为好事。还不是为异端邪说，为犯上，为抢劫。别闹事，别偷窃……”

“那刽子手他也关饷吗？”

“当然。还有好吃好穿呢。”

“你瞧着吧，也有他嗝屁的日子。”安德烈说了句俏皮话，走到他的马跟前去，那马正在老樱桃林里把干树枝弄得噼啪乱响。

“可不是。”彼得说完大声问萨什卡，“挖好了吗？”

接着彼得就把母狗连同灰白的、枯黄的、干的、湿的树叶一股脑儿拖向新挖的土坑。萨什卡把土坑填满以后，用脚去踩实，潮湿的泥土经他的靴子一踩，呼出气来。

“好啦，永垂不朽。”萨什卡说，“你发你的臭去，我们过我们的日子。”

萨什卡扛起铁铲，跟在彼得后面向大宅走去。彼得背着绳子在院子里站住，招呼一只名叫契尔克斯的鬣毛斑白的大公狗。

“鲍里斯·鲍里瑟奇①，一只已经处置了，埋了。”萨什卡笑嘻嘻地朝着依然坐在台阶上的沃耶伊科夫喊道。

“嚎什么，蠢猪！”沃耶伊科夫对他呵斥道，“埋它干什么？谁叫你们埋来着？统统给我吊在云杉林的云杉树上，听见没有？”

“是。”萨什卡应答了一声，赶紧去帮彼得的忙。他压低嗓门对彼得喊道，“嘿，快点！”

下午三点以前，所有的狗都已处置完毕。在四月柔媚和煦的阳光下打盹儿的宁静无声的老庄园完全空了。两个疲惫不堪然而兴高采烈的雇工在大林荫道上边走边算他们该领多少赏钱。

“不错，干得漂亮。”彼得阴阳怪气地笑道，“一个半卢布呢。咱们可得美美地吃一顿丧酒。”

沃耶伊科夫摘下帽子站在台阶旁，一面画十字一面向大宅鞠躬。

“永别了！”他严肃地说，然后向走上前来的两个雇工转过他那刚毅阴沉的脸，问了一句：“完了？”

① 沃耶伊科夫是姓，这是他的名字和父称。

“完了。”两个雇工摘下帽子齐声回答说。

“拿着。”

萨什卡接过钱，吻了吻东家老爷那戴一只磨细了的订婚戒指的皮肤微黑的手。沃耶伊科夫拥抱了他，并且吻了吻他的嘴唇，脸上的表情毫无变化。沃耶伊科夫又对彼得点了点头，他的眼睛在一瞬间变了样，浑浊起来。可是他戴上帽子以后，更加严厉更加果断地说：

“现在你们可以走了。我没叫米龙来接我。我要自己走到他那儿去，从他那儿坐车上火车站。倒不是因为坐大车不体面，只不过……我不想……”

于是他头也不回地走向庄园大门。

萨什卡跑到小酒铺去，掌柜的用一柄生锈的斧子在门槛上给他剁下一块湿淋淋的腌猪肉。彼得在酒铺外面庄园附近的牧场上等他。然后他俩就坐在春天嫩绿的细草上吃起来，吃了很久。玫瑰色的黄昏渐渐来临。空气转凉，潮湿的花园深处几株老树上的白嘴鸦的聒噪声更加响亮了。一轮不大的明月已经爬上光秃秃的树梢。太阳在一片洁净的金光中正向河对岸下沉。这座沉寂得怪异的庄园的了无生气的大宅门户洞开，一块块玻璃反射出橙色的光焰。

罗斯托夫采夫带着管事乘轻便跑车来得很迟，全村的人都已入睡。当他的马大步走进原先属于沃耶伊科夫家的大院的时候，静寂中几乎可以听见车轮上的螺丝发出的轻微的响声。他在台阶旁边停下车，把缰绳递给坐在他后面的管事，吃力地爬下来。管事把车赶到棚屋前去卸。身穿直襟厚呢袍，头戴暖和的深筒便帽的罗斯托夫采夫，伸伸两只久坐得麻木的腿，向大宅走去。在跨过门槛进入那些洒满朦胧月光的房间之前，他摘下帽子，恭恭敬敬地向大宅鞠了一躬。遍地都是撕下来的壁纸。他一间房挨一间房地巡视一遍，以主人的眼光仔细检查每一个角落，用靴子踢开窸窣作响的纸片，一边摇头一边十分心疼地叹息道：

"咳，这个无赖！咳，这个蛮子！"

昏暗中，大宅里的房间似乎是无穷无尽的。多少年来，这里过着对于罗斯托夫采夫一族来说是神秘莫测、不可企及的特殊的生活，如今只剩下个破败不堪的空架子，待在里面叫人胆寒。罗斯托夫采夫拱着脊背，皱着眉头，转身走了出去。他心急如焚，恨不得一下子把如今已经归他所有的一切查看一遍，于是走进园子，看了看苹果树开的花——今年他对这片果树寄予很大的期望。然而在微微泛红的月光下，连罗斯托夫采夫的一双锐利的眼睛也无法将略带粉红色的小白花跟光裸的树枝和花蕾区别开来。他站在那里嗅了几下，希望能闻到花香，但是花香很淡，倒是冰凉潮湿的泥土和鲜嫩的小草散发着强烈的气味。在深沉的静谧中，一只夜莺正用低音调试它的嗓子，满园都是它那清晰的、小心翼翼的啼声。夜是温馨的，月色很好，微微有点雾气。站在园子里可以望出去很远。等到罗斯托夫采夫转过身去面对着云杉林，他突然觉得帽子底下的头发似乎竖了起来：在高大茂密的云杉林那黑黢黢的浓荫里立着五个长长的青白色鬼影。他吓糊涂了，竟走上前去……然而立即回转身来，更加心疼地叹息道：

“咳，这个无赖！咳，这个蛮子！”

他走到院子中央，故意放大嗓门对着整个庄院说：“我本来想在大宅里过夜，见他妈的鬼，那儿阴森森的，不像个样子。这老浑蛋把什么都剥得精光，连狗都吊死了……咱们到下房去吧，好在咱们不是乡绅。”

“那值不了多少钱。”管事笑嘻嘻地大声说着走到他跟前。“别的不提，从狗身上还能捞一点……”接着管事又摘下帽子对他说：“恭喜乔迁！”

“得了，得了！”罗斯托夫采夫故意生气地说，“咱们睡觉去……”

他们朝厨房走去，在挂满露珠的草地上投下两个黑影。进了厨房，他们在窗前月光下一条长板凳上坐下来，吃了些灌肠和白面包，不时地拉几句话，然后把呢袍卷起来当枕头，两人头对头躺在长板凳上。明天他们要早早起身接城里来的运货马车，开始收拾屋子。

急不可待的罗斯托夫采夫觉得这一夜似乎盼不到头了。他时时醒来，看到淡红色的月光总停留在他的靴筒上，心里真烦。每当他昏昏睡去的时候，他总是心惊肉跳地看到眼前出现一片稠密的暗绿色云杉林，像一堵墙，上面影影绰绰吊着几只狗。他翻来覆去折腾了一夜，为自己的胆怯既生气又感到好笑。

（1913）

故　事

乌云从北边上来，遮住了让村里那条泥泞的街道还隐约可见的西边天。小屋里几乎完全黑了。

一个农妇升起炉膛里的火，打了一些鸡蛋在铁锅里，想做煎蛋。她用另外一个有缺口的铁锅从小铺拿来两俄磅[①]荞麦米，放在铺板上，孩子们一个跟着一个光着身子从炉炕上爬下来，围着这个铁锅坐下，一把一把地抓起生荞麦米，仰一仰头就急忙塞进嘴里，互相争抢着。

一位小地主坐在桌子旁边的长板凳上，把胳膊肘放在窗台上。他穿一双深筒套鞋和一件暖和的紧腰长外衣，戴一顶黑卷毛羊羔皮帽，年纪只有二十岁，个子很高，但是瘦削，胸部也窄。他的眼睛像肺痨病人的，几近黑色；嘴巴大，脖子细白，耳朵后面凹陷了下去，脖子上围着他太太的粉红色粗毛线头巾。他不久前娶了酿酒工的女儿，已经觉得跟她在一起没有意思，晚

① 1俄磅约合409.5克。

上常常到邻居尼基福家来，要尼基福讲故事，真事也罢，虚构的也罢，可又不好好听，但是总会给十戈比、二十戈比作为报酬。

尼基福是个农民，还年轻，却总是愁眉不展。他怎么一来就变成了故事大王，这连他自己也不清楚。开头他不过是讲了一段笑话，有一天他提起一件小事，东家听得很高兴，一面笑一面给了他买半瓶酒的钱；第二天又来了，叫他再讲一段。他只好搜索枯肠，有时不免胡编乱造。虽然曲意扮演插科打诨或者故事大王的角色让人难堪，但是承认自己讲不出来也很难堪。再说，怎么能放过挣钱的机会呢？孩子们往往饿得睡不着，他自己有时候也得咬咬牙才能买烟、买盐、买面，哪像现在这样，又吃荞麦米又吃鸡蛋。

尼基福皱着眉头坐在桌旁。该讲故事了，可是他什么也想不出来。他叼着烟斗，噘着上嘴唇，两眼望着地面，两手在烟荷包上端把马合烟叶搓成绿色粉末，拖延着时间。东家放心地等着，不过他在等。铁锅下面的干树枝燃起了大火，然而火光只照得到靠近炉灶的地方。叽叽喳喳的孩子们已经在黑暗中，东家的脸也只隐约可辨。尼基福总不抬起眼睛来，生怕东家发现他很恼火。没有什么东西可讲，恼火的情绪却帮了他的忙。他装出在思索的样子，慢慢地、呆板地开口说：

“从前的章法可不简单……有一个农民到林子里去砍柴，当然是冬天的事儿，天寒地冻的，他碰上一位老爷……那农民的马当然不是好马，那位老爷可是个又凶又恶的。老爷冲他大喊：‘让路……’雪挺深，农民不让，说我往哪儿让？说您驾的是三匹马，我才驾一匹，还拉着一车东西……老爷跳起来，把他推倒在地，用鞭子抽他……老爷抽一下，农民就说：‘您欠我一笔债。’老爷一看这蠢货还有话说呢，就接着抽……抽了四下，这位老爷……后来不抽了，对他的车夫说：‘哼，这家伙准是个傻子，叫他见鬼去吧，拐弯……’好，老爷走他的路，农民走自个儿的路。农民回到家说：‘闺女，我怕是活不成了，给一位老爷抽得浑身是伤……’农民挨了这顿毒打以后在家躺了六周……”

以后怎么样了，尼基福不知道，他就装烟斗拖延时间。后来接下去说：

“他的伤当然养好了，他是个木匠，准备出门干活。他在麻袋里搁了刨子、尺子、斧子……那位老爷姓舒托夫。农民出了门，走啊走，打听那位老爷住在哪儿……农民走进那位老爷的大院。听差出来问他：‘您是木匠？’农民说，是木匠。听差说：‘老爷要个木匠。’农民就去见老爷。老爷问：‘您是梁赞人？’农民说：‘是。’老爷又问：‘您从哪儿来？’农民说：‘从坦波夫省梁赞县来。’老爷说：‘我要盖房子。’他们当然讲好了价钱——两百卢布。他们还写下字据，付了五十卢布定金……老爷有自家的林子……农民说：‘咱们得去看看木料。’老爷叫人套车，他俩坐上车去了。到那儿以后，农民跟车夫说：‘你到林子外边去吧，车就停在这儿。’车夫走了，农民马上找一棵树，拿斧子砍开一个口子，打了一个楔子进去……”

说到这里，尼基福连忙俯身吸烟，竭力不去看东家那张咧成天真可爱的微笑的嘴。烟斗里的烟灰只燃着一点青色的火了，尼基福用手指灭了这点火，吐出一股烟来，咳了几声。

“好，农民把树砍开一个口子，就凑上去使劲闻。老爷问他：‘你闻什么，伙计？’农民说：‘我闻闻就知道这是什么木料，会干不会干。’老爷说：‘你的鼻子不灵，让我来闻闻。’这可称了农民的愿，他把楔子拔出来，老爷的鼻子就稳稳地夹在里头了。农民身上也有一根鞭子，三股的鞭子，他赶紧把老爷的裤子扒下来，就用这根鞭子抽他……老爷给抽得哇哇叫，最后连叫都叫不出来了……农民说：‘得了，还欠两下。’然后骑上马走人。等车夫过来一看，马没了，雪橇也没了，老爷的鼻子给夹在树缝里，浑身皮开肉绽……”

“太野蛮了。”东家微笑着说，两只眼睛斜睨着炉膛，从那里面飘来油煎鸡蛋的香味……

现在铁锅下面的火苗完全是红色的了，屋里也完全黑了。孩子们吃完了最后一颗生荞麦米，在听父亲讲故事。父亲随随便便回答东家说：

“老人什么故事编不出来……当然是编的。”

“而且编得特别荒唐。”东家说，“好，接着讲吧。”

“还有什么好讲的。这位老爷当然是病倒了，差点儿死了，病了两个来月。农民听说了以后，装成大夫去见老爷。又是听差走出来，说：‘您是大夫？’农民说，是大夫。听差说：‘老爷要请大夫。’农民就进大宅去了，叫人烧茶炊。茶炊端上来了，还有点心、白面包……农民喝足了吃够了以后才去看老爷得的是什么病。他把老爷的衣服脱光，说：‘您这是给打的，家里有澡堂子吗？’老爷说有。农民马上叫人把澡堂子烧热，拿床单把老爷抬去搓澡。听差和车夫来抬老爷，老爷说：‘等着吧，等给我治好我让他蜕一层皮。’农民跟在后面说：‘等着吧，等着吧，我让你蜕得更舒服。’老爷进了澡堂子，澡堂子越烧越热，农民对听差和车夫说：‘你们可以走了。’听差和车夫走开了，只剩下大夫，也就是那个农民，和老爷单独在澡堂子里……农民给老爷搓澡，老爷说：‘您搓搓这儿，还有这儿。’农民拿出三股鞭就抽[①]！口里说：‘这儿要不要来一下？’农民一直抽到老爷只剩一口气了，又拿凉水从老爷头上浇下去，然后进屋去跟太太说：‘老爷让给我一百卢布。’农民拿了钱就回去了。老爷从澡堂子里出来只剩一口气，嗓子眼儿里咕嘟咕嘟响，浑身是血……”

农妇用破布垫着把铁锅从炉膛里拿出来，放在桌子上。然

① 俄国农村洗蒸汽浴的时候用桦树树枝抽打全身。

后她用胸膛顶住大圆面包的一大块，切下几片，在东家和尼基福面前各放一片，虚情假意地说：

“请吃个痛快！”

“你呢？”尼基福问她。

“我不知道为什么不想吃。吃了总烧心……”

“我也不爱吃这个……”

煎蛋一共才十个，面包也少，可是猪油和面包香极了，东家厚着脸皮，做出不介意的样子，摘下热烘烘的头上的帽子。

“行，我吃一个蛋。”他说着就把铁锅拉到自己面前，拿起一把粗糙的木勺。

鸡蛋烫嘴，东家一面吃一面微笑着摇头，做出还在想那个故事的样子。

“真野蛮！”他心满意足地说。

尼基福愤愤地看着东家的小脑袋，以及从一侧分开、给帽子压得平平的柔软的头发，说：

“野蛮，那您就别听。”

“不，还是讲到底吧。”东家说，他强迫自己放下木勺，向后挪了挪身子。当农妇把铁锅端到铺板上去给孩子们吃的时候，他又问，“最后怎么样了？”

“最后农民让老爷再也爬不起来了。”尼基福说，“老爷搓完澡以后又病了三个来月……从前他爱打猎，现在连打猎都忘了……

他躺在床上许愿，说：‘等我好了我就去朝圣。’农民听说老爷要做一件出门穿的大衣，马上置办好针、尺子，带到老爷家去。人家当然马上就看见他了，说：‘来了个裁缝，咱们要的就是他。’他就给叫进屋去，老爷说：‘我要做一件大衣，就用这料子做。’可农民一辈子没见过怎么剪裁，他想了想说：‘这呢子不够，得派人进城去买。’老爷过来看了看，就派人进城。车夫接着就套马，太太坐上雪橇车进城去了，农民把那块呢子折起来，折成个袋子的样子。老爷问他：‘裁缝，你这是在干吗？’他说：‘我这么干，先往我自个儿身上套[1]，然后再给您穿上量尺寸。’农民拿起袋子往老爷身上套的时候说：‘您把两只手缩回去。’农民就用腰带把老爷连他的手一块儿捆紧了，又拿出鞭子来没头没脑地乱抽一顿！一直抽到老爷喊不出声来……农民捡起呢子就溜了……”

“你编得不怎么样！”东家说。

尼基福也觉得故事结尾差点儿，他既羞又恼，满面通红地连忙为自己开脱。

“怎么了？”他抬起脸来穿过黑暗直视着东家说，“您还没听完就说这话，什么也不明白。农民不光是用鞭子抽，还拿铁尺把老爷好一顿揍……听说把老爷的手脚全打断了。等太太回来一看，老爷躺在那儿已经死了……农民说：‘这回够了……’

---

① 原文用的动词有双关意义，既指发财又指惹祸。

他从窗户跳出去，穿过园子，眼看着就这么跑了……这家的人直喊：‘哎，哎，抓住他，抓住他！’可他连影儿都没了……”

尼基福粗声粗气地讲完最后几句就闭上了嘴。东家为他觉得难堪，也不说话。尼基福感觉到了这一点，想用说教来挽回。他眼睛看着别处说：

“罚不当罪不行，这话不假。您还年轻，这种故事我从小不知道听了多少。所以说，从前的日子也不像蜜糖那么甜……”

“当然，不像蜜糖。”东家说。他望望窗外，嘴里哼着小调，后来叹了一口气，又说：“当然，不像蜜糖。又下雨了吧……真见鬼！你说说，这种天气很影响你的情绪呢，还是没什么？”

“怎么没什么？”尼基福说，“当然不舒服。我还算好，房子只有一间……当然，房子也会发霉，会漏……就是铁屋顶也会生锈，别说麦秸的……”

东家微微一笑，慢慢戴上帽子，慢慢扣好衣服。小屋里很黑，真该给哪怕十戈比让他们买煤油。可是今天给特别不合适。

他想着这个荒唐的故事，冒着小雨，在黑暗中向自己那座可怜的大宅慢慢走去，经过一座破旧的教堂的院墙。院墙里有一盏灯以微弱的光照着一些坟墓，这教堂不久前失窃。听说尼基福曾经拿了一些折叠式的圣像到大路上的小酒馆去换酒喝了。

（1913）

路　边

一

帕拉莎的父亲乌斯京住在诺沃西利斯克大道旁。

他离开东家以后就选择了这个无人居住的地方安身。他的草原小院四周都是起伏不平的田地，种着海洋一般的黑麦。屋后的黑麦地里有两棵无依无靠的橡树，再就是几道不深的沟壑，入夏时节开满白色的小花。屋前，大道那边的黑麦地里，隐隐约约有一片小橡树林。那边自古以来就有一个独院小地主村，叫巴耶沃村，藏在起伏不平的庄稼地中间。农奴制取消以前，这条大道上过往的人很多。后来他们的足迹和车辙渐渐消失在稀疏的小草间，变得弯弯曲曲。

乌斯京早就成了鳏夫，听说他因为吃醋杀了他老婆。他不像庄稼人那样过日子——不靠种地，而靠放债。他在橡树周围和沟壑上面种一点东西只是为了自家吃用，连牲口也没有正经养过，只有马养得好。帮他操持家务的起初是他的情妇，一个独院小地主的寡妇——有一双灰色眼睛的美人；后来则是他的大女儿叶夫根尼娅。他跟大女儿合不来，不喜欢她，早早地把她嫁了出去，让他的雇工——一个叫沃洛佳的不怎么机灵的中年农民来顶替。他自己常常出门，因此不爱说话的小女儿帕拉莎孤零零地长大。

帕拉莎十三岁的时候，有一天，正好是她姐姐叶夫根尼娅搬到巴耶沃村去住的那年夏天，一大群羊沿着门前这条大道赶过去。那个时候的商人往往在一处集市上买下一两百只羊，然后雇几个流浪汉，派一个管事监督着，把这群羊赶到另一处集市上去。夏天的夕照在这路边小院后面很远的地方渐渐黯淡。帕拉莎坐在自家木屋的门槛上等父亲从城里回来，两眼望着黄昏时分已经变得朦胧的田地，望着空空的大道。一大群脏兮兮的绵羊慢慢过来了，它们的蹄子和呼吸造成一种说不上是什么的噪音，随之而来的是它们身上的毛和嘴里吃的各种草原上的小草和苦艾的气味。羊群后面跟着几只狗，都吐出红红的舌头——一天下来干透了也脏透了，还有一个破衣拉花的高个儿小伙子和一个破衣拉花的老头子，再就是骑在一匹白色鹰鼻吉尔吉斯马上的年轻小市民，他手里拿着一根短鞭，头上的便帽给推到了后脑勺上。

“你好，美人儿！”赶羊的老头子离开羊群对帕拉莎说，“帮帮忙，问你父亲要根火柴……”

帕拉莎打量着他，半天没有答话。那老头子没戴帽子，破帽子剩下的布片裹着他的滑溜溜的拐杖。他把两只发亮的大手放在拐杖上，竭力不让他的手颤抖，同时艰难地喘着气。一件破破烂烂的棕红色大衣直接穿在他赤裸的身上，用半截腰带扎着，下身只有一条衬裤，脚上是一双破鞋，毛发花白而蓬乱，面色苍白，眼睛肿胀，样子挺凶，然而沙哑的声音却透着慈祥和倦意。看得见他的胸膛上长着灰毛，看得出他的心在那下面如何颤动。

“父亲不在家。”帕拉莎打量了他一阵以后才说。

“我看也是，我看也是。”老头子说，“他总在外面跑，让你一个人在家……”然后两眼望着地面吟诵起来：“昨晚咱们的母鹌鹑，昨晚咱们的小麻子，叫了一夜，唱了一夜……”他又问帕拉莎：“咱们怎么办呢，美人儿？”

那小伙子也走上前来。接着是骑在马上的小市民，他像草原地区的人那样用两只踩在马镫上的脚夹着他的宽胸吉尔吉斯马的肚子。马已经疲惫不堪，还精神地小跑着过来，不断兴奋地向后仰它的陡直的脖子上的大头。他俩都了解老头子一向是怎么说话的，面带讥笑地看了他一眼，却留心地看了看帕拉莎。小伙子又高又瘦，长了一副溜肩膀，一张圆圆的猫脸，戴一顶犯人戴的灰色便帽。骑在马上的小市民虽然也瘦，但是骨架大，皮肤很黑，两眼炯炯有神。他在马背上看着帕拉莎，看着她的小小的脚、晒黑的肩膀、肮脏的衬裙，说：

“我认识她父亲，狡猾的财主……”接着他厉声对帕拉莎说：

“你去找找，不在灶下坑里就在圣像后头。”

帕拉莎一直看着那匹身子短而结实、不停地甩着大头、用黄牙啃着直滴唾沫的马嚼子的吉尔吉斯马，听了这话突然从门槛上跳起身来，跑进屋去，拿了一盒火柴转回来。这时候小市民已经从又旧又干又油腻腻的哥萨克鞍鞯上下来，正伸展他的两条短腿。他接过火柴就一言不发地走开了，把吉尔吉斯马牵到低着头站在一边的羊群跟前。可是帕拉莎却永远记住了他的沾满尘土的上衣，塞进瘦靴筒里的磨亮的裤子，肮脏的绣花衬衫衣领，还有满脸火药似的乌青斑点，两个发黑的颧骨上都有几根拳曲的硬毛，两边嘴角上端也有几根这样的漆黑的硬毛。他走开的时候看了帕拉莎一眼，那坚定的目光有力地击中了帕拉莎。老头子肯定发觉了，告别的时候对帕拉莎说了几句很奇怪的话：

“那我们就住下了……我们走了，谢谢你，美人儿。记住一个糟老头子流浪汉跟你说的话：这个城里人，这个强盗，会把你糟蹋了。别盯着这种人瞧……”

后来在大道那边的休闲地上，羊群过夜的地方，就点起了篝火，热烈的黄色篝火在越来越暗的夜色中燃了许久。入夜了，父亲还没有回来。帕拉莎坐在门槛上听着沃洛佳在穿堂后面牲畜院里挤牛奶的声音，眼睛一直看着篝火。她想起那老头子吟诵的“昨晚咱们的母鹌鹑……”，感觉到了其中包含的甜蜜的苦闷，眼前就出现了漆黑漆黑的夜晚和在汪洋似的庄稼地里啼叫的一只胆怯的母鹌鹑……篝火越烧越红，会把她糟蹋了的那个黑眼睛小市民还在附近……最后她终于听到父亲的大车发出使她感到安慰的平稳的声音。她连忙钻进黑洞洞的小屋里去，躺下装睡。父亲走到门口喊了沃洛佳一声，接着就进屋来往墙上挂东西。在炉灶旁大大小小的箩筛上面打盹儿的苍蝇嗡的一声飞起来。

“爹！”帕拉莎轻轻喊了一声。

“唉。”父亲低声回答。

“流浪汉都有什么样的？”

“像你这样的，脱了鞋也就成流浪汉了。”

“他可没光脚。他穿着半筒靴。”

“那就是喝酒把什么都喝没了。你在哪儿看见他了？”

帕拉莎讲了过路人的情况，可是没有把那老头子最后说的话告诉父亲。

“这么说他们赶的是巴利马舍夫的羊群。”父亲没有仔细听，他正把一副有装饰的马嚼子从一个木桩上取下来挂到另一个木桩上去，“难怪我瞅见那边有火……”

“他的马怎么会流血？”

“谁的？”

“管事的。马的胸膛上尽是嘎渣儿。”

“就因为这马叫吉尔吉斯马，”父亲说，“这种马呀，闺女，都是火性子暴脾气。所以总挨鞭子，流血是自找的……身上还有烙印吧？”

帕拉莎想了想，说：

“像什么样？”

“就像盖的印……烧在大腿上，让人一看就知道这不是一般的马，是吉尔吉斯马群的……得了，睡吧，晚饭吃过了就睡吧，我到那边屋去吃点儿……”

父亲打开窗户以后就到没有炉灶的那边冷屋里去了。窗外夏夜的天空布满了苍白的星星，可以闻见清新的空气中夹着一丝熄灭的篝火的焦煳气味……这气味似乎使帕拉莎想起了什么而心情激动，她听着父亲在窗下和沃洛佳低声说话，怀着路过这里的形形色色的陌生人给予她的可怕而诱人的感觉，模糊地向往着那个年轻的小市民怎样糟蹋了她、怎样把她带到远方去，渐渐入睡。

二

自那以后又过了两年，到了第三年。帕拉莎变了。她渐渐在家务中有了自己的地位，能够凭她那点少女的力气把沉重的罐子和铁锅从炉膛里取出来，会挤牛奶，会给父亲缝衣服……然而她的性情却没有多大改变。有一年夏天她突然迷上了巴耶沃村，开始打扮自己，到姐姐家去玩儿，和村里的姑娘们在一起唱歌跳舞，装得很活泼。后来她不干了，又觉得自己与那个村子，与村里的姑娘，甚至与姐姐叶夫根尼娅，都格格不入。叶夫根尼娅也来看妹妹——她丈夫服役当兵去了，又没有孩子，也不怕她的单身公公。姊妹俩都不爱说话，可是其他方面差别很大。帕拉莎相貌可人，看上去挺文静，谁都想不到她是叶夫根尼娅的妹妹。叶夫根尼娅身体壮实，肩膀宽阔，看人蹙起眉头、紧闭着嘴。她那张颧骨高、神情果断的短脸和她妹妹那张神情不果断的嫩生生的椭圆脸摆在一起显得挺怪。

只有父亲让帕拉莎感到亲切。她对父亲的爱一年比一年深。不过这种爱不是一般的爱，而是让人心情不平静的爱。

帕拉莎对父亲的爱是羞怯而紧张的，女儿对单身父亲的爱往往如此。扮演父亲的母亲和主妇的角色，关心他，从炉膛里把罐子和铁锅端出来给他，使帕拉莎感到既快乐又自豪。但是一想起曾经在父亲家里操持家务的那个独院小地主的寡妇，她的快乐就被烦恼破坏了……她还是个幼儿的时候，姐姐叶夫根尼娅就把外人讲的她们父母之间发生的那件难以理解的可怕的事情很不连贯地悄悄告诉了她，在这件事情上她站在父亲一边。

不过有时候她心里也会产生疑问：真的是那样吗？父亲究竟有理还是没理呢？在这种时候她又觉得世上没有比她母亲更好更美的人了。帕拉莎与父亲见面的机会很少，对他了解得更少，和父亲说话的时候总是感到胆怯、难堪。人人都认为他这个人不好相处，不简单。他的五官清秀而端正，身材很好，蓄一把古铜色胡子，一双绿色眼睛目光尖利。老家奴们说他长得像给他东家干过一阵的驯马师，一个切尔克斯人。然而他身上也有不少农民的特征，比如做事谨慎，穿笨重的长筒靴，满头鬈发从中间分开，穿长长的粗布套头衬衫和原色粗呢做的紧腰长外衣。他聪明，和气，甚至善良，但是谁都有点怕他，说他太精了。人们从各个村庄来找他帮忙。他从不拒绝。他仔细听对方说，点着头，不时地把额头上的古铜色鬈发撩上去。他直视着对方的眼睛的时候目光并不严厉，然而却在探究。他也从不打断对方的话，总是小声地唯唯称是。他放债要的利息不多。他就是靠利息过日子嘛，可是这种人总有点让人害怕。

帕拉莎长大起来，人瘦了下去。她的脸上出现了难以捉摸的与父亲相似的特征——被父亲疼爱的女儿都这样，虽然乍一看她们似乎并不像她们的父亲。他俩同样把许多东西藏在心里，轻易不表现出来；他俩又有许多相同的感受，比如秋天看到一群茨冈人经过门前的大道往下、向南走他俩都很激动。有一天乌斯京微笑着说：

“我小的时候跟着茨冈人跑过一回。”

“后来呢？改变主意了？”帕拉莎问父亲。

“改变主意了。不改变不行，闺女。”乌斯京说这话的时候已经敛起了笑容，“做事莽撞不得……”

“什么事莽撞不得？”

“没什么。”父亲没有立刻回答，他望着别处又说，“要不血就往眼睛里冲，会闯祸……”

女儿明白了父亲的意思，胆怯地闭上了嘴。

萦绕在帕拉莎脑际的不仅仅是让她觉得神秘的父亲的经历、去些什么地方、忙些什么事情——他从不对人谈起。秋冬两季帕拉莎睡得很多。夏季她可以一连三夜不睡觉。她喜欢待的地方是门槛，她几小时几小时地坐在门槛上，微微偏着头。过往的路人远远地朝着某个幸福的地方走去。一个流浪汉戴一顶僧人戴的尖顶软帽，穿一件僧袍内衣，肩上披着被太阳晒得深浅不匀的头发，勇敢而留心地望着前方，大步走在路边上，一面走一面把他的长杖拄到身后去。帕拉莎久久地目送他走过，虽然她害怕流浪汉，害怕流浪汉转到她家来乞讨。某地主家的三匹不起眼的马在大路中央以均匀的步伐小跑着过去，不时地绊脚、咳嗽，马车的弹簧因震动而发出的声响。风尘仆仆的长途马车在旅途中的情景，勾起了帕拉莎的苦闷情绪和一些热望。有人赶着羊群过来了，她紧紧盯着赶羊的人，回忆起人家预言她会有灾难……黑麦地和燕麦地像大海一样无边无际……小屋投下了暗影。前方，有小草在闪光的大道对面，密密层层的黑麦在明亮的夕照中垂下了头，反射着向屋后落下去的太阳的余晖。东南边天上一团团的白云染上了粉红色，那么轻柔，只隐约可见，与地平线上端的天空的无光泽的蔚蓝逐渐融合……她最爱朝这个方向看，草原远方的呼唤折磨着她的心。

爱情——这个字眼她早就知道，对它早就有了感觉，而且也不一般。还在儿时，这个字眼就击中了她。有一次，是夏季一个炎热的正午，从巴耶沃村来的一个孤苦的女酒鬼坐在乌斯京家粮仓旁边的石头上，摆开火柴和装马合烟的洋铁罐，一面吸烟一面看着在她旁边的灰堆里玩儿得起劲的小帕拉莎，忽然声音嘶哑而神秘地低声问小帕拉莎：“怎么，你爹还没把情妇赶走？”小帕拉莎永远记住了这个特别的字眼，并且本能地猜到了这个字眼的隐秘的含义。从此，每当她不是时候地跑进屋去看见那个独院小地主的寡妇坐在父亲膝上，她就会被一阵既害怕又羞涩的甜蜜感烧得浑身发热。后来她跟着姐姐和村里的姑娘们学唱歌，所有的歌唱的都是爱情。她唱的时候内心深深被打动了，尤其是一首古老的情歌：“睡着了，我的爱人睡着了，在姑娘的胳膊上，在薄棉纱袖子上……”所有的女伴都在为一件事做准备，那就是出嫁，走向生活，与丈夫结为一体。对这结为一体的预感很早就使帕拉莎激动、害怕。她姐姐像说平常事儿一样说："爹放荡着呢，又跟谁在一块儿过了。花一百卢布我也要打听出来！"帕拉莎可不愿意要这一百卢布去打听父亲的情妇，虽然她白天黑夜都在想这个情妇。她姐夫给抓去当兵以后，姐姐不久就回娘家来一趟。姐姐走到结冰的窗外闷声闷气地喊了一声："爹在家吗？"进来以后往长板凳上一坐就开始吃面包，一遍又一遍说她只待一会儿，可是眼睛总盯着一会儿进来一会儿出去的瘦高个儿雇工沃洛佳。沃洛佳坐在长板凳上一大堆绳子中间的时候，用他的大舌头口齿不清地对姐姐说："干吗不把外衣脱了？"姐姐慢慢摇着系一块大麻布头巾的头说："我只待一会儿……"她穿着一双冻透了的树皮鞋、一条红色粗毛料裙子、一件紧绷着丰满的胸部的原色呢上衣，有一股浓烈的健壮女人、烟熏小农舍和她正不慌不忙嚼着的黑麦面包的气味。她说："哟，我怎么老坐在这儿！"于是突然站起身来，坚决地走了出去，但不是回家，而是到穿堂里去找沃洛佳。帕拉莎跑过去把耳朵贴在门上就呆立在那里了。时间一分钟一分钟地过去，不知是谁在小屋里播撒夜影，越来越暗，门那边一点声息也没有。但是帕拉莎觉得她看见了一切，听见了一切……

三

帕拉莎担任起父亲的母亲和主妇这个角色以后，开始感觉到自己是成年人了，有的时候也和父亲聊聊天。

一个冬天的晚上，父亲在饭桌上冒烟的油灯旁边翻看从怀里和外衣口袋中掏出来的一些破旧字据。他卷起袖子，趴在桌上，翕张着嘴唇，一面紧张地思索一面用一个铅笔头在纸上画了许久，直到得出一个数。帕拉莎坐在炉灶旁纺线——左手捻线，右手灵巧地把线轴上的一团线放出来，手几乎触地。她穿一件印花布连衣裙，没戴头巾，垂着眼睫毛，看上去很美。父亲有的时候放下手中的工作，向她投来奇怪而温柔的目光，使她感觉到了自己的美。她轻松自如地坐在板凳上，稍稍分开两个浑圆的膝头，用左脚的脚尖轻压纺车的踏板，使车轮旋转，发出嗡嗡的声音。

“爹，”她忽然问，“你是不是向来都这么好看？”

“怎么了？”父亲问，他说话的声音像平常一样轻，“向来都是，怎么了？”

“那我妈怎么不爱你？”

“谁跟你说的？”

“我可知道。”帕拉莎神秘地说。

父亲沉默了一会儿，把字据揣进怀里，扣好外衣纽扣，晃了晃脑袋，把额头上的鬈发甩上去。

“别听那些话，闺女。”父亲轻声说。

“人家说是你杀了她……为什么？她有情人？”

“这话也说不得。”父亲说，声音也更轻了，“我就从来不盘问你。”

帕拉莎想了想，又说：

“我有什么好盘问的？我在你面前是明摆着的……”

“说得好听！”父亲说，“你跟你妈一个样。”

帕拉莎脸红了。

“不，我像你……世上的人，拿谁来换你我也不干！”

“你会干，闺女……”

帕拉莎想起了赶羊群的小市民，想起了像是很久以前的那个现在看来特别美的夏日黄昏，还有那匹牙黄、性子火爆的老吉尔吉斯马，以及它那布满干血印的强壮的胸膛……父亲若有所思地接着说：

“我不想早早地把你嫁出去，闺女，我从早到晚只为你一个人担心。我要等看准了人再说。”

“你不是有情妇嘛。”帕拉莎低声说。

“废话，废话。”父亲并没有提高嗓门儿，“这都不关你的事儿。跟爹说这个不害臊……”

帕拉莎哭了起来。父亲走过去抱着女儿的头亲了亲女儿的头发。他脸上的细薄皮肤透出了红晕，两只绿眼睛放射出熠熠的温柔的光芒。在父亲转身走出屋去之前，帕拉莎已经把这一切看在了眼里，因莫名的欣喜和更加难解的痛苦而哭泣。唉，有谁能比他更好啊！

帕拉莎消瘦了。但是她的双臂和双腿却丰满起来，两只小乳房在隆起，头发变得更有光泽也更密。她洗澡的时候会为自己赤身露体而害羞了……很快很快就要有人上门来求亲，从而给她以合法的权利去爱，去择婿……虽然她永远不会嫁给世上任何一个人……姐姐和她说话也更坦率，这满足了她的自尊心。姐姐向她透露了爱情的秘密，说盼着丈夫回来，可是怎么也盼不到。帕拉莎也想说说自己——自己的想法，自己的百无聊赖，甚至想暗示姐姐和沃洛佳的事儿她知道……她送姐姐走的时候要在门槛上站许久。公鸡叫，她闭上眼睛听。当三月黄昏的雾气在田野间的灰色积雪之上昏睡的时候，她仿佛已经听见了第一批白嘴鸦叫春的声音。冬天的道路向前伸去，消失在雾中，吸引人奔向远方。融化的冰雪在滴水，母鸡站在下面，也在昏睡——突然骚动起来，咕嗒咕嗒叫个不停。拴在粮仓下面一条链子上的看家狗吐着热气在那里欢蹦乱跳，佯装咆哮……帕拉莎感到一阵剧烈的颤栗，跑进屋去。

在暖和的农舍里只有沃洛佳和她做伴。沃洛佳在这里已经是第五个年头，自从姐姐来找他那个晚上起，他就让帕拉莎觉得既可怕又恶心。可是帕拉莎又常常和沃洛佳单独在一起……帕拉莎知道沃洛佳永远不敢碰她——父亲会杀了他的，然而她毕竟在想这事儿……对沃洛佳的惧怕和反感倒使她内心隐秘的念头更加甜美了。沃洛佳的长相甚至可以说不错，虽然人到中年，他的身材仍然很好，动作像二十岁的小伙子一样灵活。有的时候帕拉莎试图跟他聊聊家务以外的事儿——村里的事儿呀，姑娘们呀，小伙子们呀。沃洛佳总要想一想，把他正在编的绳子放下，坐在坐柜上摆弄他的烟卷儿，歪着苍白的瘦脸，任一绺灰色头发挂在狭窄的脑门上，看上去挺美。可是他一开口，立刻变成了傻瓜蛋。无论帕拉莎出什么话题，沃洛佳总是把话扯到谁给谁当雇工、主要是谁挣多少钱那上面去。他口齿不清地说：

“他挣得可多了。”正因为口齿不清，沃洛佳一说话，他的胡子就会沾上口水。

当春风从南方吹来、积雪融化的时候，帕拉莎变得更加心神不安。沃洛佳看到、也感觉到这一点。他走进屋来，好像有事要做，把牲口的笼头挂到墙上的木钉上去，或者从那上面取下来，故意磨磨蹭蹭，还开玩笑地说：“上哪儿找结实点儿的笼头，该给你套上往公牛那儿拉了……”帕拉莎听了莫名其妙地哈哈大笑。沃洛佳从她身边走过的时候仔细看看她。她睁大两只眼睛期待地迎着沃洛佳的目光。看来再过一分钟她就要让沃洛佳完全控制住了。然而沃洛佳刚一伸手，她的两道眉毛就剧烈地抖动起来，变了脸，满面通红。她跳起来，突然以女孩子往往使得男人目瞪口呆的粗野劲儿，随手抄起一样东西就大叫：

“你敢碰我就砸烂你的头！爹一进门我就跟他说！让你这个死要饭的滚蛋！”

四

春天到了。风和雾使灰色的积雪消融，在潮湿的田地上留下许多斑点。基督受难节周过了就是复活节前夕的星期六。那天傍晚天色阴沉，帕拉莎和她父亲要到村里的教堂去，已经坐上大车了，村头落尽树叶的柳丛发出孤孤凄凄的哀鸣声，蓝灰色的雨云出现在柳丛后不稳定的暮色中，使地平线上的气象显得凶险。然而从乌云下面吹来的冷风却含着春意，含着朝气。帕拉莎的脸通红，因为风吹，因为涂了胭脂，也因为心情激动——她痛痛快快洗了个澡，穿上一身干干净净的衣服，打扮得漂漂亮亮，坐上一辆新的大车，并且坐在亲自赶一匹昂贵的膘肥马的漂亮而阔绰的父亲身边。

村里那条宽阔的街道泥泞不堪，布满驼峰似的冰疙瘩。向晚时分两边的人家都已经上灯，给人以舒适感，却既可怜又陌生，村庄的黄昏也就越发显得荒凉。然而，这早早地就点亮的灯火，以及由一阵沿着街道吹来的风带来的神奇地染白了泥泞和发黑的屋顶的雪花，都包含着春天的节日气氛。顶着飞雪的帕拉莎和她父亲乌斯京眯起眼睛低下头去。帕拉莎偶尔偷看父亲一眼，看见他那张因风吹显得年轻了的皮肤细嫩的可爱的脸、沾满大片雪花的发亮的胡子和湿乎乎的眼睫毛，心就因莫名的欣喜而悸动起来……突然间，有个人向他们大喝一声：

“瞎了眼啦？靠右！”

帕拉莎睁大眼睛就看见一匹高头大马拉着一辆有前车的大车，大车上是个小市民，他竖起厚呢袍的衣领，也弯下身子避开迎面而来的风雪。他看了帕拉莎一眼，帕拉莎立刻认出他是谁。

“嚷什么？”乌斯京高高兴兴地大声回答说，“明天过大节啦！”

“罪过，乌斯京·普罗科菲奇，”那人说，“什么也看不见……”

接着两辆大车就分道扬镳了。

帕拉莎沉默了许久才不慌不忙地问父亲：

“你认识他？”

“谁不认识这个滑头！他在巴利马舍夫的庄子上干过，现在自个儿干了，像个贼似的到处转，想在村里开店……”

帕拉莎用大围巾掩住脸，连气也不敢喘……她的心跳得厉害，脸上的表情严肃起来……

复活节周期间那个小市民到乌斯京家里来做客。三年来他一点也没有变，只是眼神显得慌张了些。他身上穿的还是那件衣服，不过衬衫衣领干干净净。帕拉莎这才知道，他的名字叫尼卡诺尔，从他和父亲的谈话中又听出，他还在考虑是不是“往下”到罗斯托夫去。他和乌斯京两个人喝茶喝酒。帕拉莎没有注意他说些什么，只听见他的语音清晰。搽了脂粉的帕拉莎低眉顺眼地坐在屋角嗑葵花子，好像没注意客人在场。尼卡诺尔也没注意她，或许是装出没注意她的样子。临走他向帕拉莎伸出手来。帕拉莎不习惯接触外人的手，挺不自然地把手伸给了他，脸也立刻发白了——这次握手对帕拉莎产生了诱惑，臊得她浑身发烧，仿佛这就是他俩幽会的开始。

这之后尼卡诺尔很久都没有再露面。帕拉莎整天整天站在门槛上，以未成年人的执着和苛求急不可耐地等他出现。帕拉莎觉得如今他有责任再来，应该再来，来继续他已经开了头的事情，虽然自己心里明白他并没有开始做什么。“等他一露面，我就转身走开，让他明白我不需要他……”帕拉莎这样想。可是一个月以后，五月乍暖还寒，下起了雨，还是不见他的踪影。在圣尼古拉节前夕，帕拉莎不知为什么特别苦于想见到他，好像自己的这个愿望不会不成为现实。她早早地就躺下睡觉，又气又伤心地大哭了一场，泪水把枕头全打湿了，不过她的哭泣是无声的，睡在她旁边两步以外的父亲竟未察觉，只听见她在床上翻来覆去，偶尔声音奇怪而恐慌地问一句：什么事让她睡不着。

第二天早上父亲又出门，不知到什么地方去了。帕拉莎看见窗玻璃上有雨点的痕迹，感觉她已经什么也不等、什么也不要，只高兴起来收拾屋子、生火、做平日做的事情。傍晚时分她打扮了一番，在绕头一圈的辫子里插上两朵干矢车菊，忽然想烧茶。

雨停了。绿色的大道，绿色的庄稼——什么都湿乎乎的，庄稼地那边天上的乌云像一堵堵湿透的蓝色墙，把自己的阴影投到一切东西上面。茶炊里的水开了，在黑暗的穿堂里可以看见茶炊的铁箅子烧得通红。帕拉莎拿着一把熏黑的茶壶从内室出来，嘴里唱着“真怕上帝审判，真怕接受金冠……”，站在那儿等茶炊多开一会儿。沃洛佳带着雨的清新和打湿的厚呢袍的霉味儿从前院走来，刚要走到帕拉莎跟前去，门口就出现一匹高头大马的头。于是沃洛佳迈着坚定的步子继续往前走，打开牲畜院的小门，消失在门后，帕拉莎低垂着眼睛发呆。

“你好！”尼卡诺尔出现在门槛上，他大胆地说，“我来得真巧，赶上喝茶……”

他大笑一阵，摘下便帽抖了抖。他身上的黑色紧腰长外衣被雨淋得发亮，像撒了一层火药似的黝黑的脸也是湿的。

帕拉莎没有回答，却面红耳赤了——尼卡诺尔现在说话的语气和父亲在场的时候完全不同。他也沉默了一会儿，可以听见鸽子在屋檐下黑暗的角落里含糊地咕咕叫，后来他就走到帕拉莎身边，看着茶炊问帕拉莎：

“父亲不在？”

“不在。”帕拉莎垂着插了两朵蓝色矢车菊的头低声回答说。

“可惜。”尼卡诺尔说，同时用鞭子在靴筒上啪地抽了一下，“这么说你能自己救自己喽？”

“我能。”帕拉莎说着露出软弱的微笑。

“行，没什么，我下次再来。”尼卡诺尔说，“我可有理由……我想你想得没魂儿了。”

帕拉莎没有说话。

“你不信？”尼卡诺尔小心翼翼地拥着帕拉莎又说，“我说的可是实话。还是上回赶羊路过我就爱上你了。后来在村里看见你，我高兴昏了，差点把车赶下沟去。我就觉得咱俩之间有情缘，不然我可就完了！”

“这种话我听过。”帕拉莎好不容易回答说。接着她就用肘挡开尼卡诺尔的手，麻木地又说了一句：“放开。”

但是尼卡诺尔没有放开，他知道帕拉莎还没有听到过这种话，于是更紧地抱住帕拉莎热烈地说：

“要是我说瞎话，叫我没忏悔就死掉！再也见不着爹妈的面……”

帕拉莎没有说话。她觉得自己马上要倒下了。尼卡诺尔偷偷回头看了一眼就俯身找到帕拉莎的双唇，让她的头向后仰去。这个长时间的强吻使得帕拉莎喘不上气来。事后尼卡诺尔装出一副绝望的样子挥了挥手向门外走去。

“这下我完了！”尼卡诺尔一面上车一面说，“永世不得安宁喽……”

他赶着他的高头大马飞快地经过翠绿的草地，向着乌云那边去了，这时候乌云的投影已经与傍晚的昏暗混合在了一起。

不久尼卡诺尔就消失在山口以外，四下里静极了，从还有一点朦胧的青色的小树林那边最远的庄稼地里传来的鹌鹑彼此呼唤的声音，听上去似乎来自两步以外的地方。

五

尼卡诺尔又来过两次，都不是时候，碰上乌斯京在家。他和乌斯京谈正事的时候，帕拉莎装作没注意到他的样子，其实恨不能面对面看他一分钟，这个无法实现的愿望使得帕拉莎走起路来恍恍惚惚的。

当兵的姐夫回来了。圣彼得节他带着妻子、父亲、继母，驾一辆铺着新毡子、车轮刚上了褐色煤焦油的新车，由一匹既肥又矮的淡黄色马拉着，到丈人家来做客。姐夫的父亲是个短腿庄稼汉，嘴边的黑胡子已经挂霜，活跃得怪异，也不忌讳自己的儿子已经成家，第三次结婚娶了个目光傲慢、两只乳房尖尖的瘸腿女人。别人在他面前都觉得难堪，他自己大概也觉得难堪吧，因此嘻嘻哈哈说个没完。因为难堪，大家吃饭的时候喝得很多，吃得也很多，互相劝吃劝喝的时候做得都过分勉强，说些不明不白的话，往往是打哑谜、旁敲侧击或者引用警句箴言。帕拉莎一直担心他们在饭桌上会吵起架来。大家很快就有了醉意，只有姐姐叶夫根尼娅喝了伏特加酒只不过脸发白而已，她不止一次粗暴、专横地从喝醉了故作凶狠严肃的大兵丈夫手里夺去酒杯。乌斯京低声然而却是毫不客气地打断亲家没完没了向他说的示爱的话的时候，嘴角上始终挂着恶意的讪笑，并且说些警句箴言暗示结三次婚的人都是无耻之徒。那个瘸腿女人也不好惹，她大胆而又刺耳地以警句箴言哇啦哇啦回敬乌斯京。沃洛佳试图把这种东扯西拉而又令人不安的谈话转到他喜欢的话题上去，聊聊雇工啦、工钱啦，可是无人理睬。他挺不高兴，涨红了脸，含着眼泪大声唱起歌来。乌斯京一言不发地抓住他的肩膀，把他推出门外。他走到牲畜院去，然后就倒在雪橇上睡得像死人一样。帕拉莎一直担心他们就要大吵起来，像中了煤气似的胸口憋闷。

饭后大家到屋前树荫下的草地上去喝茶喝酒。姐夫的父亲乘着酒兴丢了一切廉耻心，踉踉跄跄去自己的车上拿来一架手风琴塞给大兵儿子，要儿子奏舞曲。大兵已经两眼迷糊，敞着军服坐在桌旁一张板凳上晃着身子，随时都要倒下去的样子，好半天没明白他爹要他干什么。最后他终于明白了，疯狂地、断断续续地奏起了《要是母鸡下了牛犊……》。结三次婚的父亲把两只手插进黑呢袍里，背在背上，跳起了俄罗斯的下蹲舞，直用靴子踢地。那瘸腿女人把两手一拍就跳到他面前去，抖动起她的两只山羊奶子。姐姐叶夫根尼娅气得脸都僵硬了。乌斯京的胳膊肘支在桌子上，纤细的手指插进古铜色的鬈发里，牙关咬得紧紧的。挂在他嘴角上的讪笑就在那儿凝固了。两只眼睛闪着阴郁的欣喜。

“闺女！过来！”他厉声喊道，与他说的话并不协调地皱起眉头，“来亲亲我！”

“你喝醉了。”帕拉莎说，“我看都不想看你！”

帕拉莎的嘴唇颤抖了。她转身走到屋后。低沉的太阳依旧耀眼。两只斑鸠从橡树上飞起，闪了闪翅膀就落到黑麦地里，落到开满鲜花的浅草地上……听过醉汉们的闹嚷之后，这里显得多么清静啊！日落前的庄稼地望不到边，是金黄色的、幸福的……帕拉莎在地界上坐下来，任泪水痛痛快快地流。

她哭够了以后决定回屋里去，让姐姐帮着制止他们胡闹，把喝醉的人拉开，收起伏特加酒和茶炊。已经入夜，而天空亮得奇怪。高空里有一团团苍白的云在积聚，天显得更大更壮观，照耀在云间的高高的月亮也显得更大更像明镜。大道和庄稼地上都有黑影在移动。停在屋前的大车的栏木以及大车上的麦秸都成了银色的。大车上躺着大兵的父亲——他跟他喝醉了的老婆又打又闹。桌旁的一张板凳四脚朝天。铜茶炊也倒了，桌上有一摊水闪着幽暗的光——不知是谁把茶炊的龙头扯了出来。拴在粮仓檐下的看家狗吐着热气蹦蹦跳跳，一会儿立起来，一会儿趴在链子上，好像因为看见月亮时出时没而兴奋。帕拉莎向内室看了一眼，只见大兵趴在桌上坐着，把他那不省人事的脑袋搁在两只胳膊上，嘴里嘟囔着什么。苍蝇在靠炉灶那堵墙上挂着的大大小小的箩筛上发出瞌睡的阴郁的嗡嗡声。大兵不知在对什么人说话，吹嘘他凭着自己的地位把一个叫雅科夫·伊万内奇的人"推荐"给了某老爷……

可是父亲和姐姐在哪儿？帕拉莎转身经过穿堂来到门口。高天上的暖月在一团团苍白的云间大放光辉。门外站着尼卡诺尔，一只手抓着缰绳，一只手拿着鞭子，身后是他那匹驮着鞍鞯的高头大马。他脸上的表情在月光中不断变换着。他讪笑地对吓呆了的帕拉莎说：

"刚才我看见你父亲在黑麦地里，醉得像一摊泥，嘴里嘟囔着'我上村里去'，叶夫根尼娅正把他往回拉……"

帕拉莎没有说话。尼卡诺尔扔下缰绳，用他的一只热乎乎的有力的手抓住帕拉莎的冰凉的手，把她拉进黑咕隆咚的穿堂。帕拉莎半推半就地进了穿堂。尼卡诺尔紧紧抱住从他肩头上木呆呆地望着穿过屋顶上的一个窟窿漏下来的一柱青烟似的月光的帕拉莎，把她按在冰冷的砖墙上去吻她的脸，口里说：

“等着，千万要等着……‘我们被爱点燃，听凭爱火烧灼，光阴如箭似梭，一去不再返还！……’[1]我想你想得丢了魂儿！我要带你上罗斯托夫，跟你在那儿结婚，然后咱们远走高飞到草原上去，光是养马就能赚千千万万……你要穿得比哪个女裁缝都漂亮！”

帕拉莎想起第一次见到他的情景，那是骑在一匹身上有烙印的老吉尔吉斯马上的他，在一群羊和狗中间，于是用一只手搂着他的脖子，充满幸福感和柔情，浑身颤抖着把脸埋在他的怀里。他抱起她来，把她放倒在麦秸上。

六

帕拉莎清醒过来以后，在这个黑暗的角落里堆放着的麦秸上坐了许久。尼卡诺尔要亲吻她，急匆匆地说着什么。帕拉莎把他推开，摇头表示不想听。他像个贼似的从穿堂里往外看了一眼，忙说他明天夜里再来，帕拉莎应该到屋后的橡树下去见他，他有大事找帕拉莎……帕拉莎回答说：“我来，我来。”尼卡诺尔明白帕拉莎不会来，不自然地说：“你可别骗我。”后来只听见马镫响，尼卡诺尔跨上马鞍，马在原地踏了几下就上路

① 自学成才的俄国民间诗人阿·瓦·柯利佐夫（1809—1842）的诗句。

了……帕拉莎一会儿看看那一柱月光，一会儿垂下眼睛。

当尼卡诺尔转过身来对她说“你可别骗我”这句话的时候，她突然看见牲畜院小门上的窗户洞里出现了沃洛佳的帽子和面孔。这就像死神往穿堂里看了一眼一样可怕。可是帕拉莎想：“现在什么都无所谓了！”她的心跳得那么厉害，连呼吸都困难。她的胸脯剧烈地起伏着，她用两只手按住。然而这一切都没有妨碍她清楚地思索。她现在的想法很简单：她完了！就像做梦一样吓人，一样出乎意料之外！

节后一连几天乌斯京都皱着眉头，为他喝得烂醉觉得丢脸。帕拉莎浑身无力，从早到晚只想躺下，但是她必须走来走去，显得精神抖擞、没有心事，甚至在饭桌上跟父亲和沃洛佳开玩笑。其实从早到晚她想的都是一件事。

乌斯京还是常常出门。如果他在家待着不出门，不像这样一会儿出门一会儿回来地让帕拉莎心惊肉跳，帕拉莎也许能恢复常态，想出如何了结、如何挽回的办法。她害怕父亲待在家里观察她，明白了一切；可是有的时候又想，非常想让父亲明白，希望这样一来事情就自然而然都解决了。要是天阴下雨，她心里好像更好过一点。偏偏日复一日都是大晴天，既热又长。农忙时节近了，庄稼渐渐成熟，沉甸甸的快要干透的麦穗儿形成一片黄色海洋，没处找阴凉。上个节日过成那个样子，打乱了这个小院的日常生活，使这里变得似乎更加沉默，周围既黄又亮的麦地上是一片紧张的寂静。

帕拉莎整天整天在空无一人的闷热的屋里，坐在桌边的长板凳上，两眼望着晒得烫人的窗玻璃上的数不清的苍蝇和新生的小蝇。沃洛佳什么事情也不干，然而总是摆出一副忧心忡忡的样子，没事找事地一趟一趟往屋里钻，进来以后又很平常，好像什么事情也没有发生过，只是不再调情了。这是什么意思呢？大概他在等待时机，希望这回决不错过。帕拉莎只是苦笑，心想：这个蠢货！还不如马上把你看见的事一五一十都告诉我爹！

一天，正午时分，当麦地和晒得热烘烘的扬灰的大道上空有一些隐约可见的白云在高高的呆滞的天上泛着呆滞的光芒的时候，两匹马拉着一辆车在粮仓旁边停下来，车上坐着一位胖太太。帕拉莎知道这位太太欠乌斯京许多钱，她显得疲倦而忧心忡忡，灰色的脸上和鼻翼上都有灰尘。她若有所思地反复说，没碰上乌斯京真遗憾，而且好半天赖着不走。车夫蹙眉看着拉边套的马，它正用牙搔着它挪到一边去的一条腿。胖太太不知是望着地面还是望着自己的鼻梁，后来她眯起眼睛开始审视帕拉莎的消瘦了的脸和失神失色的眼睛，突然问：

“你身体好吗？”

帕拉莎简单而肯定地回答说，她身体很好。可是等胖太太走了以后，她就坐在窗旁的长板凳上照镜子，左照右照，竟吓呆了。她的变化很大，连小孩子也看得出来，父亲怎么会觉察不到？父亲很快也会发现，他立刻就会明白发生了什么事情，到那个时候怎么办呢？

帕拉莎回想了自己的短短的一生。原来她从前一点也没有意识到她一直生活在魔鬼的蛊惑之下，总想着一件事，远方的那些幸福的城市、草原、大道的许多模糊而诱人的情景在她的脑际萦回，她又以怎样的柔情爱着一个人……尼卡诺尔做了这件可怕的事情，毁了她也毁了自己。这个短腿贼忽然变成一个活生生的人，一个真实的人，也是她痛恨的人。帕拉莎不可能爱他，从来也没有爱过他。现在帕拉莎一想起这个人就觉得羞耻、反感、绝望。那个可怕的糟老头子说的话已经应验！帕拉莎觉得自己像是染上了一种丢人的不治之症，一道无底深渊把她和父亲永远分开了。

她这样想着，轻声哭着，把头巾从头上扯下来抚平，不知不觉地任心儿随意驰骋，于是她的思路模糊了。她回忆自己曾经怎样热烈地爱着一个人，等着他出现，这爱现在又回头了，她为往昔伤感，可怜自己，对她爱了这么久的人依然柔情满怀，以至不知如何是好。她想到父亲，想到她曾经对父亲说的“我在你面前是明摆着的”这句话，真想大声喊叫，跳起来跑到父亲跟前去。她父亲住在没有炉灶的那边冷屋里，在那里过夜，中饭后也在那里休息。帕拉莎真想跑过去跪在父亲面前让他踩死自己，只要能够使她摆脱惋惜不可挽回的过去给她带来的痛苦。她还想起父亲说的“闺女，我……只为你一个人”这句话，并且为此哭泣。伤心和流泪给了帕拉莎极大的快感，使得她浑身无力。

一天傍晚，乌斯京和沃洛佳把大草镰拉到村里去磨。那个黄昏是晴朗而平静的，大道上的小草在夕照中闪光，对面是汪洋一片的成熟的黑麦，黄中略带粉红色；黑色的小燕子胸前也泛着粉红色，从帕拉莎坐着的窗前掠过。突然，在大道对面的庄稼地边上的黑麦中间出现了尼卡诺尔的短小的身影，他显然早就躲在庄稼地里，突然站了起来，挺直了身子。帕拉莎吓得从窗前闪开。尼卡诺尔迅速跨过大道上干了的车辙，走进帕拉莎家。

“你好！”他站在门口低声说，“没人？”

“没人。”帕拉莎勉强掀动苍白的嘴唇回答说。

“有事儿。咱们到后面去，到橡树底下去。”

尼卡诺尔说话的口气像丈夫，像亲人，像有某种权利的人，像与帕拉莎已经有扯不断的关系和私情的人。帕拉莎默默地站起来跟他走了。

到了橡树下面，尼卡诺尔一面东张西望，一面果断而简短地对帕拉莎说明了他此行的目的：要帕拉莎帮他从乌斯京的马厩里牵出两匹母马，跟他一起逃往罗斯托夫。帕拉莎连眼睛也没抬起来，只木呆呆地说了一句：

“行。”

太阳渐渐落到毛茬茬的麦穗儿后面去，他俩坐在麦穗儿间的地界上，麦芒在夕阳的光辉中落下来像金色的粉末。从大道那边，也就是东南方向，吹来温软的风——农忙的七月即将来临，这时节的天空是一片干燥的蓝色，均匀而无光泽，棕红色的麦虫嗡嗡地扇着甲壳下面的干燥的硬翅，飞落到麦穗儿上，在摇摇摆摆的麦穗儿上荡秋千。

尼卡诺尔说，整整一个星期以后，乌斯京要连夜出发去赶季赫文集市，还要带上沃洛佳，第二天深夜才能回家。这都是他尼卡诺尔打听得一清二楚的，因为他答应去集市上帮乌斯京卖掉一匹公马。所以乘中午地里什么人也没有的工夫就可以不慌不忙地把母马牵出来套上大车，使出浑身力气赶着它们经过歇工的时候空无一人的村道，往列别江方向去。他们就在庄稼地之间的大沟里过夜，那都是些神不知鬼不觉的地方。天不亮继续往前走。在列别江有一个可靠的、像金子一样难得的人，他们能以三四百卢布的价钱把这两匹母马卖给那个人，他们就有超过五百卢布的资本，可以到罗斯托夫去创业，他早就仔细考虑好了。

“创什么业？”帕拉莎问。

“你在这方面还一窍不通。”尼卡诺尔说着冷冷一笑。

“最好夜里干。”帕拉莎认真地说。

“得了吧！”尼卡诺尔嘲笑地说，同时用一小块报纸卷着烟。接着他叹了一口气，又说：

“那可不行，姑娘。还是按我计划好的去干。”

“早点不行？”帕拉莎看着自己那双小小的赤脚问。

“着急会生瞎子。”

帕拉莎沉默了，对尼卡诺尔的憎恶重又在她心中抬头。等整整一星期！他对她的痛苦怎么就一点感觉也没有！真不如马上吊死在这棵橡树上。帕拉莎无言地这样想着，同时使劲咬自己的嘴唇，想抑制脸上肌肉的颤抖，但是抑制不住，于是哭出声来。

“你怎么啦？”尼卡诺尔吃惊地问。

帕拉莎没有回答，却哭得更厉害了。

“我跟你说话呢！”尼卡诺尔粗声粗气地说。

“别管我！”帕拉莎大声说，声音里含着那样的憎恨和怒气，吓得尼卡诺尔倒退了一步。

“得了，得了。”他惶惑地说，同时想拥抱帕拉莎。帕拉莎用肘把他推开，最后他还是制服了帕拉莎。

七

赶季赫文集市前整整一星期，乌斯京像是存心地一直在家待着。叶夫根尼娅不止一次来诉苦，说她丈夫服役回来完全变成了一个蠢货和酒鬼，她的瘸腿婆婆又凶又放荡，还虐待她公公。但是帕拉莎没听姐姐唠叨，她已经没有思想、没有感觉，变得痴痴呆呆，像是劫数临头了。这个星期她睡得很多，不分昼夜。醒来总是一跃而起，想到她即将面临的事情惊骇不已。

最后一夜终于到来。

已经很晚了，帕拉莎躺在铺板上睡不着。因为屋里黑黢黢的，她看得见窗外的天空布满苍白的星星，听见父亲在窗下说话……后来门无声地打开了，父亲站在门口轻声问：

“闺女，睡着了吗？”

“没有……”帕拉莎勉强含糊地回答说。

然而父亲没有觉察女儿的声音异常，他走到铺板跟前，在黑暗中找到了女儿，在她身边坐下来，把一只手搁在她裸露的肩膀上。

“闺女，你怎么啦？”父亲向着女儿的脸俯下身去，轻轻地、神秘地说。女儿感觉到了父亲的胡子，父亲呼出的热气，还有伏特加酒的好闻的粮食气味。“你别藏在心里。”父亲声音更轻地说，同时抱住女儿，外衣的粗呢子擦着女儿的肩膀。

帕拉莎的心怦怦地跳起来，她含着眼泪真想大喊一声“爹！”以此宣泄自己所有的痛苦和无助。她想说：“爹呀，他糟蹋了我，作践了我，我爱的不是他，我不知道爱的是谁，世上的人，拿谁来换你我也不干……”可是父亲更紧地贴在她身上，突然变了腔调，在她耳边巴结地、甜蜜蜜地胡言乱语道：

“要我捎点什么，新衣服要不？我这就进城，赶集去，给你买什么？呃？快说，别怕……”

接着父亲的一只颤抖着的手就从帕拉莎的脊背上滑了下去。帕拉莎吓得在父亲身子下面猛一使劲，差点把父亲掀倒在地上。她跳起身来，缩在一个角落里，向前伸出两只手，父亲向后退去，喃喃地说：

“你怎么了？你怎么了？你想到哪儿去了？”

“出去。”帕拉莎声音十分微弱地说，她感觉到自己的嘴唇冰凉。她吃惊得快乐，既狂乱又绝望，心想：

“啊——啊！原来是这样！”

父亲站了一会儿就出去了。帕拉莎听见父亲在院子里挺不自然地高声说话，又听见大车发出轧轧的声响，听见他对已经套在大车上、还在闪过来闪过去的一匹公马的申斥。最后，父亲和沃洛佳坐上车出发了……帕拉莎以猫眼的敏锐望着屋里的黑暗，久久地站在铺板上，在包围着她的草原之夜的深沉的寂静中。后来她小心翼翼地躺下，立刻睡去……

第二天是个昏昏沉沉的日子，太阳烤人，亮得炫目，地平线虽然很亮，却被暑气蒸得浑浊不明。帕拉莎几乎快到吃中饭的时候才醒来。阳光直射着爬满苍蝇的不明亮的窗玻璃，屋里充满了阳光和热气。帕拉莎睡过了头，也不洗脸，脑袋昏昏沉沉的，赤脚跳到门槛上，站在已经升得很高的太阳下面，浑身感受到那干燥的热气。大海似的一片成熟的庄稼仿佛靠得更近了，包围了这个小院和有厚厚一层尘土的大道。低垂着沉甸甸的麦穗儿、在寂静和浓重的热空气中凝然不动的庄稼的黄沙色，给人以透不过气来的印象。

帕拉莎茫然四顾，努力回想她现在该做什么。她牢牢地记得马上就会有人来带她走，她必须尽快离开，躲藏起来。不过她怎么没有跟父亲道别，没有告诉父亲她昨天夜里的想法，还有她应该告诉父亲的事情？当然，昨天夜里那样了以后，也就可以不跟父亲告别，可以什么都不告诉父亲了。不过带什么东西走呢？她竟然还没有考虑、没有准备，脸也没有洗，鞋也没有穿。她没有戴头巾站在毒日头下，把两只手抱在胸前，感觉两边裸露的肩膀热烘烘的，一只赤脚触到门槛边晒烫了的石头。看家的白狗吐出舌头躺在粮仓下面的一小块阴影中。帕拉莎恐惧地看看狗，又看看庄稼地，看看村道……

忽然间，在昏暗的银色天空背景上，黑麦地里出现了拱形的轭和一匹高高的瘦马。尼卡诺尔坐在一辆大车的侧板上，把便帽推到了后脑勺上，正起劲地拉扯缰绳。马儿小跑着扬起尘土，拉着车横穿过大道，朝帕拉莎站着的地方轰隆轰隆奔来。尼卡诺尔的眼睛睁得大大的，晒得漆黑的脸上汗流如注，一副吃惊的样子。他从车上跳下来，没注意到帕拉莎赤着脚，而且几乎没穿衣服，就急匆匆地低声问她：

“你怎么啦？都准备好了？他们走了？”

帕拉莎没有回答，怪异地看了尼卡诺尔一眼，就从门槛上跳下来，晃着两只赤脚朝牲畜院大门跑去。她的肩膀撞在门板上，感觉到门板也晒得挺烫，两扇门板吱呀一声敞开了。她踩着积得很深的干透了的畜粪，朝关着母马的阴暗的单马栏走去。尼卡诺尔赶着车跟在她身后，进去以后绕了一圈，口里喃喃说：“你怎么还没穿好衣服？”单马栏门上吊着一把大锁。帕拉莎转过身来说：

“我没有钥匙。”她说这话的时候，两只一动不动的水汪汪的绿色大眼睛瞪着尼卡诺尔。

尼卡诺尔回头一看，发现一块磨斧子用的石头，他抱起这块石头就往锁上砸。锁连着铁扣给砸脱了，帕拉莎不等锁掉下就把它接住，紧紧地攥在她那晒黑了的小手里。尼卡诺尔把汗水浸湿的便帽再向脑后推了推，拿着一副沉重的笼头走进单马栏，把头歪向一边朝黑暗中张望，一匹眼睛呈紫色的漂亮的栗色母马在里面往后一跳，弯下脖子贴墙站定。这时候帕拉莎向前迈了一大步，笨拙地但却使出浑身的力气，把锁砸到尼卡诺尔的太阳穴上。尼卡诺尔颠了颠就一头栽进马粪中。帕拉莎箭也似的冲出单马栏，朝牲畜院大门飞奔而去。门边站着尼卡诺尔的马，它打了一个响鼻就跟帕拉莎一起冲到大道上。这马拉着身后的大车，扬起尘土，轰隆轰隆地朝着城市的方向，朝着山口那边的灰白色远方去了。帕拉莎朝另一个方向跑，她越过大道跑进了黑麦地，跑着跑着回头一望，突然站住，原来她看见尼卡诺尔从牲畜院里蹦出来，头上没了帽子，脸上、衬衣上染满鲜红的血，几乎站不稳，跟着他的受惊的马追去。帕拉莎尖叫了一声就消失在密不透风的麦穗儿丛中……

那天经过村道的许多人都看见她在没有路的庄稼地里没命地跑。有时她蹲下去，伸出头来看看，接着又跑，只见她的白色衬裙和没系头巾的头在黄色的麦穗儿中间一闪一闪。

五天以后她才给抓住。她挣扎的时候力气大得吓人，还咬伤了拿一根新的缰绳去绑住她的两只手的三个庄稼汉。

（1913）

兄　弟

见兄弟相残，

我欲说大悲。

——《涅槃经》

从科伦坡出来，道路沿着大洋在椰林中穿行。左面，太阳照得树影斑驳的远方，僧伽罗人的小屋星罗棋布在羽状扫帚般的树冠底下，犹如有了高高的凉棚，它们与周围的热带树木相比显得那么矮小。右面，奇形怪状地向四面八方伸展着枝叶的带有深色环甲、既高又细的树干之间，铺着厚厚的丝一样的细沙，水面好似金色热镜闪闪发光，水面上停着一些用不结实的雪茄似的橡木凿成的原始独木舟，张着粗陋的风帆。细沙上横七竖八躺着一些黑发少年的咖啡色身体，完全赤裸着。还有许多这样的人体笑着喊着在多石的近岸那温暖而清澈的水中嬉戏……这些林中人，始祖的土地（至今仍称为锡兰）的直接继承者，似乎用不着城市、美分、卢比。树林、海洋、太阳不是给了他们一切吗？然而他们成年以后，一些人做起了生意，一些人种稻种茶，一些人（北部岛屿上的）去采珠——下到洋底，然后带着两只充血的眼睛返回；还有一些人代替了马匹，用人力车拉着欧洲人跑遍城市和郊区，穿过一条条有绿林构成的大穹隆遮荫的深红色小路，踏着做成亚当[1]的泥土，因为马儿受不了锡兰的炎热，有钱又有马的侨民都把他们的马赶到山里去过夏天。

英国人，今天这个岛的主人，在人力车夫的左臂，肩与肘之间，挂上金属号牌。有普通号，也有特别号。一个住在科伦坡郊外林中小屋里的僧伽罗老人力车夫得到一个特别号——七号。佛会说："众比丘，这老人为何要增加自己的世间苦？"众比丘会回答说："佛呀，这老人要增加自己的世间苦是为爱欲驱使，这是自古以来万物生存的动力啊。"他有妻子、儿子，还有一大群幼儿，并不害怕"有他们就要为他们操心"。他的皮肤很黑，人很瘦，而且难看，既像未成年人，又像女人。他的抹了椰子油、在脑后束成一个发髻的长发已经花白。他全身的皮肤，或者不如说覆盖在他的骨头上的皮肤，都是皱皱巴巴的。他跑起来的时候，汗水如雨一般从他的鼻子上、下巴上以及系在瘦弱的骨盆周围的破布上直往下淌，窄狭的胸膛呼吸的

① 亚当指《圣经·旧约·创世记》中所说上帝用泥土创造的第一个人。

时候发出啸音和嘶哑声。他嚼着蒌叶，一面嚼一面吐出弄脏了胡子和嘴唇的血红的沫子，就凭这蒌叶的麻醉作用给自己增添力气，跑得很快。

为爱欲驱使，他不是为自己，而是为他的家人、他的儿子寻求幸福，那是他本人注定得不到的。可是他的英文不好，许多地名都不能一下子听明白，常常凭猜测往前跑。人力车的车厢很小，有一个可以掀开的车篷，车轮既细又高，车把也不比好手杖粗。瞧，一个身材高大、眼睛是白色的人坐了上去，他穿一套白衣服，戴一顶白盔形帽，登一双质地粗而价钱贵的鞋子，身子把车厢塞得满满的，架起二郎腿，以委婉的命令口吻在嗓子眼里呱呱地说着什么。老头抓起车把，俯身向地，向前飞奔而去，两只轻巧的脚板几乎不着地。车上那个戴盔形帽的人用他的两只长满雀斑的手握着一根棍子，呆呆地想他的心事，呆呆地望着什么，突然间，他恶狠狠地瞪圆了他的眼睛，因为车夫去了不是他要去的地方！简单点说，有不少棍子曾经飞落到这老头的脊背上，敲打在他的两个黑黑的肩胛骨之间，这两块骨头因为总是等着挨打而收缩到了一起。不过他也从英国人那里拿到不少多余的小钱：他在全速奔跑中来到某家大饭店或者事务所门口，猛地停下来，把车把一扔，那么可怜地皱起眉头，并且迅速伸出两只又长又细的胳膊，把像猴爪一样的湿乎乎的手掌窝成勺状，不由得你不给他加钱。

有一次他不到钟点就回家了，那是在中午最热的时候，一些叫作太阳鸟的柠檬色小鸟像金色的箭一般在林中穿梭不停，绿色的鹦鹉快乐地尖声叫着从一些树上飞起，在五颜六色的林中，在林荫与柔和的光中像彩虹一般闪过，屋顶盖着瓦片的古老的佛教寺院里飘着浓重的甜香，无叶的祭祀木开着乳白色的花朵，像小小的晚香玉，粗脖子的变色龙变幻着鲜艳的宝石色彩，有的在光滑的树干上，有的在如象鼻一样不光滑的树干上，阳光下有许许多多艳丽的蝴蝶，或在翻飞，或静止不动，热气腾腾的褐色的蚁冢中有许多又黑又亮的颗粒在蠕动，在向外流淌。林中的一切都在歌颂主管生死的“贪生”之神马拉，一切都在互相追逐，为短暂的快乐而快乐，同时互相残杀。而老人力车夫一心只想结束自己的痛苦，别的什么都不想了，他躺在他的泥屋里闷热的昏暗中，作屋顶用的树叶已经干透，有小红蛇在下面爬来爬去，到黄昏他已死于抽搐和水泻。他的生命与向西落到广阔的雪青色水面下、变成世界上最壮丽的大红、烟灰、黄金色云彩的太阳一起熄灭了。于是黑夜来临，科伦坡郊外树林里的这个老人力车夫只剩一具小小的蜷缩的尸体，失去了他的号牌、他的名字，正像克拉尼河入海以后就失去了它的名字一样。太阳落下去转变为风，人死了以后转变为什么呢？

黑夜迅速熄灭着短暂黄昏的柔和得奇幻的玫瑰色和绿色，飞狐无声地在树枝下来来回回寻找宿夜的地方，于是黑暗而闷热的树林里出现了数不清的火蝇，生活在花丛中的小小的树蛙神秘而热烈地聒噪起来。在远远的一座林中小庙里有一尊用檀香木雕刻的大佛向右侧卧着，形态温和地把一只手枕在头下，涂金的脸盘宽大，蓝宝石做的眼睛细长，薄薄的嘴唇上漾出慈悲的微笑，他面前的一盏长明灯在浇了椰油、撒上了大米和凋谢的花瓣的黑色供桌上闪着微弱的火光。老人力车夫仰面躺在小黑屋子里，临终的痛苦使他那可怜的身子变了形，因为佛召唤人摈弃爱欲的声音没有传到他的耳朵里，因为他死后等待着他的是新的痛苦，也就是不觉悟的前世的业报。这天晚上一个牙齿挺大的老婆子坐在小屋门口一只锅下面的火堆旁边哭，她的悲哀也是由不觉悟的贪恋产生的。佛会把她的感情比作她右耳上的小桶样的铜耳环，这耳环又大又重，把耳垂上的洞眼坠得很大。她直接穿在咖啡色身上的棉布短衫白得耀眼。赤身露体的孩子们像小鬼一样在一旁玩耍，尖声叫唤，互相追逐。腿脚灵便的儿子已经成年，站在火堆后面的半明半暗中。黄昏的时候他见到了他的未婚妻，是邻村的一个十三岁的圆脸小姑娘。听到父亲去世的消息他惊骇不已，他本以为没有这么快。看来是一种比爱父亲更强烈的爱使得他万分激动。佛对年轻人说：“勿忘勿忘，欲以生命点燃生命的人，正如以火点燃的火，世间人或杀人，或被杀，一切痛苦皆从爱欲生。”可是这个年轻人已经像蝎子进洞一般毫无保留地钻进了爱中。他站在那里望着火。

同所有的野人一样，他的两条腿过分细。不过就连湿婆神也会羡慕他的深桂皮色胴体的美。他的马鬃般的墨蓝色头发长长的，在头顶束成一个发髻，在火光中闪光。他那长长的睫毛下面的双目也在闪光，像对着火光的椰子。

第二天，邻居们把老头的尸体抬到树林深处，放进一个坑里，头朝西，朝向大洋，尽量不出声地匆匆用泥土和树叶填满那个坑，然后匆匆去净身。老头走了，人们从他那变成灰色的皱皱巴巴的细手臂上摘下了铜号牌，他的儿子鼓起两个小鼻翼拿着那号牌，欣赏着挂在了自己的热乎乎的浑圆的手臂上。起初他只是跟着老练的人力车夫们跑，仔细听乘客要他们到什么地方去，记着那些街道的名称和英文字；后来他就自己单干，开始挣钱，准备成家，准备获得爱情，想获得爱情就是想生儿育女，想生儿育女就是想发财，想发财就是想万事如意。然而有一天，他跑回家来又听到一个可怕的消息：他的未婚妻不见了——到奴隶岛的一家小店去了就没有回来。未婚妻的父亲熟悉科伦坡，常常到奴隶岛去，他找了女儿三天，肯定打听到了什么情况，因为他放心地回来了。他一面叹气一面垂下眼睛，表示认命。这老头像城里那些做生意、生活宽裕的人一样，贯会装蒜，老奸巨猾。他很胖，两个乳房像女人的一样，没有光泽的白发里插着一把贵重的玳瑁梳子。他赤脚走路，可是打一把伞，下身围着一块上好的花布，上身穿一件斜纹布短衫。从他嘴里是听不到实话的。女人和姑娘们都是弱者，像所有的河一样，有障碍就转弯。年轻的七号车夫懂这个道理。他在家呆呆地坐了两天两夜，连饭也不吃，只嚼蒌叶，最后终于恢复常态，又跑到科伦坡去。他好像已经把未婚妻完全忘了。他拉着车跑，贪婪地攒钱，他究竟更爱拉着车跑还是更爱他为自己的未婚妻收集的小银首饰，无法理解。一个俄国水手曾经与他合影，并且送了一张相片给他。这个年轻的人力车夫看到自己的影像，惊喜了很长时间。在相片上他站在两个车把之间，把脸转向想象中的观众，连他手臂上的号牌都照下来了，谁都能一眼就认出那是他。他像这样表面上看来似乎挺顺利、甚至挺幸运地干了半年。

一天早晨，他正和别的人力车夫坐在从奴隶岛到维多利亚公园那条长街上的一棵多枝干的菩提树下。烈日刚刚从马拉达纳那边的树后面露出脸来。可是这棵菩提树高高地伸展开去，它那铺满晒焦的树叶的根部已经没有阴影。人力车车厢都晒得很烫，细细的车把搁在晒烫了的深红色泥土地上，地上冒着一股既像石油又像粗磨咖啡的热气，其中还夹杂着附近四季开花的花园、樟脑、麝香和车夫们嘴里吃的东西的浓重的甜香。车夫们在吃香蕉，小小的，热乎乎的，呈嫩粉红色，有金黄的外皮。他们坐在地上，边吃边聊，把两个尖尖的膝头举到下巴边，两手搁在膝头，再把女人样的头搁在手上。忽然间，远远地，在一座带凉台的殖民地式平房的光影交织的白色围篱旁边，出现了一个穿一身白衣服的人。他迈着只有欧洲人才有的刚毅坚定的步子走在街心。这一群赤裸的长腿人立刻闪电般从地上跃起，争先恐后地从四面八方奔向那个人，那个人挥了挥手杖，威严地吼了一声。这群胆小而又受不了委屈的人飞奔过来以后，突然在那个人的周围停住脚步。那个人看了他们一眼，头发漆黑的七号车夫在他看来要比别的车夫强壮些，他就选中了七号。

那人个子不高，然而身体结实，戴一副金边眼镜，两道黑眉长到了一起，黑胡子剪得短短的，脸上的皮肤呈橄榄色——热带的阳光和肝病留下的痕迹。他头上的盔形帽是灰色的，眼睛有点怪异，从漆黑的眉毛和眼睫毛下面通过闪闪发光的镜片视而不见地向外望着。他挺内行地坐进人力车车厢里，立刻找到了让车夫跑起来更自如的位置，然后看了看他的短而有力的左手的刺了花纹的手腕上戴着的一只有皮套的小表，说出了约克街的英文名字。他的呆板的声音不容置疑而又平静，目光却很怪异。七号车夫抓起车把向前奔去，不时地弄响拴在车把末端的一只铃铛，在来来往往的行人、大车和别的人力车之间穿行。

那是三月末，当地最热的季节。太阳出来还不到三个小时，似乎已经临近正午时分——处处都那么热、那么亮，街头巷尾的小店旁边聚集了那么多人。大地、花园、在殖民地式平房的白垩屋顶以及历史悠久的小黑店铺上头郁郁葱葱、开着花的所有高大茂密的林木，使得空中充满热气和香气，只有雨林紧紧地裹起自己的小碗样的叶子。一排排的小店铺，不如说是覆盖着黑瓦、挂着大串大串香蕉和干鱼的棚子，挤满了顾客和商贩，他们都一样像黑皮肤的澡堂服务员。七号车夫俯身向前，飞快地晃动着两条长腿跑着，还没有一滴汗水出现在他的闪着椰油光的脊背和浑圆的肩膀上，他的两肩之间那如少女一般纤细的脖子优美地支持着给太阳暴晒着的漆黑的头。跑到街尾，他突然停下来，稍稍扭转头，用他的语言很快地说了一句话。坐在车上的英国人只看见车夫的弯弯的眼睫毛末梢，听懂了一个字"蒌叶"，就挺起了眉毛。什么？这么年轻力壮的人，才跑了两百步就要蒌叶啦？英国人没有说话，举起手杖朝七号车夫的两个肩胛骨打过去。这个车夫像所有的僧伽罗人一样胆小而又固执，他只动了动肩膀就像箭一般斜着朝街边的小店铺飞去。

"蒌叶！"七号车夫把愤怒的目光转向英国人又说了一遍，并且像狗一样露出了嘴里的牙齿。

可是英国人已经把他抛在了脑后。一分钟以后七号车夫就从小店里钻了出来，用一只狭窄的手掌托着一片胡椒叶往上面抹石灰，然后把一小块打火石般的槟榔卷在里面。佛告诫人们勿杀、盗、淫、妄、痴。这个车夫又知道什么呢？他心里只有一点模糊的佛的声音，也是他的数不清的先人心里接受的那点模糊的声音。每年雨季他跟着父亲进小庙里去，在妇女们和乞丐们中间听做法事的僧人用大家都忘了的古语念经，什么也听不懂，只是在众口齐声欢诵佛号的时候跟着唱罢了。他父亲常常当着他的面在庙门口祈福，跪倒在卧佛面前低声念佛的告诫，双手合十举到额前，然后从自己辛辛苦苦挣来的硬币里挑一个最小最旧的搁在供桌上。其实他念的时候态度漠然，他只不过是害怕小庙墙上画着的那些罪人要受的刑罚而已。他也拜别的神像，那些吓人的印度雕塑，而且也信，就像信魔、蛇、星宿、黑暗的力量一样……

七号车夫把蒌叶塞进嘴里以后，情绪立刻有了变化，用两眼向英国人友好地笑了笑，抓起车把，左脚一蹬，重新跑了起来。每当英国人抬起头来的时候，太阳都使他目眩，在他的眼镜的金边和镜片上闪着耀眼的光。太阳烤着他的双手和膝盖，大地喷着热气，甚至可以看见地面上端的热气像烤炉上端的热气一样在颤动，然而他一动不动地坐着，没有去拉人力车的车篷。有两条路可以进城，或者说去侨民所谓的炮台：一条路在右边，经过马来人的一座寺庙，沿着两边是滨海湖的堤坝；另一条在左边，朝大洋的方向去。英国人想走左边这条路。可是七号车夫在奔跑中回过头来（两片嘴唇已经染成血红色），做出他不明白英国人要他干什么的样子。英国人又一次让步，心不在焉地望着四周。右边绿色的滨海湖闪闪发光，湖水是温热的，有许多乌龟和腐烂的东西，远处围着一片椰林。堤坝上走人也走车，只听见铃铛响。有的人力车夫穿着白色制服上衣和白色短裤。坐在车上的欧洲人经过一个令人疲乏的夜晚脸色发白，他们跷着二郎腿，高举着他们的白皮鞋。有一辆由一头灰色驼背小公牛拉的双轮车过去了，车篷下面闷热的浅影中坐着一个拜火教徒，是个黄脸老头，样子像阉人，穿一件大袍，戴一顶绣金线的锥形绒帽。一个巨人般的阿富汗人穿一条白色灯笼裤、一双鞋尖呈钩形的软皮靴、一件白色的后身打折的直领上衣，头上包着挺大一盘粉红色包布，一动不动地站在滨海湖上望着温热稀薄的湖水里的乌龟。一长串有篷的牛车过来了，望不到头。在那些狭窄的草篷下面堆满了大包大包的货物，有的时候可以看见一堆深褐色的人体，是青壮年工人。车轮旁边走着被烈日晒得干瘦的老头子，他们的两条腿给红色的尘土染成红色，简直就像老婆子的木乃伊。走在路上的还有泥水匠，身强力壮的黑苦力……到了炮台门前的一片形成遮蔽阳光的极宽的绿色天幕的大古树下，英国人说了一句“帕戈达”，指茶楼。

于是他们停在一座底层有几个圆拱的老式荷兰建筑旁边。英国人看了看表就进去喝茶吸烟去了。七号车夫在这条铺了紫红色路面，又有树阴，而且洒满黄红色野西瓜花瓣的宽阔街道上转了半圈，跑到树根旁扔下车把，一屁股坐下。他举起两个膝头，把两个胳膊肘搁在膝头上，在正午澡堂般的芬芳热浪中连连喘气，茫然望着过往的僧伽罗人和欧洲人，从围裙下面抽出一块破布，擦了擦给蒌叶染红的嘴唇，又擦了擦脸以及平胸上凸起的地方，然后把这块破布叠成绷带的样子，扎在额头上，使他看上去像个病人，很不雅观，但是许多人力车夫都这样做。他坐在那里，也许在想……阿难曾经对佛说："我们的肉身不同，心却一样。"这么说，这个在科伦坡附近的天堂树林中长大、已经尝到了最剧烈的毒药——对女性的爱的滋味、已经涉世、正飞快地追逐着欢乐或者说躲避着悲哀的年轻人，他该有什么想法或者感受，是可以想象的。马拉神已经击伤了他，不过马拉神也为他治伤。马拉神从人的手中夺去人抓住的东西，马拉神同时也燃起人重新抓回被夺去的东西或者与被夺去的东西类似的别的东西的欲望……英国人喝过茶以后到这条街上来闲逛，走进一些商店，仔细看橱窗里陈列的宝石、用乌木雕刻的象和佛、各种花花绿绿的衣料、带黑斑的金钱豹皮。七号车夫和别的人力车夫互递眼色，同时拉着自己的车跟在英国人身后，好像在想什么，或者只是有某种感觉。正午十二点，英国人给了他一卢比让他去买东西吃，自己则走进一处欧洲的大轮船公司办事处。七号车夫买了一些廉价卷烟，吸了起来，吸得很深，眼睛看着卷烟，像女人吸烟一样。他一连吸了五支。他昏昏然坐在那办事处所在的三层楼房对面的漏光的树阴中，一抬眼，忽然看见那楼房的有白色窗帘的阳台上出现了他的乘客，另外还有五个欧洲人。他们都用望远镜对着港口观看——瞧，码头的篷顶后面慢慢出现一支、两支、三支又高又细的桅杆，微微偏向后方。阳台上的人拿出手帕挥舞起来，接着从码头的篷顶后面就响起了阴沉、有力、威严的汽笛声，声音回荡在海港和城市里，七号车夫的乘客所等候的一艘来自遥远的欧洲的轮船进港了。这艘轮船经过二十天航行准时抵达科伦坡，于是满怀希望和欲望的七号车夫完全没有料到的事情——乘客要在滨海湖上那座房子里吃一顿对他来说后果严重的晚间大餐，已成定局。

不过现在时间还早，那个视而不见的戴眼镜的乘客又来到街上，他向和他一起出来、朝着维多利亚女皇的白色雕像——也就是有篷码头那个方向走去的两个人告别以后，七号车夫又跟着他在街上闲逛起来，这回是朝一家大饭店走去。在这家大饭店的半明半暗的大厅里，有吊在天花板上的桨一样的风扇旋转着扇去夹杂着菜肴香味的暑热，许多有钱的侨民和旅游者在这里吃喝。七号车夫又像一条狗似的坐在铺满街道的野西瓜花瓣上。淡绿色的树冠连成漏光的凉棚为这条街遮阳，在树阴中走过饭店门口的一些女人样的僧伽罗人向欧洲人兜售他们的彩色明信片、玳瑁梳子、宝石这一类东西，有一个人甚至牵着一只身上长满长针样的毛的小兽来卖，不断有半野人似的人力车车夫沿着这条阔绰的欧洲街道跑过去……远远的，在一个没有遮阳的广场中央，有一个很大的白得耀眼的大理石女人坐在高高的大理石基座上，神情傲慢，双下巴，身穿皇袍，头戴皇冠。一群刚刚抵达的欧洲人从那边走来。皮肤呈青灰色或者黑色的仆役连忙来到饭店门外，一面向这些欧洲人鞠躬，一面从他们手里夺去手杖和小件行李，另外一个人站在门口彬彬有礼地迎接客人，他那抹了油的头发、眼睛、牙齿、袖扣、上浆的衬衣、斜纹布晚礼服、斜纹布裤子、白皮鞋都在闪光。佛曾经到过这个已有六欲的人类始祖的天堂般的居所，他说："世人不停地宴乐，沉迷于色声香味，六欲如缠缚沙罗树的青藤，美丽而致命。"向着这家大饭店走来的人的一张张呈灰色的脸上还挂着经历了疲劳、暑热、晕船和种种疾病折磨的痕迹。人人都是一副半死不活的样子，说起话来连嘴皮都不动，但是一个跟着一个走进饭店的阴暗的门厅，准备分散到各自的客房里去盥洗，焕发精神，然后让菜肴、饮料、香烟、咖啡把自己弄得满面通红，坐上人力车到大洋岸边，去参观肉桂园、印度教和佛教的寺院。人人心里都有那个迫使人活着并且渴望被生活迷醉的东西！生长在初人的土地上的这个年轻的七号车夫难道不加倍迷醉？从他身边走过一些女人，上年纪了，不好看了，像坐在远处林中小屋里他的黑皮肤母亲一样，牙齿很长。偶尔也有长得好看的姑娘走过，她们穿一身漂亮的白衣裳，戴小盔形帽，罩着轻薄的面纱，盯着看他抬起的美丽的眼睫毛，看包在他漆黑的头上的一圈破布和染得血红的嘴唇，激起他的欲望。她，那个从这座城市里消失的姑娘，哪点不如她们？热带的阳光哺育了她。在她那微显丰满然而结实短小的赤裸的身上穿一件带蓝色小花的白短衫，一条同样布料的裙子，使她看上去更黑了。她有一个圆圆的小脑袋，突起的额头，两只亮晶晶的圆眼睛，目光中孩童的怯懦已经杂有对生活的欢喜的好奇，以及含苞待放的女性的柔情和欲望。她的圆圆的脖子上戴着一串珊瑚项链，小手小脚上都有银镯……七号车夫从地上一跃而起，奔进附近的一个小巷，那里有一间旧式一层瓦房，屋前有粗大的木柱，是普通百姓去的酒吧。他在柜台上搁下二十五分钱，喝了一大杯威士忌。这酒燃起的火和蒌叶混合在一起，保证他能够在舒服的兴奋状态中熬到晚上，直到科伦坡郊外的树林充满闷热的黑暗，树蛙神秘地鸣叫起来，竹林深处闪烁起数不清的火星。

英国人叼着香烟从大饭店里走出来的时候也是醉醺醺的，他两眼惺忪，泛红色的脸似乎胖了一些。他看了看表，不知在想什么，看样子是不知道如何打发剩下的时间。他在大饭店门口犹豫不决地站了一会儿，然后叫七号车夫先拉他到邮局去。他往邮箱里投进三张明信片，从邮局出来就去了戈登花园，可是并没有走进花园，只在门口看了看里面的纪念碑和林荫道。离开戈登花园他就随意逛起来，去了黑城、黑城的市场、克拉尼河……这个从头到脚都湿了的醉醺醺的七号车夫还怀抱着挣到一大堆分币的热望，拉着英国人逛呀逛。在令人最困倦的午后骄阳似火的时刻，在树下的长椅上坐两分钟就会留下一圈黑黑的汗水印迹，他还要讨好这个不知道如何消磨晚饭前时光的英国人，拉着他跑遍整个古老、人多、充满辛香味儿的黑城，让睡眼蒙胧的英国人看到许多赤裸的有色人体和裹着下半身的各色花布，许多拜火教徒、印度教徒、黄脸马来人、臭烘烘的中国小铺、瓦或茅子盖的屋顶、庙宇、清真寺和礼拜寺，许多来自欧洲的无事闲逛的水手，许多和尚——剃光了头，瘦骨嶙峋，有一双疯狂的眼睛，穿姜黄色的袈裟，偏袒右肩，拿着用神圣的棕榈叶[①]做的大蒲扇。七号车夫拉着英国人穿行于远东的这种拥挤和脏乱中，像是在逃避什么人似的。他飞快飞快地沿着狭窄、浑浊、水深、被太阳晒得很热、部分被从岸边低垂下来的难以穿行的绿色树丛遮掩着、是鳄鱼喜欢的克拉尼河，一直向前跑，不过鳄鱼躲开装载着大包大包茶叶、大米、桂皮和没有加工的宝石，十分缓慢地在浓重的夕照中漂浮的有草篷的平底船，向着处女林深处游去……后来英国人命令七号车夫回炮台，那边已经没有什么人了，所有的办事处和银行都关了门。英国人走进一家理发店去刮了胡子，显得年轻了些，但是

① 按基督教传说，耶稣基督于受难、复活前一周的星期日来到耶路撒冷，百姓以棕榈树枝铺道迎接，后定为棕枝主日。作者来自基督教国家，因此称棕枝为“神圣的”。

并不中看。他还买了香烟，去过一家药铺……七号车夫浑身是汗，人也瘦了，看英国人的眼神已经很不高兴，像一只感觉到即将发作癫狂病的狗……五点钟以后，他跑过女王街尽头的灯塔，又跑过安静清洁的军区，来到大洋岸边，被低垂的太阳照得泛金光的宽阔的绿色海面无拘无束地望着他，最后他跑向奴隶岛。

炮台区的大饭店全部客满，英国人下榻在奴隶岛后面的一家普通旅馆，于是七号车夫再一次跑过他这天早上曾经坐在下面渴望从这些让人摸不透的无情的白人手里挣钱、一心希望获得幸福的那棵菩提树。接下去是一座座低矮的殖民地式平房的花园、石砌围墙和荷兰式屋顶。他跑进一座殖民地式平房的院子里以后，在宽大的凉台旁边休息了约半小时，等英国人换衣服去吃晚间大餐。他的心脏像中了毒的人一样怦怦直跳，嘴唇发白，深褐色面孔的线条僵硬了，一双漂亮的眼睛显得更黑更大。他的烫乎乎的身体散发出不好闻的气味，像是热茶里混进了椰油，还有抓一撮蚂蚁在掌心里搓揉散发出的那种气味。

这时候太阳已经落下去了。一个年纪不小的姑娘半躺在凉台遮阳下面的摇椅里，借着落日的余晖看着一本祈祷书。一个从马都拉来的印度教教徒，是个既高又黑的哑巴老头，花白的鬈发披到胸前和肚子上，人瘦得像一具骷髅，用破布缠头，下身围着一块挺长的布，从前曾经是红色的，有黄色横纹，他在街上看见摇椅中的姑娘，就无声地走进院子里来，手上提着一只棕榈树皮编的有盖篮子。他走到凉台前面，以手捂额，奴颜婢膝地鞠了躬，然后在地上坐下来，掀开那篮子的盖子。半躺在摇椅里的姑娘没看他一眼就摆了摆手。可是那个老头已经从腰间抽出一支芦笛。七号车夫突然跳起身来，带着莫名其妙的怒气向那个老头大吼了一声。那个老头也跳起身来，扣上篮子盖，转身向大门外跑去。过了许久，七号车夫还把眼睛瞪得圆圆的，与他想象中从篮子里慢慢盘旋着爬出来、同时鼓起有蓝色反光的喉咙发出咝咝声的那个可怕的东西的眼睛一模一样。天很快就黑下来，英国人梳洗完毕、穿一身白色晚礼服走到凉台上来的时候，天已经黑尽了。七号车夫顺从地奔向自己的车把。已经是晚上了，但是特别热，要下雨前总是这样，而且各种气味比白天更重。麝香的闷人的暖香与被腐败的花瓣沤肥的热烘烘的土地的气味混合在一起，也变得更浓。花园之间的路那么暗，车夫只能靠沉重的喘气声和车把上的晦暗的小灯判断对面有车来了。接着那污浊的滨海湖在黑黢黢的树冠下开始闪出微弱的光，湖水反映着的一长串灯火现出红色。饭店的两层大楼房在这热带的黑暗中灯火通明。院子里很黑，许多人力车夫拉着他们的乘客跑来，他们的身体融入黑暗之中，只有他们围着下身的布微微发白。一个开向滨海湖的大阳台亮着有许多玻璃灯罩的烛光，灯罩上爬满蚊蚋，长长的餐桌上铺着雪白的桌布，摆着餐具、酒瓶、放冰块的玻璃钵，围着餐桌坐着穿白色晚礼服的人，他们文雅地却是不停地在低声谈天，而一些像保姆一样的肥胖的赤脚仆役，光着脚板窸窸窣窣走来走去伺候着他们。一些马来人坐在不到天花板高度的板壁后面，拉着吊在天花板上的中国做的大草席，为吃得出汗的人扇风。七号车夫向阳台奔过去。已经坐在餐桌边的人高兴地埋怨着向这位迟到的客人打招呼。这位迟到的客人从人力车车厢里跳下去，跑上阳台。七号车夫拉着车子围着这房子转一圈，以便回到大门口的院子里，与其他车夫在一起。他围着这房子跑的时候，突然吃惊得闪开一步，就像脸上挨了一棍子，原来他看见二楼一扇敞开的被灯火照亮的窗户旁边站着他的未婚妻，穿一身红绸日本服，脖子上挂着一串三连红宝石项链，两只裸露的手臂上都戴着金质宽手镯，正用一双圆圆的明亮的眼睛望着他。这就是半年前与他约定要交换饭团的童女啊！他在阳台下面的黑暗中，她看不见他。可是他立刻就认出了她，吃惊得闪开一步，呆立在那里。

他没有晕倒在地，他的心脏没有爆炸，因为他的心脏太年轻太强壮了。他呆立了一会儿，然后在一棵百年老无花果树下蹲下来。这棵树的树冠像天堂树一样，有许多细碎的绿色火星在其中亮着，并且微微颤抖着。他久久地望着站在窗框中的她的圆圆的小黑脑袋、宽松地裹着她小小身躯的红色绸衣、举起来整理头发的双手。他蹲在那里，直到她转身向室内走去。她消失了以后，他立刻跳起身来，抓起搁在地上的车把，像鸟儿一样飞过院子，飞出大门，又拼命跑了起来。这回他确切地知道自己跑向什么地方，去干什么，他主宰着他的一下子就解脱了的意志。

“醒醒，醒醒！”多少次在这天堂地下化为灰烬的可悲的祖先的千千万万无声的声音在他心里呼喊着，“弃绝马拉神的诱惑，弃绝这短促的人生梦！难道你要像中了毒箭的人一样沉睡不醒吗？尝到百倍甜蜜的人同时要尝到百倍的痛苦，一切痛苦、一切哀怨都来自爱欲，来自心的贪恋，斩断它们吧！你能静下来休息的时间不长，你的伊甸园，那有了欲的初人的居所，会以千百种化身一再将你驱逐出境，而过早地踏上人生旅途、强烈地追求幸福、又被对爱欲和为这古老的世界生儿育女的热望这支最尖利的箭击伤的你，终于有了这短暂的休息时间，百年来这古老世界的胜利者一向以自己的铁蹄踏在失败者的喉咙上！”

连接在一起的树冠形成的漆黑的天幕下面出现了奴隶岛的开着门的小店铺的灯光。七号车夫在一家小店里狼吞虎咽地吃了一碗放了许多辣椒的热米饭，继续向前奔去。他知道一小时以前到大饭店院子里来过的那个来自马都拉的老头住在什么地方，那老头和他的侄儿住在他的大水果店后面一座有大木柱的矮房子里。他侄儿穿一身脏兮兮的欧洲式布衣服，头上有一大堆纠结在一起的黑色鬈发，嘴里叼着烟卷儿，皱起眉头避开熏眼睛的烟雾，把一筐筐水果拉到店里去。他没有注意到大汗淋漓的七号车夫的疯狂神情。车夫默默地跑到木柱间的遮阳底下，一脚踢开一扇小门，估计能在门后找到那个哑巴老头。车夫的一只汗津津的手里紧紧地攥着一枚他珍藏着的金币，他还在路上跑的时候就从挂在围裙下面腰间的一个皮钱袋里掏了出来。这枚金币迅速办成了他的事：他往回走的时候拿着一个用绳子捆着的装香烟的大盒子。他花了大价钱买下这个盒子，不过盒子不是空的，里面有东西在挣扎、在蠕动，盘成一个个圆圈冲击盒子的盖子，而且发出沙沙的声音。

他为什么还要拉上他的人力车？可是他拉上了他的人力车，迈着均匀有力的步子朝大洋岸边，朝校场跑去。校场上空无一人，远远地在星光下显得黑糊糊的。校场那边有炮台区的零星灯火，亮得模糊的灯塔塔顶在天空的背景上慢慢旋转着，把烟雾般的白色光带投向海港方向。从洋面吹来微弱的凉风，发出隐约可辨的均匀的催眠声。他跑到岸边的路中央，最后一次扔下过早地把他的生命套上、然而时间不长的细细的车把，这回不是坐在地上，而是大胆地像侨民那样坐在了一张长椅上。

七号车夫付给那个老印度教教徒整整一英镑，要买一条最小最厉害最致命的毒蛇。这条蛇浑身布满带绿边的黑环，头是蓝色的，脑后有一道宝石绿，尾巴呈丧服的黑色，美得出奇。这蛇虽然小，却特别厉害、特别毒辣，因为在有香烟味儿的木盒子里给折腾了一阵，变得更加凶恶。它肯定像一根钢制弹簧，正在扭动，发出沙沙的声音，不断冲击盒子的盖子。七号车夫迅速解开绳子……不过谁知道他究竟是怎样做完他这件可怕的事情的啊？人们知道的只是，这种蛇咬人一口，就像有火从头到脚穿透人的全身，带来难以形容的疼痛，就连猴子也忍不住要大声嚎哭。毫无疑问，一感觉到这火的袭击，七号车夫就在长椅上蜷缩成一团，那木盒子也飞到一边去了。接着他身子底下立刻敞开一个无底深渊，海洋、星星、城市的灯火全都在他眼前向左右、向上逝去。

他的头轰地响了一下立刻失去了知觉，这种打击总是会引起深沉的昏厥。然而人总是很快又苏醒过来，似乎只是为了大大呕吐一番，吐出血来，接着再一次进入无知觉状态。有的时候要像这样死过去几次，每次都使人浑身疼痛，喘不上气来，一点一点地失去生命，失去人的种种能力，诸如思考、记忆、视觉、听觉、痛觉、悲、喜、恨以及所谓贪恋——恨不得能把整个看得见和看不见的世界都纳入自己的心田，然后重新交还某人。

十天以后，在一个暴风雨前的晦暗闷热的黄昏，在科伦坡港湾有一只舢板由四个人划着朝一艘准备离港赴苏伊士的俄国

大轮船漂来，舢板上半躺着七号人力车夫的英国乘客。船上的锚链已经在哗啦哗啦轰响的时候，那英国人经过长长的舷梯跑上甲板。船长起初坚决拒绝接纳他，说这是一艘货船，而代理人已经离开，不能让他上船。可是英国人说："我十二万分地恳求您！"船长诧异地看了他一眼，那英国人看上去强壮有力，精力充沛，然而脸色不好，一副闪光镜片后面的眼睛呆呆的，似乎视而不见，而且神情不安。船长说："您等到后天就有一艘德国邮船要来。"英国人说："我没法在科伦坡再熬两夜了。这种天气弄得我虚弱，我有病。锡兰的夜晚、失眠、暴风雨到来之前敏感的人都会有的感觉把我折磨得要死。您看看这一片黑暗，这聚集在天边的乌云，又是一个可怕的夜晚，雨季实际上已经开始了。"船长耸耸肩膀，想了想，终于妥协。一分钟以后，细瘦得像蛇一样的几个僧伽罗人就把一只贴满五颜六色的饭店标签、写着红色的姓名首字母的黑色漆皮大箱子，经过舷梯抬上了船。

他们让英国人住进一间空着的医生的舱房，十分窄小，而且通风不好。可是英国人觉得这间舱房好极了。他匆匆放好自己的东西就经过餐厅走到上层甲板去。一切都迅速没入黑暗之中。轮船已经起锚，转向公海。好像有许多别的轮船以及灯塔上的灯光和炮台区的灯光从右面漂过来。左面高高的船舷下，黑色的海水起伏着流向低处的海岸，流向煤炭仓库和一片漆黑的树干很细的椰林，水面仍然反映着愁惨的乌云，并且以起伏向前的运动使人头晕。不知从哪里吹来的带有让人恶心的香味的潮湿的软风，不断变换着方向，越吹越紧。沉默的乌云突然裂开，一道深不见底的灰蓝色光瞬间照亮了树林深处的一些棕榈树和香蕉树的树干，以及这些树下的小屋。英国人惊惧地眨了眨眼睛，回头看了看已经在他左面的灰白色防波堤（堤尾有一盏红灯）以及防波堤外的铅灰色洋面，匆匆回自己的舱房去了。

老仆役是个因为疲劳而变得凶恶的人，毫无必要地起疑心，眼睛也尖，饭前他悄悄往英国人的舱房窗帘里看了好几次。英国人坐在一把帆布折叠椅上，膝头搁着一本厚厚的皮面记事簿，正用一支金笔往上写着，每当他抬起头来的时候，他的眼镜片闪闪发光，脸上的表情呆滞而又含着惊奇。后来他收藏起他的笔，陷入沉思之中，仿佛在倾听舱壁外奔腾而去的海浪声。老仆役摇着声音很响的铃铛走过去。英国人站起身来，脱光了衣服。他用一块海绵浸了掺花露水的水从头到脚擦洗身子，然后刮净了脸，修整好短而宽的髭须，用刷子刷平侧分的黑发，穿上干净的内衣和晚礼服，以他平日的果断的军人姿态走出舱房去吃晚间大餐。

水手们早就坐在餐桌边骂他迟到，见他来了，表现出夸张的殷勤，在彼此面前炫耀自己说英语的能力。英国人应答的语气文雅且不乏殷勤。他连忙说他很喜欢俄国菜，他去过俄国，去过西伯利亚……他到处旅行，旅途感觉总是很好，不过他最近在印度、爪哇、锡兰旅行的情况却不同，他得了肝病，心神不安，最后竟然采取这样怪诞的行动，比如一小时前他所做的事，突然出现在这艘轮船上……喝咖啡的时候英国人请水手们喝威士忌和甜酒，还拿来一盒挺粗的埃及卷烟，打开来搁在餐桌上，让大家享用。船长有一双聪明而坚定的眼睛，在各方面都竭力仿效欧洲人，于是谈起欧洲的殖民任务，谈起日本人，谈起远东的未来。英国人仔细听着，时而不同意，时而同意。他的话说得有条不紊，而且不简单，仿佛在念一篇写得很好的文章。有的时候他忽然闭上嘴，更专注地倾听由敞开的门外传来的涛声。他们逃离了暴风雨。像一串钻石般久久地变幻着色彩的科伦坡灯火早已没入黑色天鹅绒里。此刻轮船也处在无边无际的黑暗之中，处在大洋和夜的虚空里。餐厅设在甲板上，舰桥下面。黑暗在敞开的门框和窗框中尤显突出，站在那里望着被灯火照得通明的餐厅。由这黑暗中吹来潮湿的风——是某个自由世纪的湿润的自由呼吸，凉爽的气流吹到围坐在餐桌边的人身上，使他们闻到了烟草、热咖啡和甜酒的气味。有的时候电灯光忽然向下移动，门窗就像灰蓝色的方块一样晃动，轮船四周的蓝色深渊无声地张开，宽阔得无法形容，流动着的宽阔水域闪着光，天边像煤炭一样黑，从那边传来震撼一切至根基的喑哑、沉郁而又庄严的雷声，好似处在创世前的混沌之中的造物主的沉重怨诉。于是英国人在刹那间似乎变成了化石。

在一次特别耀眼的闪电之后，英国人声音呆滞而又坚毅地说了一句："到底可怕！"然后站起身来，走到张着黑暗的大口的门边，自言自语似的又说："太可怕了。最可怕的是，我们不去想，不去感觉，也感觉不到这有多可怕。"

"究竟什么可怕？"船长问。

"就拿我们下面、我们四周是无底深渊这一点来说吧，"英国人说，"真像《圣经》上说的那么可怕……"他向黑暗中望着严肃地说："啊，远远近近到处燃起翻着绿色火沫的一道道犁沟，火沫周围是像乌鸦翅膀那样的一片墨黑……"接着他认真地问："当船长很可怕，是吗？"

"为什么，"船长故意满不在乎地说，"这事责任重大，但是……什么都要看习惯不习惯……"

"您不如说，要看我们麻木不麻木。"英国人说，"站在您那个舰桥上——两侧有两只大眼睛，一红一绿，透过厚厚的玻璃模糊地望着——向着夜和周围几千英里宽的水面的黑暗中走去，这是一种疯狂行为！"接着他看看门外又说，"不过躺在下面舱房里也不觉得好些，薄薄的舱壁外，就在你的头旁边，这无底的深渊整夜在喧嚣，在沸腾……对，对，我们的理性像鼹鼠的理性一样脆弱，也许更加脆弱，因为鼹鼠、野兽、野人还有本能，我们欧洲人的本能已经退化，或者正在退化！”

“但是鼹鼠不会游遍整个地球。”船长笑着说，“鼹鼠不会使用蒸汽、电、无线电报……您要不要我马上跟亚丁通话？到亚丁还有十天航程呢。”

“这也可怕。”英国人说，并且透过镜片严厉地瞪了笑起来的机械师一眼，“这很可怕。而我们其实什么都不怕。我们连死都不是真正地害怕，不怕生命，不怕奥秘，不怕包围着我们的深渊，不怕死，无论是自己死还是别人死！我参加了布尔战争[①]，我曾经下令开炮，打死了上千人。瞧，我现在不仅没有因为我杀了他们而痛苦，而精神失常，相反，甚至从来不想他们。”

“野兽，野人，会想吗？”船长问。

“野人相信就该那样做，而我们不。”英国人说了这句话就沉默了，开始在餐厅里踱步，尽量把步子迈得稳一些。

电光在星星间闪过，已经呈粉红色，而且弱下来。由窗外、门外吹进来的风更强更凉，门外黑暗中的喧嚣声也更沉重。一个大贝壳烟灰缸在桌面上移动着。两只软得难受的脚感觉到下面有什么东西在长大，在升高，接着滚向一侧，分裂开来，于是地板越来越深地离脚底而去。水手们喝完咖啡，吸够了烟，

① 布尔战争指十九世纪末英国对南非布尔人的战争，布尔人战败。

强忍着呕吐，看看这位奇特的乘客，又沉默地坐了几分钟，然后向他道了晚安，各人去拿自己的帽子。只剩下船长一个人。他一面吸烟一面注视着英国人。英国人叼着一支烟，摇摇晃晃地从一道门走向另一道门，他的既严肃又心不在焉的态度使得收拾餐桌的老仆役很不高兴。

“对，对，”英国人说，“对于我们，可怕的只是我们已经不会感觉害怕了！欧洲早已没有上帝，没有宗教，我们务实、贪婪得对待生命对待死亡像冰一样冷漠；如果还害怕，那也只是凭理性或者残余的一点动物的本能。有的时候我们甚至是努力使自己去害怕，增强恐惧感，可是感受的程度仍然不够……就像我并不感觉我自己所说的可怕的东西有那么可怕。”英国人说着指了指敞开的门，门外那个黑咕隆咚的东西在喧嚣，高高举起船头，把水密舱壁吱嘎作响的轮船向左右两侧晃过来晃过去。

“这是锡兰给您的影响。”船长指出。

“毫无疑问，毫无疑问！”英国人同意说，“我们这些商人、技师、军人、政客、殖民者，为了摆脱自己的麻木和空虚，在全世界漂泊，尽力去欣赏瑞士的山脉和湖泊，观看意大利的贫穷，意大利的绘画，以及雕塑和圆柱残迹，或者在西西里岛上一些残存的竞技场的光滑石头上漫步，或者故作惊喜地望着希腊内城的一堆堆黄色遗址，或者像看杂耍一样看耶路撒冷分发圣火，花大把钱去忍受导游和埃及古代墓地和庙宇中的跳蚤的折磨，乘船去印度，去中国，去日本——而只有在这里，在最古老的人类的土地上，在我们称为我们的殖民地并且贪婪地掠夺着的我们失去的伊甸园，在泥泞、鼠疫、霍乱、疟疾和被我们变成牲畜的有色人中间，只有在这里，我们在某种程度上感觉到了生命、死亡、上帝。我虽然对所有那些古埃及主神、希腊罗马主神、基督、穆罕默德仍旧漠然，可是在这里我不止一次感觉到我能敬拜的只有我们始祖诞生地的这些可怕的神，诸如百手婆罗门、湿婆、魔王、佛，佛的话听起来确实像给世界的棺材盖钉上钉子的那个玛土撒拉①的话……由于来到东方，由于我在东方患上的种种疾病，由于我在非洲杀过人，在被英国（当然部分也被我）掠夺的印度看见成千上万的人死于饥饿，在日本买过给男人包月的少女，在中国拿棍子打过手无寸铁的像猴子一样的老人的头，在爪哇和锡兰催促人力车夫跑到发出垂死的喘息的程度，在阿嫩德布尔患上极其严重的疟疾，在马拉巴尔海岸又患上肝病，我才感觉到，想到一些东西。那些国家，那些数不清的人，有的还像婴儿一样天真地活着，全身心地感受着生与死、宇宙的神圣伟大，有的已经在历史、宗教、哲学方面走过了一段漫长而艰难的路，走得疲惫了，而我们这

① 据《圣经·旧约·创世记》，玛土撒拉是挪亚的祖父，活了九百六十九岁，是《圣经》人物中寿命最长的，他的名字后来成为长寿的同义词。

些新铁器时代的人竭力要使他们沦为奴隶，瓜分他们，把这称做我们的殖民任务。这种瓜分一旦完成，世界上又会出现新的推罗、西顿、新罗马（英国或德国的）霸权，肯定会重复《圣经》上说的犹太先知们向自尊为神的西顿预言的事情,《启示录》向罗马预言的事情，佛向印度和使印度沦为奴隶的雅利安人预言的事情，佛说：‘掌权的王公们呀，你们拥有金银财宝，以贪欲相残，淫逸无度！’佛悟到了‘现世’的‘个体’的生命，也就是我们并不认识的这个宇宙间的‘个体’的生命意味着什么，并且充满神圣的恐惧。我们则把我们的‘个体’置于上天之上，我们想把整个世界集于‘个体’之中，不管有多少人说过未来世界平等博爱的话，只有在海洋上，在新的、我们感到陌生的星星下，在热带威严的暴风雨中，或者在印度，在锡兰，在漆黑的闷热的夜晚，在热得烫人的黑暗中，才会感觉到，人在这黑暗、声响、气味中，在这可怕的‘一’中是如何消融如何解体的，只有在这里我们才稍稍明白了，我们的‘个体’意味着什么……”说到这里英国人停顿了一下，两个镜片闪闪地对着船长，接着又说，“您知不知道佛教的传说？”

“什么传说？”船长问，他已经暗暗在打哈欠，同时看了看表。

“一只大乌鸦追逐一头从长满树木的山上向着大洋奔逃的大象，大象在奔逃中一路破坏，踩断了许多新生的小树，最后冲进波涛中，大乌鸦也被它的‘欲’累坏了，跟在大象后面落下来，等着大象被水呛死并且浮出水面，然后飞到大象的大耳朵尸体上去。大象的尸体在腐烂的过程中不停地浮动，大乌鸦不停地贪馋地啄食大象的腐肉，等到清醒过来才发现自己在这个尸体上已经远远地漂流出去，即使插上海鸥的翅膀也无力飞回。大乌鸦悲惨地大叫起来，这正是死神警觉地等待着的叫声……多可怕的传说啊！”

“的确可怕！”船长说。

英国人沉默了，他又在两道门之间踱起步来。从喧声不断的黑暗中隐约传来后半小时计时器发出的断断续续的悲哀的声音。船长出于礼貌又坐了大约五分钟以后，站起身来，握了握英国人的手，往自己那间宽大舒适的舱房走去。英国人想着心事继续踱步。老仆役在食橱间又苦苦等了约半小时才走进餐厅里来，一脸不高兴地去关电灯，只留下一盏壁灯。等老仆役退下以后，英国人就走到墙边去把这盏灯也关了。黑暗立刻吞噬了一切，涛声立刻变得更响，窗框里立刻现出星空、桅杆、横桁。轮船吱吱嘎嘎地从一个浪峰爬向另一个浪峰，一上一下的动作越来越大，老人星、乌鸦星座、南十字星座在索具间大幅度地飞上飞下，星座间还有粉红色的电光在闪烁。

（1914）

爱情学

有一位姓伊夫列夫的先生，在六月初的一天出行去本县边远地区。

他乘一辆顶篷歪歪斜斜而且布满尘土的长途马车，是他内兄给他的——他在内兄的庄园上消夏。拉车的三匹马虽然不起眼，却还好使，长着密密的错杂的鬃毛，是向村里一个富裕农民租来的。赶车的就是这个富裕农民的儿子，小伙子十八岁，鲁钝而善于精打细算。他一直挺不高兴地想着心事，像是受了委屈，跟他说笑话他也不理会。伊夫列夫确信跟他谈不起来以后，就静下心来向四周随意眺望，在马蹄和串铃声的伴和下，这有多惬意啊！

旅行开始还让人愉快，天气暖和，太阳不大，道路平坦，地里有许多野花和云雀，微风从望不到头的尚未长高的灰蓝色黑麦上吹过，散布着花粉，有些地方像是升起了烟雾，远望一片迷茫。小伙子戴一顶新的有檐儿便帽 ，穿一件不合身的丝光料西服上衣，端坐在那里。因为这几匹马全托付给了他，又因为今天穿得这么讲究，他有一副特别认真严肃的样子。可是马儿咳嗽，跑得不快，左边一匹马身后的横杆时而蹭着轮子，时而又绷得太紧，磨得白亮的马蹄铁总在下面一闪一闪地晃眼睛。

前方出现一个村庄，它的柳丛和园子遮断了地平线，小伙子头也不回地问："咱们去不去伯爵家待一会儿？"

"干吗？"伊夫列夫反问了一句。

小伙子沉默片刻，用鞭子抽掉马身上的一只大牛虻，然后阴沉地说：

"喝杯茶嘛……"

"你想的不是喝茶，"伊夫列夫说，"还不是心疼你的马。"

"马不怕走路，只怕喂不好。"小伙子以教训的口吻说。

伊夫列夫环顾四周，天气阴晦了，失去光彩的云团从四面聚集拢来，已经在掉雨点。这种温暾天总是带来连阴雨……据一个在村子附近耕地的老头说，只有年轻的伯爵夫人一个人在家，可他们还是去了。车就停在泥泞的院子中央，靠近一个周围有许多牲口蹄印、像是长在地上的石槽，小伙子披上直襟厚呢袍，因为马儿可以休息而高兴，满不在乎地坐在驭座上让雨淋着。他把自己的长筒靴打量了一番，然后用鞭柄整理好辕马的后鞧，而伊夫列夫此时却坐在因下雨光线很暗的客厅里跟伯爵夫人闲谈，等着上茶。已经可以闻见燃烧的松明气味，一个赤脚女仆在台阶上把浇了煤油、燃起耀眼的红火苗的碎木片一把一把地塞进茶炊炉膛里，茶炊冒出的浓烟从敞开的窗外飘过。伯爵夫人穿一件宽大的粉红色家常便衣，袒露着扑了香粉的前胸。她吸烟，吸得很深，不时地抚一抚头发，把结实浑圆的臂膀直露到肩头。她不停地吸烟说笑，总把话题引到爱情上面去，还讲了她的近邻赫沃辛斯基的一段故事。伊夫列夫小时候就听说，这位地主爱他的一个年纪轻轻就死去的侍女卢什卡，以致精神失常，终生未愈。“唉，这个传奇人物似的卢什卡！那怪人把她神化，为她害一辈子相思病，弄得我年少的时候也几乎坠入情网，整天想入非非，其实听人说她长得一点也不好看。”伊夫列夫戏谑地说，同时又有点为自己道出真情而感到难堪。“是吗？”伯爵夫人接着说，她并没有注意听伊夫列夫的话，“去年冬天他死了。皮萨列夫是惟一一个他有时肯见的人，看在老朋友的分上。据皮萨列夫说，他在其他方面都很正常，我完全相信这话。他只不过跟时下的人合不来罢了……”赤脚女仆终于用一个旧银托盘格外小心地端来一杯用池塘水烧的发灰的浓茶，还有一小篮粘有蝇屎的小点心。

等到伊夫列夫往前走的时候，雨下大了。只好把车篷拉上，挂起变得硬邦邦的车挡，把身子缩作一团。三匹马拉着车子发出震耳的轰隆声，雨水顺着它们黑而发亮的大腿直往下淌，麦田间地界上的野草在车轮下沙沙作响——小伙子把车赶到这儿来是想抄近路。车篷下渐渐聚集起黑麦的温暖气息，混合着这辆旧马车的气味……“原来赫沃辛斯基已经死了,”伊夫列夫想,“一定要去一趟,哪怕只看一看神秘的卢什卡的这个人去楼空的圣地……赫沃辛斯基究竟是怎样一个人?疯子呢,还是只因为钻牛角尖迷了心窍?”据那些与赫沃辛斯基年龄相仿的老地主们说,他曾经是本县少见的聪明人。突然间他爱上了这个卢什卡,后来卢什卡又意外地死去,于是一切都完了,他把自己关在屋里(就是卢什卡的房间里,她死也死在那里),二十多年一直坐在卢什卡的床上,不仅从不外出,就是在他的庄园里也没有人再见过他的面。他把卢什卡的床垫都坐穿了,而且简直把世间发生的一切事情都归因于卢什卡的作用。比如暴风雨来了,他说是卢什卡在呼风唤雨;宣战了,是卢什卡下的决心;歉收了,是农民们得罪了卢什卡,等等。

“你是往赫沃辛斯基庄园那边去吗?”伊夫列夫伸出头去大声问。

“去赫沃辛斯基庄园,上皮萨列夫坡……”小伙子在哗哗的雨声中含糊不清地回答说,雨水从他那湿得耷拉下来的帽子上直往下流。

伊夫列夫不知道还有这样一条路。附近一带地方越走越见贫瘠荒凉。田间地界走完了,马儿开始下坡,拉着歪歪斜斜的车子,经过雨水横流的沟坎,进入还没有割过草的草场。这一片片绿色的坡地在低矮的乌云衬托下显得忧郁。接着,车下的路从一个个谷底的这一侧通向那一侧，时隐时现，经过长满赤杨林和柳丛的旱沟……这里曾经是一个小养蜂场，坡上高高的草丛里还立着几个木蜂房，草丛间有许多红红的蛇莓……车子绕过一座没在荨麻丛中的旧水坝，一个早已干涸的池塘——它成了长满一人多高的荒草的深沟……一对黑色小鹬哭喊着从那里飞出来，冲向烟雨迷茫的天空……水坝上的荨麻丛里有一株老灌木，长得很大，开着粉白色的小花，就是人们称为“神树”的那种可爱的小树。伊夫列夫忽然忆起这个地方，忆起自己年少时不止一次骑马来过……

“听说她是在这儿投水死的。”小伙子突然说。

“你是指赫沃辛斯基的情人吗？”伊夫列夫问，“不对，她可没想投水自杀。”

“不，她是投水死的。”小伙子说，“嗨，全都是瞎琢磨，其实他多半是穷疯了，不是为了她……”

小伙子沉默了片刻，又不客气地说：

“咱们还得上……上那个赫沃辛诺村去……瞧这几匹马累的！”

“请吧。”伊夫列夫说。

这条因下雨呈锡色的大路伸向一个小岗子，那上面有一块砍去树木的空地，立着一间孤零零的小木屋，周围是潮湿腐烂的碎木片和树叶，还有些树墩和散发出微含苦味的清香的新生山杨。四下里看不见一个人，只有几只黄鹀栖在雨中高高的花朵上啼叫，声音响彻小屋后面的稀疏的树林。当三匹马踏着泥浆走到小屋门口的时候，不知从哪里冒出来一群大狗，有黑色的，深棕色的，烟灰色的。它们凶恶地狂吠着围上来，腾空跃起，直扑向马儿的面部，甚至翻转着身子把警觉地竖起耳朵的头伸到车篷下面来。这时候，马车上空同样是出人意料地打了一个震耳欲聋的响雷，小伙子发狂似的用鞭子猛抽那些狗，马儿拉起车子向前冲，只见许多山杨的树干从眼前晃过去……

绕到树林后面就看得见赫沃辛斯基的庄园了。那群狗没能追上，随即停止了吠叫，煞有介事地跑回去了。树林向后退去，前方又是大片大片的田地。天晚了，乌云不知是在散呢，还是正从三个方向聚拢来——左边的几乎呈黑色，有些地方露出一线青天；右边的呈灰白色，不断传来隆隆的雷声；西边，也就是赫沃辛斯基的庄园那边，在一些俯瞰着河谷的坡地后面，呈浑浊的蓝色，依旧张着灰蒙蒙的雨幕，透着天边群峰样的彩云。然而车顶上的雨却稀疏了，溅了一身泥的伊夫列夫微微抬起身子，高兴地把变得沉重的车篷掀到后面去，轻松地吸了一口野外芳香的潮气。

他望着越来越近的庄园，终于看见了传闻很多的地方，可仍旧不像是二十年前有个卢什卡在这里生活并且在这里死去，而像是遥远的古代的事。一条小溪渐渐消逝在谷中水葱间，一只白鸥在它的上空飞来飞去。往前走，在半坡上，有几排给雨淋得发黑的饲草，其间长着几株枝叶茂密的老银白杨，互相间隔得很远。宅子相当大，曾经粉刷得很白，现在顶着湿得发亮的屋顶立在一块光秃秃的地上。周围既没有花园，也没有其他建筑，只剩庄园入口处的一对大砖柱子，还有满沟的牛蒡草。马儿蹚过小溪往坡上走的时候，有个女人在赶牛蒡草丛里的小火鸡，身上穿一件口袋已经耷拉下来的男人的夹大衣。大宅的正面极不中看，窗户既少又小，嵌在厚厚的墙壁中间。然而阴沉沉的台阶都很大，一个年轻人在其中的一个台阶上惊讶地望着来人，他穿一件灰色中学生制服上衣，腰里系一根宽皮带，毛发是黑色的，眼睛很美，相貌十分可亲，虽然脸显得苍白，而且因为长了许多雀斑像个鸟蛋。

不得不说明来意。伊夫列夫登上台阶，报了姓名，说从伯爵夫人那里得知死者留下一些藏书，想看一看，也许买下来。年轻人涨红了脸，立刻把客人请进屋去。伊夫列夫想："这就是那个出了名的卢什卡的儿子了！"他一面走一面东张西望，时常借故回过头来跟主人说话，只是为了多看他一眼，相对于他的年龄，他显得太嫩了。主人也不敢怠慢，不过只应答一两个字，而且颠三倒四，看样子是既羞涩又按捺不住。他一上来就笨拙地急忙声称他这些书是无价之宝，可见能把书卖掉他高兴死了，心想准能讨个好价钱。他领着伊夫列夫，经过铺着潮得发红的麦秸的半明半暗的穿堂，走进一间宽大的外室。

“您父亲从前就住在这儿吧？”伊夫列夫进门的时候一面脱帽一面问。

“对，对，是这儿，”年轻人连忙回答，“当然，不是这间屋……他老人家多半在卧室待着……当然，这边也来……”

“嗯，我知道，他有病嘛。”伊夫列夫说。

年轻人的脸飞红了。

“有什么病？”年轻人说，声音里有了阳刚之气，“都是谣言，他老人家的脑子一点毛病都没有……只不过总在家看书，哪儿也不去，就这样……别，您别摘帽子，这儿冷，我们不住这边……”

的确，屋里比外面冷多了。在糊着报纸使人觉得不舒服的外室里，因为天阴而显得凄凉的窗台上，有一只树皮编的鹌鹑笼子。一只小灰布袋在地板上蹦蹦跳。年轻人弯下身去捉住那只布袋，放到板凳上，伊夫列夫这才明白，原来布袋里有一只鹌鹑。随后他们就到大客厅去了。一些窗户朝西、一些窗户朝北的大客厅几乎占据了大宅的一半。一扇窗户外面有一株发黑的百年老疣桦，矗立在乌云背后那放晴后的晚霞射出的金光中。上方屋角整个是没有玻璃罩的大神龛，供着一些圣像，其中最大的、也是最古老的一幅，穿着银质法衣，前面还摆着一对系有淡绿色蝴蝶结的婚礼用蜡烛，黄得像死尸一样。

“恕我冒昧，”伊夫列夫鼓起勇气说，“难道您父亲……”

“不，是这么回事，”年轻人立刻明白了他的意思，喃喃地说，“他老人家在她死后才买了这对蜡烛……而且一直戴着订婚戒指……”

大客厅里的家具挺粗笨，不过摆在窗间壁旁的几个柜子却很漂亮，里面满满地陈列着茶具和带金边的细瘦高脚酒杯。地板上到处是蜜蜂的干尸，踩在脚下沙沙作响。小客厅空空的，地上也有干蜂尸。经过小客厅，再经过一间有卧榻的阴沉沉的房间，年轻人就在一道低矮的门前停住脚步，从裤袋里摸出一把大钥匙。他把钥匙插进生锈的锁孔里，吃力地转了转，打开了那道门，又喃喃地说了一句什么话，伊夫列夫就看见门内是一间有两扇窗户的斗室，一堵墙边摆着一张空铁床，另一堵墙边有两个卡累利阿桦木做的书柜。

“这就是藏书了？”伊夫列夫走到一个书柜前问。

年轻人连忙称是，并且帮他打开一扇柜门，紧盯着他的手。

里面都是些什么怪书啊！伊夫列夫揭开那些厚厚的封皮，翻着沙沙作响的灰色书页念道：《魔障之乡》……《晨星与夜魅》……《关于宇宙奥秘的思索》……《仙乡神游》……《最新圆梦书》……他的两只手不由得微微颤抖。那个与世隔绝的孤独的灵魂在这间斗室内就是靠这些东西活着，前不久才离开……说不定他并未完全疯狂吧？伊夫列夫想起巴拉丁斯基①的诗句："有一种生命现象，令人难以名状；既非梦亦非醒，介乎大智与疯狂……"西边天放晴了，从美丽的紫云后面射出万道金光，怪诞地照着这间爱的陋室。这是把一个人的一生变成某种极乐的生存方式的令人费解的爱，而那个人的一生本来也许应该是极其平淡的，如果没有遇到具有谜一样的魅力的卢什卡的话……

伊夫列夫从铁床下拿出一张小凳，在书柜前坐下，又从衣袋里掏出卷烟，同时不动声色地观察这间斗室，把它记在心里。

"您抽烟吗？"他抬头问站在他跟前的年轻人。

年轻人又脸红了。

"抽。"他喃喃地说，勉强露出笑容，"也不是真抽，闹着玩儿罢了……不过请给一支，太谢谢您啦……"

他笨拙地接过一支烟，颤抖着双手点燃了，退到窗台上去坐着，挡住了晚霞的黄光。

"这是什么？"伊夫列夫问，他探身向中间一层隔板的时候看见那上面只有一本像祈祷书一样的很小的书，还有一只四角包银、银饰旧得发黑的木匣子。

"那个……那木匣子里装着先母的一串项链。"年轻人迟疑片刻，又尽力用随随便便的口吻说。

① 叶·阿·巴拉丁斯基（1800—1844），俄国诗人。

“可以看看吗？”

“请吧……其实很一般……您不会感兴趣……”

伊夫列夫打开匣子，发现一根很旧的丝带穿着一串廉价的蓝珠子，像是玉石的。看到这串曾经挂在一个注定要被爱到如此程度的女人脖子上的珠子——她的模糊形象已经不可能不是美丽的，伊夫列夫万分激动，心跳得眼睛发花。他仔细看够了才小心地把匣子放回原处，然后拿起那本小书。那是一本小巧的，几乎是一百年前精心印制的《爱情学，或爱与被爱的艺术》。

“很遗憾，这本小书我不能卖。”年轻人好不容易说出这句话来，“书很珍贵……他老人家甚至把它放在自己的枕头下面……”

“看看总可以吧？”伊夫列夫问。

“请吧。”年轻人低声说。

虽然给那年轻人盯着伊夫列夫觉得很不好受，他还是克服了难堪的情绪，开始慢慢翻阅《爱情学》。全书分为若干小篇章：论美，论心灵，论理智，论爱情的征兆，论进攻与防守，论龃龉与和解，论柏拉图式的恋爱……每一章都是些短小精致的箴言，有时极其微妙，其中的一些被人用鹅毛笔蘸了红墨水仔细标出。伊夫列夫看到这样一些话：“爱情并非人生的简单插曲。”“理性与情感对立，却不能使之信服。”“女子一旦迷恋起来，就会变得无比坚强。”“我们拜倒在女性脚下，是因为她支配着我们的崇高的幻想。”“虚荣挑挑拣拣，真正的爱情却不加选择。”“貌美的女子应占第二位，第一位属于可爱的女子。后者才是我们的心灵的主宰，在我们意识到以前，我们的心灵已经永远成为爱情的奴隶……”接下去是“花的表白”，又有一些地方被标出：“野罂粟花——悲哀；毛茛花——你的美丽印在了我的心上；日日草花——甜蜜的回忆；悲哀的老鹳草花——心情忧郁；苦艾花——无尽的苦闷”……最后的一张空白页上有四行诗，仍旧是用那同一种红墨水写的，字体极小。年轻人伸长了脖子凑过来看，然后不自然地笑道：

“这是他老人家作的诗……”

半小时以后，伊夫列夫怀着轻松的心情告别了这位年轻人。从所有的藏书中，他以很高的价钱只买下这一本小书。浊金色的晚霞在田野那边的白云间渐渐暗淡，只在一个个水洼中还有些反光。田野湿漉漉的，绿油油的。小伙子不慌不忙地赶车，伊夫列夫也不催促。小伙子说，刚才在牛蒡草丛里轰小火鸡的那个女人是助祭的老婆，小赫沃辛斯基跟她姘居。伊夫列夫并不理会小伙子的话，一心想着卢什卡，她的项链在他心里留下一种复杂的感情，就像他在意大利的一个小城里参观一位圣女的遗物时体验到的一样。“她已经永远地走进我的生活中来了！”伊夫列夫这样想着，从衣袋里掏出《爱情学》，就着晚霞的光，慢慢地念了最后一张空白页上写着的那四行诗：

爱过的人用心灵忠告你：
“要生活在甜蜜的故事里！”
还要把《爱情学》这本书
拿给儿孙们去读一读。

（1915）

儿　子

马罗夫人生长在瑞士洛桑的一个家教很严的家庭。自由恋爱结婚。一八七六年三月由马赛赴意大利的一艘法国老客轮的乘客当中，有一对新婚夫妇。那些日子风平浪静，天气凉爽，大海像一面面银镜似的消失在春雾迷茫的远方，那对新婚夫妇没有离开过甲板。人人都在欣赏他们，含着友善的微笑观察他们的幸福，这幸福可以从新郎那神采奕奕的目光、按捺不住的动作以及他对周围人的殷勤中看出，也可以从新娘对什么都那么有兴致的情绪中看出……这对新婚夫妇就是马罗夫妇。

马罗先生比马罗夫人年长，个子不大，有一张微黑的脸和一头鬈发。他的手干瘦干瘦的，嗓音清亮。马罗夫人好像不是纯拉丁血统人，她的个子稍高，眼睛在深色头发衬托下呈灰蓝色。他们经过那不勒斯、巴勒莫、突尼斯去阿尔及利亚的君士坦丁，因为马罗先生在那边得到一个相当高的职位。从这个幸福的春天算起，马罗夫妇在君士坦丁住了十四年，这十四年给了他们富裕的生活、美满的家庭、健康美丽的孩子。

十四年下来马罗夫妇的外表都有了很大的变化。先生的脸像阿拉伯人一样黑，头发花白了，而且枯干，许多人以为他是土生土长的阿尔及利亚人。夫人呢，谁也看不出她就是当年乘坐过那艘法国老客轮的女士，那个时候连她的鞋子都透着迷人的青春气息，如今她的头发里也夹着银丝，皮肤变薄了、更黄了，两只手更瘦了，她对待自己的皮肤、发型、内衣、外衣也表现出了格外的关切。先生和夫人各干各的，先生整天工作，像从前一样兢兢业业；夫人照顾先生和孩子——他们有两个可爱的女儿，大的几乎是大姑娘了。人们异口同声地说，在君士坦丁，没有比马罗夫人更好的家庭主妇、更好的母亲、更可爱的客厅交谈对象了。

他们的房子在一个安静而清洁的住宅区。从二楼那几间总是由百叶窗遮挡着的半明半暗的漂亮房间里向外眺望，可以看见以景色如画享誉全球的君士坦丁。这个已经成为法国城市的古老的阿拉伯城堡，坐落在一些倾斜的岩石上。家人的卧室很阴凉，窗户都开向花园，在高高的围墙里有一些百年的桉树、埃及无花果树、棕榈树在永恒的烈日光照下昏睡。女主人的生活是封闭的，殖民地那些欧洲人的夫人都免不了要这样过日子。每逢周日她必定上教堂，平日则很少出门，来往的人也有限。她阅读书报，做针线活儿，辅导孩子们学习，有的时候一只手抱着坐在她膝上的黑眼睛玛丽一只手弹钢琴，唱古老的法国歌曲，任熏风从敞开的窗外花园里吹进来。这个时候，太阳无情地烤着，家家都关着百叶窗，君士坦丁俨然是一座死城，只有花园里的乌鸦不时地叫几声，从城外小山上传来号兵吹出的饱含殖民地的压抑、愁闷气氛的号声，偶尔还响起隆隆的炮声，使得大地为之震动，并且闪过士兵的白色头盔。

日子一天天单调地过去，谁也没有发现马罗夫人受不了这种单调的生活。从她的性格来看，她既不像一个感情特别丰富的人，也不像一个过分神经质的人。她的健康状况虽然不算很好，却也用不着马罗先生担心。只有一件事情叫马罗先生吃了一惊，那是在突尼斯，有一个阿拉伯魔术师一下子就使马罗夫人进入深沉的昏睡状态，好不容易才清醒过来。不过那是他们刚刚从法国迁来的时候发生的事情了，自那以后马罗夫人再也没有过类似的失魂落魄、丧失自控能力的体验。马罗先生很放心，相信夫人的灵魂是平静的，对他是没有保留的。不料，有个叫埃米尔·杜比的人来到了君士坦丁。

埃米尔·杜比是马罗夫人早就认识而且关系很好的博内夫人的儿子，当时才十九岁。博内夫人孀居，埃米尔是她和她第一个丈夫生的，在巴黎长大，学法律，可是最感兴趣的事却是写一些只有他才看得懂的诗，而且认为自己属于一个并不存在的“探寻者”派别。除了埃米尔以外，博内夫人还有一个女儿，名叫艾丽莎。一八八九年五月，艾丽莎正准备出嫁，突然一病而亡。此前没有来过君士坦丁的埃米尔就到这里来参加姐姐的葬礼。一个已经试过婚纱的姑娘突然死亡对马罗夫人的震动有多大，这很容易理解。即使刚刚相识的人在类似情况下都会很自然地亲近起来，这也是尽人皆知的。何况埃米尔对于马罗夫人来说不过是一个孩子罢了。葬礼过后不久，博内夫人就回到她在法国的亲人身边去了。埃米尔留在君士坦丁，住在城外他那过世的继父的哈什姆别墅里，几乎天天都去看望马罗夫人。无论他是怎样一个人，也无论他怎样佯装，他毕竟十分年轻，十分善感，需要暂时与合得来的人交往。有些人就议论开了，说："真怪，马罗夫人简直变了一个人，她变得好漂亮啊！"

但是这些影射毫无根据。起初只不过是她的生活变得快活了一些，她的两个女儿也调皮卖弄起来，因为埃米尔常常忘记自己失去姐姐的悲哀，忘记他自己说的"世界末期"[①]给予他的致命伤，有的时候一连几个小时和玛丽、艾丽莎嬉戏，没大没小的。不错，毕竟他是巴黎人，而且不是一般人，他体验过巴黎作家们那种不是凡人能理解的生活，还常常带着梦游的表情朗诵一些内容怪诞而节律铿锵的诗篇。或许正是因为他，马罗夫人的步履变得轻快了一些，打扮得稍稍亮丽了一些，说起话来也多了一点温柔和戏谑的调子。或许马罗夫人的心灵中有

① 按《圣经》说法。

了一滴纯女性的快乐，因为有一个男人可以由她支使支使，半开玩笑地教训教训，而年龄的差距也使得马罗夫人做起来毫不拘束，十分自然，这个人又如此忠诚地对待马罗夫人全家，其中首要的成员对于这个人来说当然是马罗夫人，这一点很快就清楚了。不过这一切多么平常啊！主要的是，马罗夫人往往只是觉得他可怜。

埃米尔自认为是个天生的诗人，想在外表上也像个诗人，因此留着向后梳去的长发，穿得像艺术家那样随便。他有一头美发，是褐色的，与他的苍白脸色相配，黑色衣服同样与他的脸色相配；只是他的脸苍白得过于缺少血色，是那种黄白色，眼睛总是在闪烁，加上神情疲惫，使他看上去像个患痁疾的病人。他的胸部是那样扁平少肉，两条腿是那样细，两条胳膊是那样瘦，每当他过分活跃地在街上或者花园里跑起来，稍稍前倾着上身、似乎想以滑步来掩饰自己的一条腿比另一条短的缺陷的时候，就会让人觉得不大舒服。在大庭广众间他尽量摆出一副随随便便、让人莫测高深的姿态，有的时候以文雅的方式做出无理的行动，有的时候以漫不经心的方式表达他的轻蔑。总而言之，他是个我行我素的人。然而他扮演自己的角色多半不到位，一露馅儿就开始语无伦次，显得幼稚。他自然没有能力长久地掩饰自己的真实情感，假装不相信世界上有爱情和幸福存在。不久，全家人就都知道他恋爱了。他的不断来访已经使得男主人厌烦。他每天从哈什姆别墅送来最稀有的鲜花，从早到晚坐在这里，朗诵一些越来越莫名其妙的诗，孩子们不止一次听见他祈求什么人和他一起死，晚间他流连在当地人的住宅区，去赌场妓馆——穿带风帽的肮脏的白斗篷的阿拉伯人在那种地方贪馋地看"肚皮舞"，喝劲儿特别大的甜酒……简而言之，不到一个月，他的恋爱变成了什么，只有上帝知道。

埃米尔完全控制不住自己了。有一次，他几乎一整天坐着不说话，随后站起身来，鞠了一躬，拿起帽子走出门去，半小时以后被人从街上抬回来，样子十分可怕：他发作了歇斯底里，嚎啕大哭，把孩子们和仆役都吓坏了。可是马罗夫人似乎并没有把这事看得特别严重。她亲自给埃米尔解开领带，让埃米尔恢复常态，只是在埃米尔当着她丈夫的面毫无顾忌地抓起她的手来吻了又吻、发誓要无限忠于她的时候，微微笑了一下。这事总要有个了结才好。几天以后，连孩子们都嫌恶了的埃米尔，又没事人一样来了。马罗夫人温和地对他说了一些在类似情况下人们都会说的话。

"我的朋友，您对于我就像儿子一样。"马罗夫人第一次对埃米尔说出"儿子"这个词儿，她也确实对他怀有母爱的温情，"别让人笑话我，别难为我。"

"我向您发誓，您错了！"埃米尔怀着真实的激情说，"我只忠于您，我只想看见您，没别的！"

埃米尔忽然双膝跪下（他俩当时在花园里，那是个宁静而炎热的黄昏），一下子抱住马罗夫人的大腿，激动得几乎晕厥……马罗夫人看着埃米尔的头发，看着他的细细的白脖子，既痛苦又兴奋地想：

“啊，我本来是可以有一个几乎像这样的儿子啊！”

从这个时候起一直到埃米尔返回法国，埃米尔也就只有一次没有控制住自己。那是在一次星期日聚餐之后，来吃饭的还有别人，埃米尔完全不考虑别人都会注意到，忽然对马罗夫人说：

“我求您和我待一分钟……”

马罗夫人站起来，跟着埃米尔走到没有人的半明半暗的大客厅里去。埃米尔走到窗口，夕阳通过百叶窗从外面射进条条的光线，他直视着马罗夫人的脸说：

“真的，我爱您！”

马罗夫人转过身去要离开。埃米尔吓得连忙又说：

“请原谅我，这是第一次，也是最后一次！”

确实，马罗夫人再也没有听到埃米尔像这样表白过。这天晚上埃米尔在他的日记中用他的精致华丽的文字写道：“我为她的娇羞迷醉。我发誓不再打破她的平静，就这样我不也是幸福的吗？”埃米尔继续一趟一趟往城里跑，只在别墅过夜。他的举止虽然时有变化，总不失庄重。偶尔他还会像从前那样激烈或天真得不恰当，和孩子们在花园里疯跑，但是更多的时间他是坐在马罗夫人身边“陶醉于她的存在”，为她读小说，并且“因为她在听而感到幸福”。谈到这些日子，埃米尔在日记中写道：“孩子们不妨碍我们，他们说话、欢笑、嬉闹，他们的存在本身，仿佛做了我们之间交流情感的最细的导线。由于他们的存在，那种情感更加迷人。我们的话题很一般，可是听觉从中捕捉到的是我们的幸福。对，对，她也觉得幸福！她喜欢听我朗读。晚上我们常常从阳台上静观横卧在我们脚下的淡蓝色月光中的君士坦丁……”到了八月，马罗夫人终于坚决要求埃米尔离开，回法国去继续他的学业。埃米尔在归国途中写道：“我走了！怀着离别的痛彻肺腑的柔情走了！她把她做姑娘的时候戴在颈上的一条天鹅绒绦带送给我作纪念。她为我祝福，当她对我说：‘别了，我亲爱的儿子！’的时候，我看到她的眼睛里有泪光。”

埃米尔说马罗夫人也觉得幸福，这话不知是否确实。然而埃米尔的离开使马罗夫人心情特别沉重，这是毫无疑问的。从前，在去教堂的路上，熟人碰见马罗夫人常常开玩笑地对她说：“马罗夫人，您还祷告祈求什么啊，您已经够问心无愧，够幸福的了！”马罗夫人不止一次露出伤感的微笑，说：“我抱怨上帝不给我一个儿子……”如今她念念不能忘的是儿子，是他只要活在世上就会不断地给予她的那种幸福。

“现在我全明白了。”有一天马罗夫人对她丈夫说，“现在我确信，每一个母亲都应该有儿子，任何没有儿子的女人都是不幸的。一个女人能怎样温柔、怎样热烈地爱她的儿子啊！”

这年秋天马罗夫人对她丈夫非常体贴。当他们两个单独在一起的时候，马罗夫人忽然会羞涩地问她丈夫：

“埃克托尔……我真不好意思问你，可是……你还记得不记得七六年三月？唉，要是我们有个儿子多好！”

事后马罗先生说：“这些情况都使我感到非常不安，尤其使我不安的是，她越来越消瘦，越来越虚弱，越来越沉默，性格也更柔弱了。她出去串门的次数也日渐减少，而且避免进城……我坚信她的身心染上了某种奇怪的，难以解释的病症！”保姆还说，这年秋天马罗夫人出门都要戴上很厚的白面纱，从前她可没有这样做过，而且一回到家立刻对着镜子掀起面纱仔细观察自己的憔悴的脸。去解说这段时间她心里都想些什么是多余的。她是否想见到埃米尔？埃米尔已经把马罗夫人回复他的信件的两封急电交给了法庭。其中一封于十一月十日发出，电文是：“您要把我逼疯了。放心吧。马上来信谈谈您的情况。”另一封于十二月二十三日发出，电文是：“不行，不行，您别来，我求您。请为我想想，像爱母亲一样爱我吧。”然而千真万确的是，从九月到一月底，马罗夫人一直心神不定，身体欠安。

这年秋季，君士坦丁的气候冷而多雨。接着一下子变为明媚的春天，在阿尔及利亚一向如此。马罗夫人又恢复了生机，春天是百花盛开的季节，已经度过青年时代的人在这个季节都会感到陶醉。马罗夫人又出门了，多次带着孩子们乘车出游，到已经无人居住的哈什姆别墅的花园里去玩，还准备去阿尔及尔，让孩子们看看卜利达，那附近的山中一个长满树木的峡谷是猴子爱去的地方……日子就这样一天天过去，直到一八九〇年一月十七日。这天她怀着一种似乎使她激动了一整夜的不寻常的温柔情感从梦中醒来。她丈夫因公出差好长时间不能回来，她一个人睡在那个大房间里，由于百叶窗和窗帘紧闭屋里几乎一片漆黑。不过根据从窗外透过来的苍白色判断，还是可以明白，天亮了。不错，床头小桌上的小钟指着六点。她舒服地感觉到由花园中袭来清晨的凉意，裹上一床薄被翻身向着墙壁……“为什么我觉得这么舒服？”马罗夫人出神地想。于是她在想象中看到了意大利、西西里的模糊的美丽幻景，是一个遥远的春天的幻境，那时她在甲板上一间有窗户的舱房里，航行在冰冷的银色海上，那舱房的窗帘是红绸的，日久晒褪了色，铜门槛很高，由于多年擦拭而闪闪发光……后来她看见许多无边无际的海湾、环礁湖、低地，还有一个阿拉伯大城市，整个是白色的，屋顶都是平的，背面是弥漫着淡蓝色雾霭的起伏的小丘。这是突尼斯，她只去过一次，就在她去那不勒斯、巴勒莫等地的那个春天……这时候好像有一股寒流穿过她的全身，她打了一个寒噤，睁开眼睛。已经九点多钟了，可以听见孩子们说话的声音、保姆说话的声音。她起身披上一件晨衣，来到阳台上，又下台阶来到花园里，坐在开花的金合欢树下一张圆桌旁的沙地上的摇椅里，那金合欢树像金色的网一样张开在圆桌上端，在阳光下香气四溢。女仆给她端来咖啡。她又开始想突尼斯，回忆起她在那里碰到的一件奇怪的事情，那甜蜜的恐惧和类似临死的怡然的无力，是她在那座淡蓝色城市里在一个温暖的玫瑰色黄昏半躺在一家大饭店屋顶上的摇椅里体验到的，当时她隐约看见蹲坐在她面前、用微微能听见的单调的念唱和一双瘦手的缓慢动作使她入睡的一个阿拉伯人（催眠术家和魔术师）的黑黑的脸膛。她想着，睁大眼睛盯着水杯里的一把在阳光中像银色的火星一样燃烧着的小勺，忽然失去了知觉。等到她忽然清醒过来，发现她面前站着埃米尔。

这次意外会见之后发生的一切，是在埃米尔受审的时候由他亲口讲述的。他说："不错，我好像从天而降！"我到君士坦丁来是因为我明白了，就连上天也无力阻止我。一月十七日早晨，我没有预先通报，直接从火车站来到马罗先生家。我在花园里看见的景象使我震惊，刚向前迈了一步她就清醒过来。我的突然出现和她刚才经历的事情好像也让她很吃惊，可是她并没有惊呼。她像个刚从梦中醒来的人一样看了看我，站起身来，一面理顺她的头发，一面毫无表情地说：

“‘我已经预感到会这样。您不听我的话！’

“接着她双手捧着我的头，吻了我的额头两下。

“我兴奋得张皇失措，可是她轻轻推开我，说：

“‘我还没穿衣服呢，我马上回来。’

“‘看在上帝分上，告诉我您刚才怎么啦？’我问她，同时跟着她走上阳台。

“‘没什么，我盯着那只闪光的小勺一时看呆了。’她控制着自己的情绪，话也说得精神一点了，‘不过您怎么这样，怎么这样啊！’

“屋里没有人，很安静，我在餐室里坐下，听得见她忽然在远处的一个房间里唱起来，嗓音有力而洪亮，不过当时我还不明白这歌声有多可怕。我在来君士坦丁的火车上通宵没睡，一直在数时间，出了车站就跳上我碰到的第一辆出租马车，怎么上坡进城的我都没有感觉到……我知道，我也预感到，我这次来对于我们两个会是致命的。不过我怎么也没有料到会有我在花园里看到的情景，这神秘的会见，她对我的态度会有这么大的转变！十分钟以后，她穿一件带褐色色调的浅灰薄连衣裙出来了。

“我吻着她的一只手的时候，她说：‘啊，我忘了，今天是星期天，孩子们去教堂了，我睡过了头……孩子们做完礼拜要到松树林去，您去过那儿吗？’

“不等我回答，她拉铃叫人给我端咖啡来，并且坐下，定睛看着我，也不听我说，只顾问我过得怎么样，做些什么事情，接着就说她自己有两三个月过得非常不好，在这期间她‘老得可怕’（她说这些话的时候脸上挂着莫名其妙的微笑），现在她感觉特别好，特别年轻……我回答了她的问话，听了她的诉说，可是她的很多话我都不明白，由于那可怕的、不可避免的时刻临近，我的双手冰凉。我不否认，当她说‘我老得可怕……’的时候，似乎有一道电光擦亮了我的眼睛。我忽然发现她说得对，从她的一双消瘦的手上、虽然真的显得年轻些的憔悴的脸上以及身体某些部分的干枯上，我捕捉到了正在老去的女人使我们的心那么痛苦，甚至难堪得紧缩起来，却又更加热恋的感觉！是啊，她的变化多快多大啊！但是她仍然美丽，我望着她心醉神迷。我习惯于不停地幻想她，我没有忘记七月十一日那天晚上我第一次抱住她的两个膝头的那个瞬间。她抚平她的头发的时候两只手都在发抖，并且看着我微笑，突然间——你们明白这瞬间的毁灭性力量有多大吧！突然间，这微笑变了形，她好不容易，然而却是坚定地说：

“‘您刚到，总该回去休息休息吧，您的脸色不好，两只眼睛那么痛苦，可怕，嘴唇发烧，我再也看不下去了……要不要我跟您去，送送您？’

“于是她站起来去拿帽子和披肩……

“我们很快就来到哈什姆别墅。我在台阶旁边滞留了一会儿，为了采花。她没有等我，自己开了门。我没有仆役，只有一个看门人，他没有看见我们。我走进关着百叶窗的昏暗的外室就把花献给了她。她吻了吻花，然后用一只胳膊搂着我吻了吻我。由于心情激动，她的嘴唇干燥，可是声音清晰。她问我：

“‘听我说……我们怎么……你带着东西吗？’

“起初我没听明白她指什么，这第一个吻，这第一次说出的‘你’字震撼了我，我喃喃地说：

“‘你指什么？’

“她向后退了一步。

“‘怎么？’她诧异地，几乎是严厉地说，‘你以为我……你以为在这之后我们还能活下去吗？你有没有让我们死的东西？’

“我忽然想起来了，连忙拿出我的从不离身的装上子弹的左轮手枪给她看。

“她迅速往前走，从一间房走到另一间房。到处都很昏暗。我跟在她身后，各种情感模糊地充塞着我的心胸，就像一个人在大热天脱光了衣服向着大海走去，只听见她的绸裙发出窸窸窣窣的声响。最后我们到了目的地，她脱了披肩，又去解开帽子的带子。她的双手都在发抖，我又一次在昏暗中发现她脸上有一种非常可怜的表情……

“不过她死得坚决。最后时刻她完全变了样。她一会儿吻我，一会儿推开我看我的脸，低声对我说了些非常温柔动人的话，我无法再说一遍。

“我想再去摘些花来撒在我们的停尸床上。她不放我走，她催促我说：‘别去，别去……花已经有了……这就是你的花！’而且一再说：

“‘我用一切对于你是神圣的东西来恳求你打死我！’

“‘好，然后打死我自己。’我这样说的时候毫不怀疑我的决心。

“‘啊，我相信，我相信。’她说，已经像是不省人事了……

“她在死前一分钟声音很低地说：

“‘上帝呀，真不知这叫什么！’

“她还说：

“‘你给我的花呢？吻吻我，最后一次。’

“她自己把枪口对准她的太阳穴。我要开枪的时候，她拦住我，又说：

“‘不行，让我整理好。就这样，我的孩子……过后给我画十字，把花放在我的胸膛上……’

“我开枪以后，她的嘴唇微微动了一下。我又开了一枪……

“她安详地躺在那里。她的头发松散开来，玳瑁梳子掉在了地板上。我摇摇晃晃地站起来，准备结束自己的生命。可是关着百叶窗的屋里却是明亮的，我清晰地看见她那张已经苍白的脸……这时候我突然发狂了，我奔向窗户，推开百叶窗，大声喊叫，向空中鸣枪……其余的事情你们都知道了……”

（1916）

卡济米尔·斯坦尼斯拉沃维奇

莫斯科的一家收费低廉的旅馆凡尔赛饭店的一个年轻的门房，好不容易才念完印有贵族纹章，但是已经泛黄的名片上的本名和父名：卡济米尔·斯坦尼斯拉沃维奇，接下去是一个更加难念的字。[①]他把这张名片拿在手上翻了几下，再瞧瞧这位旅客一并递上来的身份证，耸了耸肩膀——到凡尔赛饭店来的旅客还没有递过名片的。他把这两样东西扔进小桌的抽屉里，继续对着小桌上头的一面银白色小镜子去梳松他的浓密的头发。他穿一件紧腰长外衣、一双擦得锃亮的长筒靴，有檐儿便帽上的金绦带已经油污了——这是个下等旅馆。

卡济米尔·斯坦尼斯拉沃维奇四月八日从基辅动身来莫斯科是因为他接到一份电报，电文只有两个字——“十日”。也不知道他从哪儿弄到的钱，居然坐上了二等车。车厢尽管不中看，却无疑给了他一种考究舒适的感觉。一路都有暖气，暖和

① 俄罗斯人的名字由三部分组成：本名、父名（表明何人之子女）和姓氏，这“更加难念的字”显然指姓氏，一定很古老。

的车厢、暖气炉的气味以及汽锤钝重的敲击声，也许使他回忆起往昔。有的时候，冬天仿佛又回来了，风搅着很白很白的雪掩埋了田里的棕红色麦茬和原先野鸭成群的铅灰色大水洼。不过这风雪常常出人意料地停下来，雪化了，田地又露出来，白云后面似乎有灿烂的阳光，湿漉漉的车站月台变成黑色的，白嘴鸦在白杨树的秃枝上啼叫。每到一个大站卡济米尔·斯坦尼斯拉沃维奇都要下车去小卖部，带几份报纸回到车上来。但是他并不看报，只坐在那儿使劲吸他的燃得很旺、冒着火星的粗大的卷烟，也不与任何邻座的人搭腔——和他坐在一处的是几个敖德萨的犹太人，一路上没完没了地打牌。他穿一件口袋已经磨坏的秋大衣，戴一顶很旧的绉绸大礼帽，鞋子虽说还新，然而做工粗糙，是集市上卖的那种。他的两手在划火柴的时候颤抖着，纵酒成性的人和地下室的老房客大都如此。说他贫穷、酗酒，还有其他证据。比如他不戴袖头①，棉布衣领已经穿坏，领带旧得不行，面部红肿，而且布满皱纹，一双湛蓝的眼睛泪汪汪的。他的颊须用次等褐色颜料染过，看上去不大自然。他的目光里有一种倦怠和鄙夷不屑的神情。

列车第二天抵达莫斯科，晚点整整七个小时。天气不阴不晴，但是比基辅的天气好些，干燥些，空气中有一种令人兴奋

① 从前衣着讲究的人都要在衬衫袖口缝上或者别上花边或者浆硬的袖头。

的东西。卡济米尔·斯坦尼斯拉沃维奇叫了一辆出租马车，没有讲价钱就吩咐车夫径直送他去凡尔赛饭店。路上他突然开口说："伙计，这家饭店我当学生的时候就知道。"他那只用粗绳捆着的衣筐刚刚送进客房，他就走出了凡尔赛饭店。

天色已晚，和风拂面，一条条林荫大街上的黑色树木绿了，处处是熙熙攘攘的景象……春天的黄昏，一个虚度年华、穷愁潦倒的旅人在热闹的异乡城市里是多么孤独啊！卡济米尔·斯坦尼斯拉沃维奇徒步走完整条特韦尔林荫大街，远远地又看见沉思中的普希金铸像、基督受难修道院的金色和淡紫色圆顶……他在菲利波夫咖啡店里喝了一杯巧克力，把几本破破烂烂的幽默杂志拿来翻了一阵。从咖啡店出来，他望着远处在青色暮霭中照着特韦尔大街的电影院灯光招牌，犹豫不决地站了一会儿，然后乘车到一家餐馆去，这家餐馆也是他在学生时代就熟悉的。给他驾车的是个老头儿，腰弯背驼，脸色阴沉忧郁，似乎在沉思默想，又似乎陷入暮年的混沌状态之中。他一路费力而又让人心烦地拼命帮他那匹懒马，口里始终念念有词，不知对马说些什么，间或恶狠狠地咒骂一句，最后总算到达目的地。他又一次卸下千斤重担，深深地叹了一口气，接过钱去。

"我没弄明白，以为你是去布拉格饭店。"老头儿一面说一面慢慢地让马掉过头去，似乎不大高兴，其实布拉格饭店还要远些。

“布拉格饭店我也记得，老头儿。”卡济米尔·斯坦尼斯拉沃维奇说，“你大概早就在莫斯科赶车了吧？”

“赶车吗？”老头儿回答说，“我赶了五十一年多了……”

“那说不定你以前还拉过我呢。”卡济米尔·斯坦尼斯拉沃维奇说。

“说不定拉过。”老头儿淡淡地说，“世上的人这么多，哪能都记住……”

卡济米尔·斯坦尼斯拉沃维奇熟悉的这家餐馆，如今只剩下昔日的招牌，店面大而档次低。大门上端点着一盏球形电灯，它那令人不快的荧光下有一群二等出租马车车夫，个个都那样暴戾无情，把他们的快马都使得皮包骨，患了气肿病，跑起来痛苦地大声嘶叫。潮湿的穿堂里摆着几盆热带植物，全都是那种拉去参加了葬仪又参加婚礼、参加了婚礼又参加葬仪的东西。侍役室里有几个人立刻过来招呼卡济米尔·斯坦尼斯拉沃维奇，他们和凡尔赛饭店的门房一样，也有一头浓密而蓬松的头发。淡绿色的大厅里有许多大镜子，长明灯在一个角落里燃着微弱的深红色火焰。顾客还没有来，大厅里只点着几盏喇叭灯。卡济米尔·斯坦尼斯拉沃维奇独自坐了许久。可以感觉到，挂着白幔的窗外天还没有黑尽，春天的黄昏是漫长的，街上传来马蹄踏着路面的声音。大厅中央有一个金鱼缸，里面的小喷泉发出单调的汩汩声，一些脱鳞的小金鱼在里面游来游去，从下面不知什么地方有光透过水照着它们。一个白衣侍役拿来餐具、面包、一小瓶冷伏特加酒。卡济米尔·斯坦尼斯拉沃维奇开始空口喝酒，每次咽下之前都要含在嘴里品尝一会儿，咽下以后就咬咬牙，而且厌恶似的嗅嗅黑面包。突然间，大厅里响起了嗡嗡的留声机的声音，把他吓了一跳。接着这架留声机就唱了起来，唱的是各种各样的俄罗斯歌曲，或者过分狂放不羁，或者过分旖旎缠绵，使人回肠荡气……卡济米尔·斯坦尼斯拉沃维奇的眼睛红了，蒙上了一层泪水。

后来，一个有一头花白鬈发的格鲁吉亚人用铁扦给他送来一串喷香的半生不熟的烤羊肉，三下两下把肉削在盘子里，炫耀着自己的手艺，又按照亚洲人的方式极不讲究地用手撒上葱、盐、孜然。这时候，空荡荡的大厅里充满了留声机放的催人乱扭乱蹦的步态舞[①]曲……随后侍役又给卡济米尔·斯坦尼斯拉沃维奇端来洛克伏尔羊奶酪[②]、葡萄酒、咖啡、纳尔赞矿泉水[③]、甜酒……留声机早已不唱了，由几个穿白衣的德国女人组成的乐队在台上奏乐。灯火通明、人越来越多的大厅变得暖洋洋的，充满了烟雾和菜肴香味。侍役们旋风一般的转来转去，喝醉了的顾客要香烟，吸了烟又想呕吐。侍役领班尽心服侍，同时竭

① 步态舞最初为美国黑人舞蹈，二十世纪初在欧美曾风行一时。

② 这种酒因原产地为法国洛克伏尔而得名。

③ 纳尔赞矿泉水是北高加索的一种有治疗作用的碳酸矿泉水。

力保持着自己的尊严。在一面面镜子里，那好似水中的模糊不清的无底深处，映照着一团庞大、嘈杂、紊乱的东西。卡济米尔·斯坦尼斯拉沃维奇几次走出闷热的大厅，穿过凉爽的走廊，跨进冷飕飕的厕所，奇怪的是那儿有一股海水气味。他来去如腾云驾雾，回到座位上以后又接着要酒喝。夜里一点多钟，他坐上一辆漂亮的马车，闭上眼睛，把夜的凉气吸进昏昏沉沉的脑袋里，让这辆高高的胶轮马车飞快地把他拉到城外一家妓院。他远远地看见深夜的灯火排成望不到头的行列，先往下走，后又上坡。他觉得在观望的似乎不是他，而是另外一个人。在妓院里他差一点跟一位肥胖的绅士交手，那位绅士向他扑过来，大喊大叫说，整个俄国知识界都知道他。后来他和衣躺在一张宽大的床上，盖着绗过的缎被。房间不大，天花板上有一盏天蓝色的灯，照得房间半明半暗，有一股香皂味儿使人窒息，门后的衣帽钩上挂着几件连衣裙。床边有一盆水果，一个陪伴卡济米尔·斯坦尼斯拉沃维奇的姑娘一声不吭地在那儿用小刀削梨皮，津津有味地吃着。她的女伴只穿着一件睡袍，看上去像个小姑娘，裸露着两条粗大的臂膀趴在梳妆台上飞快地写信，完全不理会另外两个人。她边写边哭——哭什么呢？世上的人这么多，哪能都弄清楚……

四月十日卡济米尔·斯坦尼斯拉沃维奇醒得很迟。从他睁开眼睛的惊慌神色可以看出，他想到自己在莫斯科，想到昨天发生的事情，一时大为惊愕。他凌晨四点多钟才返回，摇摇晃晃地爬上凡尔赛饭店的楼梯，但是准确无误地经过隧道一般的有股子怪味儿的长走廊，走向自己的房间。走廊里只在前端点着一盏昏暗的灯。每间客房门口都摆着长筒靴和皮鞋，人们都素昧平生。忽然，有一扇门几乎是带着恐怖气氛在卡济米尔·斯坦尼斯拉沃维奇面前打开了，一个老头儿出现在门口，他穿一件睡衣，像个演《狂人日记》①的蹩脚演员。卡济米尔·斯坦尼斯拉沃维奇看见屋里有一盏带绿罩子的电灯和满屋子的东西，是一个孤独的老房客的窝，屋角挂着圣像，旁边有数不清的香烟盒子，一个叠在一个上面，几乎堆到天花板的高度……难道他就是二十三年前已经住在凡尔赛饭店的那个编写圣徒传的疯子？卡济米尔·斯坦尼斯拉沃维奇的那间黑洞洞的客房里有一股刺鼻的香味儿，十分闷人。只有微弱的光通过房门上端的气窗射进来。卡济米尔·斯坦尼斯拉沃维奇走到板壁后面，摘下大礼帽，露出稀疏的涂了发蜡的头发，又把大衣脱下来扔在空床的床头……他一躺下，身子下面的东西就都旋转起来，堕入深渊之中，他也立刻睡去。他在梦中总是闻到他脑袋旁边那个铁盥洗池的恶臭，然而眼前却是春日，满树繁花，贵族大宅第的大客厅里有许多人在诚惶诚恐地等候都主教光临，这等

① 《狂人日记》是十九世纪俄国著名作家果戈理的作品。

待使他彻夜焦躁不安。现在从凡尔赛饭店的走廊里不断传来按铃、奔跑、互相呼唤的声音。板壁后面，阳光穿过尘封的双层玻璃窗照进来，屋里挺热……卡济米尔·斯坦尼斯拉沃维奇脱了上衣，按了按铃，开始盥洗。茶房跑进来，他是个眼睛很尖的小伙子，头上长着狐狸毛一般的头发，身上穿着常礼服和粉红色斜领衬衫。

“面包、茶炊、柠檬。”卡济米尔·斯坦尼斯拉沃维奇说，连看也不看他一眼。

“也要我们这儿的茶叶和白糖吧？”茶房问，透着莫斯科人的机灵劲儿。

不一会儿茶房就用一只手掌托着滚烫的茶炊飞奔而来，霍地展开台布，铺在沙发前面的圆桌上，摆好放有一只茶杯和一个涮杯缸的托盘，把茶炊咚的一声搁在托盘上……卡济米尔·斯坦尼斯拉沃维奇在茶煮好以前翻开随茶炊一起送来的《莫斯科小报》。他的目光落到一则新闻上，其中讲到昨天在某处发现一个姓氏不详的人昏迷不醒……“患者已被送进医院”。他看完这则新闻就丢开了报纸。他觉得站立不稳，心里很不好受。他起身打开窗户，窗外是个院子，迎面扑来清新的空气和城市的气息，传来小贩的悠扬动听的叫卖声、对面那所房子后面的有轨马车的铃声、一串轻便马车的车轮声、悦耳的教堂钟声……在这个晴朗的春日，城市早已开始了它的包罗万象的喧闹生活。

卡济米尔·斯坦尼斯拉沃维奇把整个柠檬的汁都挤出来掺在茶里，贪馋地喝下这杯浑浊的酸水，然后又走到板壁后面去。凡尔赛饭店安静下来。卡济米尔·斯坦尼斯拉沃维奇的目光懒懒地扫过一张贴在墙上的账房通知单，上面写着："逗留三小时按一昼夜计算。"一只老鼠在五斗柜里折腾，滚着不知是哪位旅客扔下的糖块……卡济米尔·斯坦尼斯拉沃维奇就这样半睡半醒地在板壁后面躺着，直到阳光从这间客房里退了出去，窗外送进不同的空气，已经是向晚时分的凉气。

于是他仔细地穿戴起来——解开他的衣筐，换了一套内衣，拿出一方廉价然而干净的手帕，刷了刷磨得发亮的常礼服、大礼帽和外套，从外套的破口袋里掏出一张揉皱的基辅的报纸扔在屋角。他穿好衣服，用染色梳子梳齐了颊须，然后数了数自己的钱（荷包里只剩下四卢布七十戈比），走出饭店大门。下午六点整，他来到莫尔恰诺夫巷一座矮小的老教堂附近。教堂院子里有一株大树已经披上新绿，孩子们在玩耍，一个瘦瘦的小姑娘（她的一只袜子总往下滑）在跳绳，几个穿俄罗斯民族服装的奶妈坐在长椅上守着几辆婴儿车，车里躺着酣睡的婴儿。满树的麻雀叽叽喳喳，和风拂面，简直像夏天一样，连尘土也有一股夏天的气息，远处房屋后面的天空在晚霞中呈现出柔和的金黄色，使人觉得世上有快乐、青春、幸福可寻。教堂里的枝形吊灯已经点燃，摆好了诵经台，台前有一方地毯。卡济米尔·斯坦尼斯拉沃维奇小心翼翼地摘下大礼帽，唯恐弄乱了头发，然后怯生生地步入教堂（他已有三十来年不进教堂门了），挑了一个看得见新郎新娘的角落坐下来。他环视一个个彩绘的拱门，又昂首观看中央的圆顶。他的每一个动作、每一次呼吸，都在寂静中引起反响。金碧辉煌的教堂在静候，只听得蜡烛发出哔剥声。后来一些教士、歌手、老婆子、小娃娃、来参加婚礼的衣着漂亮的客人、忙碌的办事人画着十字，就像办例行公事一般随随便便地开始入场了。当大门口骚动起来的时候，人们可以听见一辆马车吱吱呀呀驶到了门前，大家转过脸去望着入口，唱起了迎亲歌《来吧，我心爱的人！》。卡济米尔·斯坦尼斯拉沃维奇的心跳得使他面如死灰，他不由自主地向前移动。新娘从他身边走过的时候挨他那么近，甚至让他触到了她披的婚纱，闻到了她身上的铃兰香水气味，可是新娘竟然不知道他还活在人间，垂着美丽的头走过去了，全身覆盖着透明的薄纱和花朵，那么洁白无瑕，好似初次来领圣餐的公主……迎上前来的新郎是个矮子，宽肩膀，黄发平头，卡济米尔·斯坦尼斯拉沃维奇的眼里几乎没有他。在婚礼进行的整个过程中，卡济米尔·斯坦尼斯拉沃维奇只看见那颗披着白纱、缀着花朵的低垂的头和他爱得心疼的那只拿着系白缎蝴蝶结的蜡烛并且不停地在颤抖的美丽动人的小手……

晚上九点多钟他又回到住处。他的整件大衣都散发着春天的气息。他一走出教堂就看见一辆马车停在大门口，马车的镜子似的车窗映着晚霞，车厢里铺着白缎，那女孩儿在这镜子似的车窗里最后露了一次脸，就被别人带走了，永远地离开了他。他在一些小巷里踯躅了许久，最后来到诺温斯基林荫大街上……此刻，他用颤抖的双手慢慢脱去大衣，把装着两根鲜黄瓜的纸袋搁在桌上——这两根黄瓜是他从一个摊贩那儿买来的，不知道买来做什么……春天的气息甚至透过纸袋散发出来，四月的月亮高悬在还没有黑尽的天上，它那淡淡的银光也带着春天的气息穿过屋顶上面的一块窗玻璃泻进来。卡济米尔·斯坦尼斯拉沃维奇点上蜡烛，惨淡的烛光照着这空空的，暂时的栖身处。他在沙发上坐下来，感觉到脸上还有夜晚的凉气……他这样坐了很久，没有按过铃，什么东西也不要就把房门反锁上了。这些举动使得茶房起了疑心，茶房亲眼看见他拖着脚步走回自己的房间，而且抽出门钥匙，显然是打算从里面反锁上。茶房几次踮着脚尖来到他的房门外，通过锁孔向里面窥望，只见卡济米尔·斯坦尼斯拉沃维奇坐在沙发上，浑身打颤，一把鼻涕一把眼泪地哭得好不伤心，使得他染过的颊须褪色，把两个腮帮子都抹成褐色的。

夜里，卡济米尔·斯坦尼斯拉沃维奇扯断窗帘绳，泪眼迷蒙地将绳子拴在衣帽钩上。然而残烛闪着鬼火，可怕的黑色巨浪在这反锁着的房间里翻腾……不，他没有勇气自杀！

早晨，他提前三个小时去火车站。在车站大厅里，他垂着眼皮在乘客中间悄悄地踱来踱去，蓦然在这个或者那个乘客面前站住，压低嗓子、语调平稳、毫无表情然而相当急速地说：

“看在上帝分上……我是走投无路啊……赏我点钱买张票去勃良斯克吧……几戈比也行……”

有几个人不好意思地匆匆把钱给他，竭力不去看他的大礼帽、磨坏了的天鹅绒大衣领以及颊须已经褪成紫色的可怕的脸。

后来他就混在拥向月台入口处的人群中不见了。此时，在凡尔赛饭店他住过两昼夜的那间客房里，侍役们正把盥洗池中的提桶拎出去，打开窗户让四月的阳光照进来，又来回拖动椅子清扫垃圾，也扫去了一张他撕碎的字条，那字条是跟黄瓜一起被他遗忘、掉在桌子底下，后来又给滑下来的桌布盖住的，字条上写的是：

“请勿因我死亡怪罪任何人……”

（1916）

轻轻的呼吸

在公墓的一座新近筑成的坟冢上，立着一个新的橡木十字架，它结实、沉重、光滑。

四月，天色灰暗。穿过光秃秃的树木，远远地就可以看见这宽广的外县公墓上的一块块墓碑。冷风吹着那十字架脚下的瓷制花环，发出琤琤的音响。

那十字架中央嵌着一个够大的凸出的圆形瓷相框，里面有一张相片，是个中学女生，她有一双快乐的、异常活泼的眼睛。

这是奥莉娅·梅谢尔斯卡娅。

在一群穿褐色中学生制服的小姑娘中间，她并不突出。她是许多可爱、富有、幸福的小姑娘中间的一个，有天分，但是淘气，根本不把班主任的训诫放在心上。除此之外，关于她还有什么可说的呢？她不是一天一天地，而是一小时一小时地长大成熟起来。到了十四岁，她不仅有了纤细的腰和秀气的脚，而且有了轮廓动人的胸脯和人类的语言至今无法形容的种种体态的魅力。到了十五岁，她已经被公认为美人了。她的一些女伴是那么着意梳妆，洁身自好，一举一动无不谨慎小心！她呢，什么都不怕——不怕墨水弄脏手指，不怕满脸通红，不怕披头散发，也不怕在奔跑中跌一跤露出膝盖来。她不经意不费力地，仿佛在不知不觉间就拥有了使她最后两年在全校如此出众的一切：绰约的风姿，华丽的穿戴，灵活的举动，明亮的眼睛……跳舞的时候没有一个人跳得过她，滑冰的时候没有一个人跑得过她，舞会上没有一个人像她那样吸引人。不知为什么，也没有一个人像她那样受到低年级同学的爱戴。她在不知不觉间成了一位少女，她在学校里的声誉也在不知不觉间树立起来。已经有人议论说，她轻浮，没有拜倒在她脚下的男人就不能生活；还说男生申辛疯狂地爱上了她，而她似乎也爱申辛，不过对申辛的态度反复无常，弄得申辛直要寻短见……

据学校里的人说，奥莉娅·梅谢尔斯卡娅最后一个冬季简直玩疯了。那是个多雪而晴朗的严冬，太阳早早地就落到白雪皑皑的校园中一株高大的云杉后面去了，它总是那么明朗，光芒四射，预示第二天也是个寒冷的晴天，可以在大教堂街上散步，或者到市立公园的冰场上去滑冰，还有玫瑰色的黄昏，音乐，以及在冰场上滑来滑去的人，其中奥莉娅·梅谢尔斯卡娅看来是最无忧无虑、最幸福的一个。然而有一天，大课间休息的时候，她正在大礼堂里一阵风似的飞跑，后面跟着一群快乐地尖声叫嚷的一年级小姑娘，却突然被叫到校长那里去。她在飞跑中猛地站住，只深深地喘了一口气，用女性惯有的动作迅速理好头发，拉一拉肩上的围裙①带子，目光炯炯地跑上楼去。看上去还年轻而头发已经花白的校长拿着毛线活儿静静地坐在写字台前，她背后那面墙上挂着沙皇的肖像。

"您好，梅谢尔斯卡娅小姐。"校长用法语说，眼睛仍旧盯着毛线活儿，"很遗憾，我不得不一再叫您到这儿来，好跟您谈谈您的品行。"

"我听着呢，夫人。"梅谢尔斯卡娅说着朝写字台走过去，泰然自若，神情活泼，但是脸上毫无表情地看着校长，行了一个屈膝礼，姿态是那么自然和优美，只有她一个人做得到。

"您不会好好听我说，很遗憾，我相信您不会。"校长说着扯了扯毛线，牵动了油漆地板上的线团，梅谢尔斯卡娅好奇地看了线团一眼。接着校长抬起眼睛来又说，"我不想重复说过的话，也不想发表长篇大论。"

梅谢尔斯卡娅很喜欢这间一尘不染的大办公室，天冷的时候光亮的荷兰式瓷砖炉烤得房间里暖烘烘的，写字台上的铃兰花散发着幽香。她看看站在一间豪华的厅堂中央的年轻沙皇的全身像，又看看校长那一头从当中分开并且压出整齐的波纹的白发，沉默地等待着。

① 俄国中学女生的制服包括围裙在内。

“您已经不是小姑娘了。”校长意味深长地说，心里渐渐恼怒起来。

“是的，夫人。”梅谢尔斯卡娅随随便便，几乎是高高兴兴地回答说。

“但也不是少妇。”校长更加意味深长地说，她那没有血色的脸上微微泛起了红晕，“首先，这是什么发型？这是少妇的发型！”

“夫人，我的头发长得好，这不是我的过错。”梅谢尔斯卡娅说着用两手轻轻地摸了摸她那梳得很漂亮的头发。

“哦，这不是您的过错！”校长说，“梳这种发型不是您的过错，插这些贵重的梳子不是您的过错，挥霍父母的钱去买二十卢布一双的鞋子也不是您的过错！可是我再对您说一遍，您完全忽略了一点：您现在不过是个中学生……”

这时候，梅谢尔斯卡娅突然彬彬有礼地打断了校长的话，语调仍旧那么随便和平静：

“请原谅，夫人，您错了，我是少妇。您知道这是谁的过错吗？是我爸爸的朋友和邻居，您的兄弟阿列克谢·米哈伊洛维奇·马柳京的过错。事情发生在去年夏天，在乡下……”

这次谈话之后又过了一个月，在火车站月台上一大群刚下火车的人当中，一位哥萨克军官开枪打死了奥莉娅·梅谢尔斯卡娅。这位军官其貌不扬，土里土气，与她的生活圈子里的人没有丝毫共同之处。她那一番使校长听了难以置信、万分震惊的自白完全得到了证实：军官对法院检察官说，梅谢尔斯卡娅勾引他，跟他关系密切，曾经发誓要做他的妻子。梅谢尔斯卡娅被打死那天本是上车站来给他送行（他要去诺沃切尔卡斯克），忽然说她从来没打算爱他，所有那些关于结婚的话不过是拿他开心罢了，接着就给他看了一则日记，上面写到马柳京。

军官说："我匆匆看完这几行字，就在月台上（她在那儿来回走着等我把日记看完）开枪打死了她。请看去年七月十日她写了些什么。"

那则日记如下：

现在是夜里一点。我刚才沉沉睡去，又立刻醒来……今天我成了少妇啦！爸爸、妈妈和托利亚都进城去了，我一个人在这儿。我独自一个人觉得那么幸福！早晨我在花园和野地里散步，也到树林里去了，整个世界上仿佛只有我一个人，脑海里出现了从来没有过的美妙念头。中饭我也是一个人吃的，后来弹了一个小时钢琴。音乐使我产生一种感觉，仿佛我将永远活着，而且比任何人都幸福。后来我在爸爸的书房里睡着了。四点钟卡佳把我叫醒，说阿列克谢·米哈伊洛维奇来了。我高兴极了，我是那么乐意招待他，陪他玩儿。他赶着两匹非常漂亮的维亚特种马来，这两匹马一直站在台阶旁边。他留下来是因为下雨了，他想等晚些时候路干了再走。没见到爸爸，他表示遗憾。他兴高采烈，在我面前像个年轻的情人，讲了许多笑话，说他早就爱上我了。午茶前，我们在花园里散步的时候，天又放晴了。虽然气温下降，阳光却耀眼地照着整个湿漉漉的园子。他挽着我的手，说他是和玛格丽特在一起的浮士德。他五十六岁了,但是还很好看，总是穿得漂漂亮亮（我只不喜欢他披着斗篷来），身上散发着英国香水的气味。他的眼睛黑黑的，很年轻，可是那一把大胡子却是银白色的，雅致地朝两边分开，长长地垂着。我们坐在有玻璃窗的外廊上喝茶，我一时觉得有些不适，就在沙发榻上躺下来。他先是在吸烟，后来靠拢我坐下，又说了些恭维我的话，接着就仔细看我的手，吻我的手。我拿一块丝巾盖在脸上，他隔着丝巾吻了我的嘴唇几次……我不明白怎么会发生这种事情，我疯了，我从来没有想到我会是这样的人！现在我只有一条出路……我对他的反感是如此强烈，真受不了！……

在这四月天，城市显得清洁，干燥。石板路又白了，走在上面使人觉得轻松愉快。每逢星期日，午前祈祷结束以后，在通向城外的大教堂街上总会出现一个穿一身丧服、戴一副黑色细羊皮手套、拿一把乌木伞的身材瘦小的女子。她沿着公路走过一个有许多被煤烟熏黑的铁匠铺并且有野风徐徐吹来的肮脏的广场，往下，在男修道院和监狱之间是一片浮着白云的天空和灰色的春天的原野，走过男修道院墙脚边的水洼，向左转，就可以看到一个大园子，里面种着低矮的植物，周围有一圈白色围墙，大门上端画了一幅圣母升天图。那瘦小的女子连连画着十字，习以为常地沿着主要的甬道走去。她走到那橡木十字架对面的长椅跟前，就在冷风和春天的寒气中坐下来，坐上一小时两小时，直到她那双穿着单薄的皮鞋的脚和戴细羊皮手套的手完全冻僵才作罢。春天的鸟儿在美妙地歌唱,冷风吹得瓷制花环发出琤琤的声音。她听着，有时候就想，只要能够去掉眼前这个没有生命的花环，她愿付出她余下的半生。这花环,这坟冢,这橡木十字架！下面难道就是她，用一双永含生命光辉的眼睛从十字架上那个凸出的圆形瓷相框里向外看的她？怎么让如今与奥莉娅·梅谢尔斯卡娅的名字连在一起的那可怕事件同这纯洁的目光吻合呢？然而这个瘦小的女子在内心深处是幸福的，像一切耽于某种狂想的人一样。

这个女子是奥莉娅·梅谢尔斯卡娅的班主任，年纪不轻了，还是处女。她早就靠一种代替了现实生活的空想生活着。起初，这空想围绕着她的哥哥，一个贫穷的，丝毫不引人注目的陆军准尉。她把自己的整个心灵与哥哥以及哥哥的前程（不知为什么在她看来是光辉灿烂的）结合在一起。她哥哥在沈阳附近战死以后，她就用她是一个有思想的劳动妇女的信念来开导自己。

奥莉娅·梅谢尔斯卡娅的死使她迷醉于一个新的梦幻。现在奥莉娅·梅谢尔斯卡娅时刻缠绕着她的思想情感。每逢节日她必定来上坟，一连几小时目不转睛地看着那个橡木十字架，回忆棺材里面那张有许多花卉围绕着的苍白的小脸，回忆有一天无意中听到的话。那天大课间休息的时候，奥莉娅·梅谢尔斯卡娅和她的好朋友——又胖又高的苏博京娜——在校园里一边散步一边像放连珠炮似的说：

"我爸爸有一本书（他有好多可笑的古书），里面讲到一个女人应该有什么样的美……讲了那么多，你明白吗？没法全部记住。当然啦，要有像沸腾的煤焦油似的黑眼睛（我发誓真的是这样说的：沸腾的煤焦油！），夜一样黑的眼睫毛，淡淡的红晕，苗条的身段，比一般尺寸稍长的手（你明白吗，比一般尺寸稍长！），小巧的脚，大得适度的胸脯，浑圆的小腿肚，贝壳色的膝盖，圆的肩膀——好多都快让我背下来了。说得真对！你知道主要的是什么吗？是轻轻的呼吸！我就是这样，你听听我怎么呼吸——对吗？"

如今这轻轻的呼吸重又弥散在人世间，弥散在浮着白云的天空里，弥散在春天的冷风中了。

（1916）

阿昌的梦

讲谁不都一样吗？凡是来世上走过一遭的，都值得讲一讲。

阿昌认识了这个世界和它的主人船长以后，它在人世间的存在就与这位船长联系在一起了。从那个时候算起，已经过了整整六年。这六年像船上沙漏里的沙一样渐渐流逝。

天又黑了——是梦还是现实？天又亮了——是现实还是梦？阿昌老了，阿昌喝上酒了，它总打盹儿。

外面敖德萨城里正是隆冬季节。天气恶劣阴沉，比阿昌和船长初次相遇的时候那种中国的天气还要坏许多。下着砭人肌肤的碎雪，它斜飞下来，撒在空寂无人的滨海林荫道那结了一层冰的滑溜溜的柏油路上，也狠狠地鞭打着每一个犹太人的脸，使他们不得不把两只手塞进衣袋里，缩着头，笨拙地左右躲闪。在同样空寂无人的港湾那边，越过雪雾迷茫的水面，隐约可以看见沿岸一大片光秃秃的草原。防波堤整个冒着浓重的灰色水雾，因为大海从早到晚不停地把它肚里那些冒着泡沫的脏腑翻到防波堤这边来。风在电话线之间响亮地打着呼哨……

在这种日子，一天的城市生活开始得不会早。阿昌和船长也不会一大早醒来。六年的时间是长还是短？这六年下来阿昌和船长都老了，虽然船长还不到四十岁。他们的命运大大恶化了。他们不再出海，像水手们说的——“上岸”了，也不住在原先住的地方，而是住在一条相当阴暗的窄巷里一幢五层楼房的顶楼上。这楼房煤烟刺鼻，住户都是那种晚上才回家并且把帽子掀到后脑勺上吃晚饭的犹太人。阿昌和船长住的那间房天花板低，又大又冷，而且总是很阴暗，因为只有两扇开在斜屋顶（同时也是一面墙）上的窗户，窗户不大，呈圆形，使人想起船上的舷窗。这两扇窗户之间摆着一件类似五斗柜的家具，左侧靠墙有一张旧铁床。这个寂寞住所的全部陈设尽在于此，如果不算整天往屋里送冷风的壁炉的话。

阿昌睡在壁炉后面那个角落里。船长睡在铁床上。这张被压得几乎塌到地板上的铁床和床上的垫子究竟像什么样子，任何住过顶楼的人都不难想象。床上的脏枕头里已经没有多少绒毛，船长只好把自己的双排扣制服上衣垫在枕头下面。即便在这样一张床上，船长也睡得很安稳。他闭着眼睛，仰着灰色的脸，一动不动地躺着，像死人一样。从前他的床才叫好呢！平平整整的，高高的，下面有几个抽屉，上面有厚厚的舒服的垫子，铺着光滑的细布床单，还有让人觉得凉爽的雪白的枕头！不过在那个时候，即使有船摇着他，他也不如现在睡得酣。如今一天下来他累得不得了，再说，如今他还有什么可不放心的？还有什么怕睡过了的？新的一天又能给他带来什么欢乐呢？世上曾经有两个不停地相互交替的真理，一个是：生活有说不出的美妙；另一个是：生活到底是怎么回事，只有疯子才明白。如今船长肯定地说，过去，现在，将来，永远都只有一个真理，也是终极真理，即犹太人约伯[①]的真理，不知哪个部族的智者、传道者[②]的真理。如今船长在啤酒馆里经常说："你趁着年幼就要记着你将来会说我毫无喜乐的那些年日！"[③]然而日夜依旧。天又黑了，天又亮了。船长和阿昌醒了。

船长醒了，却没有睁开眼睛。此刻他在想什么？连挨着整夜送来海水气味的冰凉的壁炉躺在地板上的阿昌也不得而知。阿昌只知道，船长至少要像这样躺上一个小时。阿昌瞟了船长一眼，又合上眼皮打起盹儿来。阿昌也是个酒鬼，早晨它也不清醒，浑身无力，对世界有一种苦不堪言的反感，所有坐过海船而又晕船的人都熟悉这种感觉。因此，这天早晨阿昌一面打盹儿，一面就做起了烦心的无聊的梦……

它梦见：

有个愁眉苦脸的中国人，是个老头，登上一艘轮船的前甲

① 犹太人约伯指《圣经·旧约·约伯记》所写的那个约伯。

② 传道者指《圣经·旧约·传道书》的作者。

③ 参见《圣经·旧约·传道书》第十二章第一节。

板。他蹲下来，苦苦哀求从他身边走过的人买他带来的一筐臭鱼。那是在中国的一条大河上，天气很冷，刮着风沙。浑浊的河水上漂着一条挂苇席帆的小船，小船上蹲着一只小黄狗，是公的，有点像狐狸，又有点像狼，脖子上长了一圈厚厚的硬毛，它正竖起两只耳朵，转着两只黑眼睛，机警而又灵气十足地观察着轮船的高高的铁壁。

“你把狗卖给我得了！”闲站在高台上的年轻的船长兴高采烈地向那个中国人大声喊道，仿佛对方是个聋子。

那个中国人，也就是阿昌的第一位主人，举目向上。听见船长的喊声，他既胆怯又高兴，一面鞠躬，一面用怪腔怪调的英语说：“顶好的狗，顶好！”于是小狗给船长买去了，只花了一卢布，取名叫“昌”。当天阿昌就跟着新主人出发到俄国去了。最初，足足有三个星期，阿昌晕船晕得厉害，迷迷糊糊的，什么也看不见，无论是海洋、新加坡还是科伦坡。

当时中国已经是秋天了，天气恶劣。刚出河口阿昌就开始犯恶心。迎面而来的是蒙蒙雨雾，水面上浪花耀眼，灰绿色的波涛摇晃着，奔跑着，激溅着；浪脊尖尖的，不整齐；平坦的沿岸水域逐渐展开，退隐在雾中，四周的水面越来越宽阔。阿昌身上的毛都挂上了银白色的水珠，船长穿着带风帽的防水布雨衣，他俩在舰桥上，那种居高临下的感觉更加厉害。船长在指挥，阿昌在发抖，并且转过脸去避开迎面吹来的风。水面越来越宽阔，一直延伸到雨雾迷茫的地平线上，与阴霾的天空混成一体。风卷起巨澜，任意冲突，在横桁间呼啸，拍打着前甲板上的帆布篷。水手们穿着有铁掌的长筒靴，披着湿漉漉的斗篷，在那里解开帆布篷的绳索，抓住它们，把它们卷起来。风总在寻找薄弱易攻的地方，只要向它慢慢低头致意的轮船朝右一偏，它立刻掀起汹涌的大浪，把轮船举上去。轮船支持不住，从浪尖上跌下来，钻进水沫中，只听得领航室里的咖啡杯咣啷一声摔到地板上，砸得粉碎，都怪仆役忘了从小桌上收走……于是好戏开台了！

此后什么日子阿昌都经历过。有时太阳从晴明的天上喷着烈火，有时乌云像群山一般只见高起来大起来，夹着使阿昌丧胆的隆隆雷声，有时大雨铺天盖地而来，泼在轮船和大海上，好像大洪水[1]时代一样。但是颠簸却从未停歇过，甚至在停泊的时候也是如此。一连三个星期吃尽苦头的阿昌没有离开自己的窝一步，它的窝在船尾楼两排空空的二等舱室之间的幽暗闷热的走廊里，紧靠着一扇开向上层甲板的门的高门槛。这扇门一天只开一次，是在船长的传令兵给阿昌送饭来的时候。直到红海的整个旅途在阿昌的记忆中留下的，只有舱壁吱吱乱响、恶心、心脏仿佛时时要停止跳动——一会儿随着颤抖的船尾掉

① 指《圣经·旧约·创世记》中所说的灭绝人类的大洪水。

进深渊，一会儿又升上天空。还有，每当一座水山轰隆一声狠狠地撞在这高高翘起并且忽然歪向一边的有螺旋桨轧轧响着的船尾上，灭了舷窗中的日光，接着又浊流般从舷窗的厚厚的玻璃板上冲下来的时候，阿昌都感受到一种刺心的临死的恐惧。病倒了的阿昌听得见远处有号令声，水手长吹出的响亮的哨声，水手们在上头跑来跑去的脚步声，还有海水的激溅和喧哗声。阿昌半睁着眼睛还能分辨出幽暗的走廊里堆着一大蒲包一大蒲包的茶叶。恶心的发作，空气的闷热，浓烈的茶叶气味，使阿昌头脑昏晕……

就在这个地方，阿昌的梦断了。

阿昌抖抖身子，睁开眼睛，发现这回不是海浪撞击了船尾，而是楼下有一扇门让人猛摔了一下。接着船长大声地咳着从他那张压得塌了下去的床上慢慢坐起来。他穿上他的破皮鞋，系好鞋带，又从枕头下面拉出那件缀着金纽扣的黑制服上衣穿上，朝着五斗柜走去。这当儿，阿昌披着它那身已经不成样子的黄毛皮也从地板上爬起来，一边打哈欠一边不满地尖声叫着。五斗柜上有一瓶已经开盖的伏特加酒，船长拿起来就对着瓶口喝，然后微微呛咳着走到壁炉边，倒了一点在脚边的小盆子里给阿昌。阿昌贪馋地舔起来。船长点燃一支烟，又躺下了，等天大亮。已经可以听见远处有电车隆隆地开过去，楼下街面上不断响起马蹄的嘚嘚声，但是出门还早，因此船长躺在那里吸烟。

阿昌舔完小盆子里的酒也想躺下。它跳上床，蜷缩在船长的脚边，渐渐进入伏特加酒一向会造成的怡然的境界。它的半睁半闭的眼睛模糊了，看不清主人的模样了，可是心中对主人的感情却越来越温柔。如果用人的语言来表达阿昌此刻的思想，可以这样说："唉，你这个傻瓜！世上只有一个真理，这个真理才叫妙呢,你要是知道就好了！"接着阿昌又想到,也许是梦见，好几年前那个早晨，带着船长和阿昌离开中国的轮船，经过叫他们吃尽苦头的不安分的大洋，终于驶入红海……

它梦见：

轮船经过丕林岛的时候，速度越来越慢，催眠似的轻轻摇着,阿昌便堕入甜美酣沉的梦乡。突然间,它清醒了。醒来以后，它吃惊得不得了，不知为什么周围那样安静，船尾有节律地震颤着，不往下沉了，海水在舱壁外什么地方奔流着，发出均匀的喧声，厨房里的暖烘烘的香味儿从通向前甲板的门下面钻过来，十分诱人……阿昌欠起身子看了看空空的餐厅，昏暗中有一抹柔和的光，紫里透着金黄，是一种肉眼几乎分辨不出、然而极其悦目的东西。原来是后舷窗打开了，开向有阳光的蔚蓝色的穹苍，开向广漠的空间，而在低矮的天花板上流着曲曲折折的溪水，好像在镜中，只是不住地流着，却不流去。于是在阿昌身上也发生了那段时间在它的主人船长身上发生过不止一次的情况：它忽然明白，世上并非只有一个真理，而是有两个。

一个真理是，活在世上而且出海远航十分可怕。另一个呢……阿昌还没有想清楚，身边的门突然打开了，它看见了通向上层甲板的扶梯，轮船那发亮的大黑烟囱，夏日清晨的明朗的天空，以及从扶梯下面的机舱里匆匆走上来的船长——他洗得干干净净，刮光了脸，散发着花露水的香气，两撇黄胡子像德国人的那样向上翘着，机警的浅色眼睛炯炯有神，身上穿着绷得紧紧的雪白的制服。阿昌看到这些兴奋得冲上前去，船长顺势一把将它抱起来，亲了它的头一下，然后转过身去，抱着它三步两步登上上层甲板，从那里再往上走，到了舰桥上——就是在中国的大河河口使阿昌那么害怕的地方。

到了舰桥上，船长把阿昌扔下，自己进了领航室。阿昌把它那条蓬蓬松松的狐狸尾巴伸长了摆在光滑的地板上，在那里蹲了一会儿。不高的太阳从它身后照着，炽热而又明亮。阿拉伯此刻一定很热，它的金色海岸就在右边，还有深褐色的群山，那些尖峰像死星球上的一样，也盖着厚厚的一层黄沙。一大片有许多沙山的沙漠特别清晰地映入眼帘，看上去似乎可以一跃而过。在高处，在舰桥上，还可以感觉到早晨的气息，清风徐徐吹来，大副精神抖擞地踱着方步，他就是后来经常吹阿昌的鼻子惹它发火的那个人，穿一身白制服，戴一顶白盔形帽，脸上架一副吓人的墨镜，总抬头向高耸入云的前桅尖端望去，那上面有一片薄薄的卷云，很像白色的鸵鸟毛……后来船长在领航室里喊道："阿昌！喝咖啡了！"阿昌立刻跳起来，绕到领航室门口，灵巧地跃过黄铜门槛。这小屋里比舰桥上还要好，有一张宽大的固定在墙壁上的皮沙发，沙发上端挂着一个壁钟样的圆圆的东西，玻璃罩和指针都闪闪发光；地板上有一个涮杯缸，盛着甜牛奶泡面包。阿昌贪馋地吃起来，船长干他自己的事。他展开一张大航海图，铺在沙发对面窗下的一张高台上，把一支尺子放在上面，用红墨水重重地画出一条长线。阿昌舔完缸子里的东西，髭须上还沾着牛奶就跳上了高台，蹲在窗前。窗外是一个水手的宽大水手衫的蓝色翻领，那水手背对窗户站在一个有许多角的舵轮前。于是船长——原来他很喜欢和阿昌单独聊天——对阿昌说：

"瞧，伙计，这就是红海。这儿的小岛、礁石多得不得了，我们要动动脑筋才能过去。我可要把你安安全全带到敖德萨，因为人家已经知道有你了。我对一个很任性的小姑娘透露了你的消息，还把你阁下吹了一通，是通过一些聪明人铺在海底的很长很长的电缆告诉她的，你明白吗……阿昌，我这个人总算是非常非常幸运的了，幸运得你都无法想象，所以我非常非常不愿意撞到哪块礁石上，叫我第一次远航就出大丑……"

船长这样说着，忽然严厉地看了阿昌一眼，打了它一个耳光，像对待下级似的向它吼道：

"把爪子拿开！不许碰公家的东西！"

阿昌甩了甩头，咆哮了一声，眯起了眼睛。这是它头一回吃耳光，心里很委屈，又觉得活在世上而且出海远航真是糟透了。它扭过脸去，一双清亮的眼睛也顿时缩小了，失去了光彩。它低声咆哮着，露出一嘴狼牙。然而船长并不理会阿昌的委屈情绪。他点燃一支卷烟，回到大沙发上，从凸纹布上衣一侧的口袋里摸出一只金表，用坚硬的指甲打开表盖，望着里面一个十分活跃、忙个不停、边跑边发出响声的发亮的东西，又和气地说开了。他对阿昌说，他要带它去敖德萨城伊丽莎白大街，在那条街上他这个船长，第一，有一套住宅；第二，有一个漂亮的妻子；第三，还有一个出色的女儿。他这个人总算是很幸运的了。

“我总算是幸运的，阿昌！”船长说。

“这个小姑娘嘛，阿昌，”船长接着说，“很调皮，好奇，个性强，有你好受的，尤其是你那条尾巴！不过，阿昌，你真不知道她有多可爱啊！我爱她爱得心惊胆战，因为她成了我的整个世界，几乎是整个世界。可是能这样爱自己的女儿吗？一般来说，能这样强烈地爱一个人吗？难道你们所有的佛比你我还傻？这种对尘世、对一切肉身之爱——从阳光、海浪、空气到女人，到孩子，到刺槐的香气，被他们说成什么，你听听！你知道什么是你们中国人发明的‘道’吗？伙计，我是不大懂，其实所有的人都不大懂。就照能让人理解的来看，那是什么？

有一个数不清多少代以前的女始祖，她生下什么就吞掉什么，吞了又生，生出世上的一切，这就是万物之'道'，万物都不能违抗它。可是我们每时每刻都在违抗它，每时每刻都想，比方说，不仅叫我们所爱的女人的心顺从我们，而且叫整个世界都顺从我们！活在世上太可怕了，阿昌，”船长说，“很好，但是太可怕，尤其对于我这样的人！我太贪恋幸福，常常误入歧途。那'道'究竟是晦暗的、凶恶的，还是完完全全相反呢？”

船长沉默片刻又说：

“关键在哪儿？关键就在于：你爱一个人的时候，谁也没办法使你相信，你所爱的人会不爱你。问题就出在这儿，阿昌。可是生活真美妙，天哪，太美妙啦！”

太阳升高了，轮船给晒得烫人，它不知疲倦地切开在热气蒸腾的广漠空间安静下来的红海，微微颤抖着向前奔去。光明空廓的热带天穹向领航室里望着。时近正午，黄铜门槛在太阳照射下好似在燃烧。玻璃样的海浪在船外越来越懒得向前滚动，时时闪出刺目的光芒，射进领航室来。阿昌蹲在大沙发上听船长说话。船长摸摸阿昌的头，把它推到地板上，说，“不行，伙计，太热了！”这回阿昌倒没有生气，因为在这个欢乐的正午活在世上太好了。再说……

阿昌的梦到这里又断了。

“阿昌，走！”船长一面把脚从床上放下来，一面说。阿昌又惊讶地发现，它不是在红海上航行，而是在敖德萨城内一处顶楼上，外面倒也是正午，却不是欢乐的，而是阴暗的、无聊的、讨厌的。于是它向着吵醒它的船长低声咆哮。船长却不理它，只顾去戴上他的旧制帽，穿上他的旧大衣，然后把两只手往衣袋里一插，拱起肩膀朝门外走去。阿昌只好从床上跳下来。船长下楼的时候步履艰难，勉勉强强，像是万不得已非下去不可。阿昌倒蹦得挺快，酒精的兴奋作用在它身上还没有完全消失，它喝了伏特加酒以后的怡然状态总是以兴奋结束……

两年以来，阿昌天天跟着船长上饭馆。他们在人声嘈杂、乌烟瘴气、臭气熏天的饭馆里喝酒，吃小菜，呆望着在他们身旁吃喝的酒鬼们。阿昌躺在船长脚边的地板上。船长坐在那里吸烟，照他在海上养成的习惯把胳膊肘紧紧趴在桌上，等着他自己规定的该转移到另一家饭馆或者咖啡店的时刻到来。阿昌和船长在这里吃早饭，在那里喝咖啡，在第三处吃中饭，在第四处吃晚饭。船长通常沉默不语。一旦碰见过去的朋友了，他就会整天不停地说生命毫无意义，还时时给自己、给朋友、给阿昌斟酒——阿昌面前的地板上总是摆着一只小碗。今天他俩也准备这样过。他们已经和船长的一位老朋友——是个戴圆筒大礼帽的画家——约好一起吃饭。这就是说，他们要先去一家臭烘烘的啤酒馆，坐在一帮红脸德国人中间——这些人木头木脑，能干活儿，从早到晚地干，为的自然是吃饱喝足了以后再干，并且繁殖出跟自己一样的人。然后他们就要去一家咖啡店，那里面挤满了希腊人和犹太人，这些人的生活也毫无意义，又非常不安定，时刻都在打听股市行情。从咖啡店出来他们还要去一家只有形形色色的社会渣滓才光顾的饭馆，在那里坐到深夜……

冬季昼短，和朋友在一起喝酒聊天，白昼就显得更短。阿昌跟着船长和画家已经去过啤酒馆和咖啡店，现在在饭馆里没完没了坐着喝酒。船长又趴在桌上起劲地对画家说，世上只有一种真理，它是凶恶的、低下的。“你看看周围的人吧，”他说，“想想我们每天在啤酒馆、咖啡店、大街上看到的那些人！我的朋友，我走遍了全世界，生活到处都是这个样子！人们好像在生活，但靠的是谎言和废话。他们心里没有上帝，没有天良，没有合理的生存目的，没有爱，没有友谊，没有诚实，连普通的恻隐之心也没有。生活只不过是在肮脏的下等酒馆里混过一个无聊的冬日……”

阿昌躺在桌子底下迷迷糊糊地听着这番话，再也兴奋不起来了。它究竟同意还是不同意船长的话呢？无法肯定地回答这个问题。既然无法肯定地回答，事情就不妙。阿昌不知道，不明白船长的话对不对，而我们大家都只在悲哀的时候才说“不知道，不明白”。任何生物在快乐的时候自以为什么都知道，什么都明白……忽然间，仿佛有一道阳光划破了这迷雾，有人用指挥棒敲了敲饭馆里那个小舞台上的谱架，一把小提琴奏响了，接着是第二把、第三把……越奏越热情，声音越来越响亮。不一会儿，阿昌心里就充满了另一种惆怅、另一种悲哀。莫名的欢欣、甘甜的痛苦、不自觉的渴望使得阿昌的心颤抖，它已经分不清自己在做梦呢还是醒着。它全身心地投入到音乐中，顺从地跟着音乐前往另一个世界，发现自己又站在那个美妙世界的门口，仍旧是一只航行在红海上的轻信人间的不懂事的小狗……

“当时是怎么一回事？”阿昌好像在做梦，又好像在思索，“对了，我记得在红海上那个炎热的正午活着真好！”阿昌和船长坐在领航室里，后来站在舰桥上……多么光明耀眼，海有多蓝，天有多青啊！那些伸开两只袖子悬挂在船头的白色、红色、黄色水手衫在青天的背景上显得多么绚丽啊！后来阿昌跟着船长和一些水手在闷热的头等舱餐厅里吃中饭，水手们的脸颊都晒成了砖红色，眼睛油亮油亮的，额头却很白，尽是汗水。屋角有一台电风扇吹着，发出嗡嗡的声音。中饭后阿昌打个盹儿，接下去是喝午茶，吃晚间正餐，正餐以后又到上头领航室前面（仆役在那里给船长摆了一张帆布圈手椅）去待着，极目眺望，观看在五色斑斓形态各异的层云间呈柔和的青色的晚霞，看那失却了光焰的酒红色的太阳怎样触到模糊的水平线，忽然拉长了，像一顶主教的金冠……轮船迅速追上去，船边的海水一波一波地向外扩展开，渐渐变得像闪着深紫色的纹革。可是太阳（大海仿佛在把它吸进去）也在赶路，它越来越小，终于成了一根长长的烧红的木炭，颤抖着熄灭了。它一熄灭，一种悲哀的阴影就笼罩了整个世界，越晚越上劲的风也更加剧烈地骚动起来。船长坐在那里望着落日的黑焰，他没戴帽子，风吹乱了他的头发，从脸上的表情看来，他心事很重，傲然而又惆怅，不过使人感觉他总算是幸运的，不仅这条向前奔驰的轮船听他指挥，连整个世界都由他掌握，因为此刻他心中装着整个世界，也因为那个时候他就已经浑身酒气了……

黑夜降临，可怖而又壮丽。它是漆黑的，使人忐忑不安。风儿乱吹，高高腾起的海浪发出惊天动地的喧声，船长不停地快步在上层甲板上走来走去，跟着他跑的阿昌偶尔尖声叫着逃离船舷。这时候船长又抱起阿昌，把脸贴在它那颗怦怦直跳的心上，其实它的心跳得和船长的一样！船长带它到后甲板上去，在黑暗中久久伫立，让阿昌看到一幅可怖的奇景：从高大的船尾下端那个发出低沉的轰隆声的螺旋桨底下沙沙地飞出无数根白晃晃的钢针，一飞出来就汇入轮船开辟出来的水沫四溅的雪白的航道中，时而有一些浅蓝色的大星星，或者深蓝色的鼓鼓的气团，光闪闪地炸裂开来，又神秘地冒着磷青色的烟消失在沸腾的水山中。风从四面八方吹来，或强劲，或柔和，从黑暗中拍打着阿昌的脸，翻开它胸前的厚厚的毛，使它浑身发冷。

阿昌像依偎父母似的依偎着船长，闻到一股冷冷的硫黄气味，是大海翻出了它的肚肠。船尾颤动着，似乎有一种强大而极其自由的力量把它放下去又提起来，阿昌也跟着摇来晃去，紧张地观察这盲目的、黑暗的但却以百倍活跃的精力在黑暗中骚动的深渊。有的时候，一个特别疯狂的巨浪轰鸣着从船尾旁奔腾而过，阴森地照亮了船长的两只手和银白色衣裳……

这天夜里，船长把阿昌带到他的舱室去了。那是一个舒适的大房间，电灯在红色的绸灯罩下射出柔和的光，一张写字台稳稳地固定在船长的床边。写字台上，在半明半暗处，摆着两张相片，一张是一个可爱的小女孩，满头鬈发，气鼓鼓的，大模大样坐在一张大圈手椅里；另外一张是一位年轻夫人的大半身像，她肩上扛着一把带花边的白色遮阳伞，戴一顶大花边帽子，穿着华丽的春装，身段苗条，美丽而又神情忧郁，像一位格鲁吉亚公主。在由敞开的舷窗外传来的黑浪喧嚣声中船长说：

“阿昌，这个女人不会爱我们！有些女人的心总在受一种可悲的爱欲的煎熬，因此永远不会爱任何人。就有这种女人，她们没有心肝，虚情假意，总想上舞台、买汽车、参加游艇上的聚餐，念念不忘一个中分头、涂着油腻腻的发蜡的运动员。怎么去指责她们呢？谁能猜透她们的心呢？阿昌，人人都有自己的天性，也许她们就像这些漆黑的、在闪着甲胄寒光的海浪间自由地游来游去的海洋生物一样，是听从了‘道’的最隐秘的旨意吧？”

“唉！”船长在一把椅子上坐下来，一面摇头，一面解开一只白皮鞋的鞋带，说，“阿昌，那天晚上我第一次感觉到她已经不完全是我的了，我的那份心情呀！那是她第一次单独去参加游艇俱乐部的舞会，天快亮了才回来，像一朵谢了的玫瑰花，累得脸色苍白，可是那股兴奋劲儿还没有下去，眼圈儿黑黑的，眼睛显得更大了，而且离我很远很远！你不知道她有多机灵，想瞒过我！她没事人似的惊讶地问我：‘哟，可怜的人，你还没睡？’当时我一句话也说不出来，她立刻明白了，闭上了嘴，只瞟了我一眼就不声不响地开始脱衣服。我真想杀了她，可她却干巴巴地平静地说：‘来帮我解开背后的纽扣。’我就乖乖地走过去解那些衣钩和纽扣，两只手直发抖。一看见她的肉体，她的后颈窝，还有从肩膀上脱下去掖在紧身衣里的衬裙，一闻到她的黑发的气味，朝反映着由她的紧身衣高高托起的双乳的窗间壁镜里瞧上一眼……”

船长挥了挥手，没有把话说完。

他脱衣上床，熄了灯。阿昌在写字台旁边的一把上等山羊皮圈手椅里折腾了一阵，以便舒舒服服地躺下，这时候它看见一条条白色的火舌时明时灭，划破了大海的黑色覆棺布；黑暗的天边闪着一些不祥的火光，从那边时而有可怕的活跃的海浪奔过来，带着雷鸣声越长越高，甚至高过船舷，向舱室里窥望，好像童话里的蛇精，周身被透明透亮的绿宝石、蓝宝石眼睛照得通明，可是轮船把它推开，在自古就存在、此刻与人类为敌的所谓海洋这种自然物的沉重而易流动的机体间平稳地奔驰向前……

夜里船长忽然喊叫起来，声音充满委屈和激愤，把他自己吓醒了。他默默地躺了一会儿，叹一口气，自嘲地说：

"嗯！'妇女美貌如同金环带在猪鼻子上。'[①]贤明的所罗门王，你说得太对啦！"

他在黑暗中摸到烟盒，点燃一支烟，刚吸两口就垂下了手。他就捏着这支点燃的烟睡去。四周重又悄然，只有海浪闪闪发光，一起一伏，在轮船两侧喧嚣着奔腾向前。南十字星座从乌云后面显露出来……

忽然间，一声巨响震得阿昌发昏，它吓得跳起来。出了什么事？是不是因为船长酗酒轮船又触礁了，像三年前一样？是不是船长又向他那美丽而忧郁的妻子开了一枪？不，周围不是黑夜，不是大海，也不是伊丽莎白大街上的冬日正午。他们是在灯火辉煌、人声嘈杂、烟雾腾腾的饭馆里，喝醉酒的船长用拳头在桌子上捶了一下，对画家吼道：

"胡说，胡说！你的女人才是戴在猪鼻子上的金环！'我

① 见《圣经·旧约·箴言》第十一章第二十二节。

已经用绣花毯子和埃及线织的花纹布铺了我的床。你来，我们可以饱享爱情，因为我丈夫不在家……'[①]唉，女人呀！'她的家通向死亡，引向阴间……'[②]够了够了，我的朋友。要打烊了，走吧！"

不一会儿，船长、阿昌、画家已经来到幽暗的大街上，风夹着雪花吹打着街灯。船长吻了吻画家，他们各自东西。还没有完全醒过来的阿昌阴郁地跟在摇摇晃晃、但却走得很快的船长身后沿人行道一路跑着……又过了一天，是梦还是现实？世上又只有黑暗、寒冷、疲倦……

阿昌的日日夜夜就这样单调地过去了。突然，一天早晨，世界像轮船一样猛地撞到了被疏忽的暗礁上。那是个冬日的清晨，阿昌一觉醒来吃惊地发现屋里静极了。它连忙跳起身来奔到船长的床边，只见船长仰着头躺在那里，面孔灰白而凝然，眼皮半睁，一动不动。看到那样的眼皮，阿昌没命地嚎叫起来，仿佛它被街上疾驰而过的小汽车撞倒，并且碾成了两段……

后来各色各样的人，包括扫院工、警察、戴圆筒大礼帽的画家和其他与船长在饭馆里结识的先生们，不停地进进出出，大声交谈，阿昌却像化石一般……船长有一次说的话多可怕啊！他说："看守房屋的发颤，从窗户往外看的都昏暗；人怕

①② 参见《圣经·旧约·箴言》第七章。

高处，路上有惊慌，因为人归他永远的家，吊丧的在街上往来；因为瓶子在泉旁损坏，水轮在井口破烂……”①此刻阿昌连惊慌的感觉都没有了。它头朝屋角躺在地板上，紧紧闭上双眼，以便不去看这个世界，忘掉这个世界。可是这个世界在它头上发出低沉而遥远的嘈杂声，好像大海在一个越沉越深的人头上喧嚣一般。

阿昌再次清醒过来是在一座波兰天主教教堂门前的台阶上。它垂着头，呆呆的，半死不活的，蹲在大门口，浑身颤抖着。忽然间，教堂的大门敞开了，映入阿昌的眼帘和心田的是一幅美妙的有声图画：半明半暗的哥特式殿堂，点点红星样的灯火，群集的热带植物，摆在黑色高台上的橡木棺材，黑压压的人群，两位穿重孝服、如大理石般美丽的女士（像一对年龄相差许多的姐妹），在这一切之上是人声，雷鸣，众教士大声颂扬令人伤心的天使的欢乐，那么庄严伟大，让人心乱如麻，而这一切又为非人间的歌声所掩盖。阿昌在这有声的情景面前既痛苦又兴奋，浑身的毛都竖了起来。这时候，画家眼睛红红的从教堂里走出来，惊讶地站住，弯下身去不安地问阿昌：

“阿昌！你怎么啦？”

画家用一只颤抖的手摸了摸阿昌的头，把身子更低地弯了

① 参见《圣经·旧约·传道书》第十二章。

下去，他俩的饱含泪水的眼睛相对凝视着，流露出无比的爱意。于是阿昌以它的整个身心向全世界无声地喊道：啊，不对，不对！世上还有我不知道的真理，是第三个真理！

这天阿昌从墓地回来就住到它的第三位主人家里去了，还是在顶楼上，不过屋里很暖和，有一股雪茄烟香味儿，铺着地毯，摆放着古色古香的家具，墙上挂着大幅大幅的画，还有锦缎……天黑下来，壁炉里装满一大堆烧得通红的炽热的东西，阿昌的新主人坐在圈手椅里。他回来以后连大衣也不脱，帽子也不摘，就坐在大圈手椅里吸烟，眼睛望着他的工作室的暗处。阿昌躺在壁炉边的地毯上，闭上双眼，把头搁在两只爪子上。

有一个人如今也躺下了，躺在这黑下来的城市郊外一处墓地的围墙里面，在人们叫作墓穴、叫作坟茔的地方。不过那个人不是船长，不是。既然阿昌还爱着船长，感觉得到船长的存在，用回忆的眼睛看得见那属神的、没有人能懂得的东西，那么船长就仍然和它在一起，在那个无始无终、死神进不去的世界里。那里应该只有一个真理，第三个真理。这第三个真理是什么呢？最后一位主人知道，阿昌不久也该回到他那里去了。

（1916）

伊 达

圣诞节期间的一天，我们四个人——三个老朋友加一个名叫格奥尔基·伊万诺维奇的，在大莫斯科餐厅吃中饭。

节日期间大莫斯科餐厅里既空又冷。我们走过只有严冬的黯淡日光的老厅，来到新厅门口，看着里面那些刚刚铺上浆得挺括的雪白桌布的餐桌，挑选一处比较舒适的地方。一身干净得耀眼、态度又十分殷勤的管理人，向着尽里头那个角落做了一个优雅斯文的手势，那张圆餐桌后面有一张半圆形沙发。我们就向那边走过去。

“先生们，”作曲家把他的矮而壮实的身躯倒在沙发上，说，“我今天不知为什么要请客，自己也想好好大吃一顿。”接着转过他那张有一双眯缝眼的乡下人的大脸盘对侍役说，“请您给我们铺一块能变戏法的桌布，越慷慨的越好。你们知道我的皇家气派。”

“哪能不知道，知道得烂熟了。”蓄一把干干净净的银白色胡子的聪明的老侍役回答说，他一面文雅地微笑着，一面在作曲家面前摆了一个烟灰缸，“您放心，帕维尔·尼古拉耶维奇，我们会尽力……”

不一会儿，我们面前就出现了小酒杯、大酒杯、一瓶瓶各种颜色的伏特加酒、玫瑰色的鲑鱼、干咸鱼脊肉、一盘搁在冰块上的打开的蛤蜊、一方橙红色的英国干酪、一大团黑得发亮的鱼子酱、用一只银质双耳桶端来的香槟酒——那桶因为气温低直出冷汗……我们从喝胡椒酒开始。作曲家喜欢亲自斟酒。他先斟满三个小酒杯，然后迟疑了一下，开玩笑地说：

“大圣人格奥尔基·伊万诺维奇，可以给您斟一杯吗？”

格奥尔基·伊万诺维奇的唯一的、也是极为奇怪的职业是，做一些著名作家、画家、演员的朋友。他这个人很文静，情绪一向极佳，要说话之前总是先脸红。听到上面那句问话，他脸上泛起了薄薄的红晕，以一种随随便便、毫不拘礼的态度回答说：

“太可以啦，大罪人帕维尔·尼古拉耶维奇！”

于是作曲家也给他斟了一杯酒，端起自己的酒杯和我们轻轻地碰了杯，说了一句“上帝保佑！”就一饮而尽，吐了一口气，吃起下酒菜来。我们也都吃起来，像这样过了好长时间。后来又要了鱼汤，开始吸烟。一台留声机在老厅里温柔而伤感地唱起来，又发出责备似的吼声。作曲家靠在沙发椅背上，吸着卷烟，照他的习惯往他那高耸的胸腔里吸足一口气，说：

"亲爱的朋友们，别看我满足了自己的口腹之欲，今天我挺伤感。我伤感的原因是，今天我一觉醒来就想起发生在我的一个朋友身上的一段小故事，在整整三年前圣诞节的第二天，事后证明他是个十足的傻瓜……"

"故事不长，不过毫无疑问是恋爱故事。"格奥尔基·伊万诺维奇说着露出了他的少女般的微笑。

作曲家瞥了他一眼，冷冷地、嘲弄地说：

"恋爱故事？唉，格奥尔基·伊万诺维奇，格奥尔基·伊万诺维奇，到大审判的时候，您该为您的恶习和毫不留情的智慧受什么罚？好啦，上帝保佑您。'我要拥有囊括一切的宝藏，我要青春！'[①]"作曲家耸着眉毛跟着那台留声机放送的浮士德唱段唱了起来，接着他又转向我们，继续讲下去：

"朋友们，这段故事是这样的。在某时某地，某一位姑娘曾经出入某一位先生的家，她是那位先生的夫人的同学，非常单纯可爱，以至于那位先生只叫她伊达，也就是直呼其名。他就这样伊达、伊达地叫，连伊达姑娘的父名是什么都不清楚，只知道她是规矩人家出身，但是并不富裕，父亲是音乐家，一度是著名指挥，她当时待字闺中，别的情况就不知道了……

"怎么给你们描写伊达姑娘呢？那位先生对她很有好感，

① 原文是法语。

但是，我再说一遍，实际上完全没有注意到她。她来了，那位先生对她说：‘啊，伊达，亲爱的！您好，您好，真高兴看到您！’她呢，只报以一笑，把手绢儿塞进暖手筒里，目光是明朗的（有一点茫然）少女的目光，问一句：‘玛莎在家吗？’先生说：‘在家，在家，请……’姑娘问：‘能到她屋里去吗？’接着就不慌不忙地穿过餐室向着玛莎的房门口走去，说一声：‘玛莎，能进来吗？’她的嗓音浑厚，有共鸣音，除了这样的嗓音以外，还有让人觉得清新的青春、健康以及刚刚从外面的寒气中走进屋里来的少女的芳香……还有相当高的个子、匀称的身材、举止少见的协调和自然……她的面相也是少见的，乍一看似乎极其平常，再看看，你就会望着她出神：肤色匀净，色调温暖，像最优质的苹果，紫罗兰色的眼睛色彩生动而饱满……

“的确，再看看，你就会望着她出神。我们这个故事的主人公，那个傻瓜，看看她总是兴奋得不得了，说：‘啊，伊达，伊达，您真不知道自己的价值！’然后发现伊达回报的微笑虽然可爱，却似乎没怎么注意他的话，就转身回自己的书房去，重新提起笔来胡诌，也就是干他所谓的创作，活见鬼！时间一天天过去，那位先生从来没有一丝一毫认真想过伊达这个姑娘，而且，你们想得到吗，他甚至没有发觉到底是哪一天伊达忽然消失了，不知去向。伊达再也不来了，他都没有想到问一问夫人：我们的伊达上哪儿去啦？有的时候他忽然想起来若有所失，觉得他本来可以拥抱她，感受到那份甜美，而且在想象中看见了她的灰鼠皮暖手筒、她的脸和眼睛的颜色、她的可爱的手、她的英国裙子，难过一会儿，又抛到了脑后。这样过了一年、两年……有一天，他忽然有事要到西部边区去……

"适逢圣诞节，可是不去不行。于是那位先生告别了一家大小和仆役，骑上一匹快马[①]出发了。他走了一天一夜，终于来到一个大铁路枢纽站，需要换乘。但是这次列车晚点很多，所以它刚减速来到月台旁边，那位先生立刻跳下车厢，揪住他碰到的第一个搬运工就大声问：'上……去的特别快车走了吗？'那搬运工很有礼貌地笑着说：'刚走，先生。您迟到了整整一个半小时。''你说什么，浑蛋？开玩笑吗？现在我该怎么办？该把你发配到西伯利亚去服苦役，该送你上断头台！''罪过，罪过，'搬运工说，'认罪免斩，先生。请您等着坐普通客车吧……'我们那位高贵的先生低下头，顺从地慢慢走到车站上去……

"车站上人很多，让人感到愉快、舒适、温暖。暴雪已经持续了一个星期，铁路的行程表全给打乱了，换乘的枢纽站上人山人海。这个站当然也不例外。到处都是人和行李，小卖部

① 原文说的是"骑上一匹快马"，从下文看，实际上是坐火车，也许这"快马"指的就是火车。当时坐火车在俄国还是新鲜事儿，作者常有对铁路、火车、车站的描写。

整天开放，整天都闻得见菜味儿、茶炊味儿，谁都知道，大冷天或者下暴雪的时候能够这样真不错。再说，这个车站大厅豪华宽敞，旅客马上就感觉到，在这儿坐上一天一夜问题也不大。那位先生走进旅客候车大厅的时候心里高兴地想：‘我收拾收拾就去足吃足喝一顿，’并且立刻把自己的想法付诸实行。他刮了脸，洗漱了一番，穿上干净的衬衫，一刻钟以后从卫生间出来，显得年轻了二十岁，朝着小卖部走去。他在小卖部喝了一杯又一杯，先吃馅饼，再吃狗鱼，正打算喝第三杯酒，突然听见背后传来他特别熟悉的、人间最动听的女人说话的声音。他当然‘猛地’转过身去，你们想得到吗，他看见面前站着的是谁？是伊达！

“他既高兴又惊讶，一时竟说不出话来，就像一只羊面对着新的羊圈大门似的，呆呆地望着伊达。伊达呢，朋友们，女人就是这样！她连眉毛都没动一下。当然，她也不可能不吃惊，脸上甚至露出某种高兴的神情，但是我要说，她非常非常镇静。她说：‘亲爱的，太巧啦！真高兴遇见您！’从她的眼神看得出来，她说的是实话，但是话说得好像过于一般，一点也不像她过去说话那样，主要是……有一点点嘲弄的意思。我们那位先生之所以张口结舌，还因为伊达完全变了一个人，就像一朵美极了的花在干净极了的水里，在一只晶莹剔透的水晶玻璃瓶里开放了，开得特别美妙。她的穿着也是如此：头上那顶冬天戴的帽子非常朴素，可又非常俏丽、价钱昂贵；肩膀上搭着价值上千卢布的黑貂皮披肩……当那位先生挺难为情又挺恭顺地吻她的带着几只耀眼的戒指的手的时候，她把戴着帽子的头稍稍向肩后点了点，漫不经心地说：‘跟我的丈夫认识认识吧。’一个大学生立刻从她身后站出来，谦虚而又像军人那样帅气地自我介绍了一番。”

“嗨，这个不知羞耻的东西！普通的大学生吗？”格奥尔基·伊万诺维奇听到这里叫了起来。

“问题就在这儿，亲爱的格奥尔基·伊万诺维奇，是普通的。”作曲家冷笑着说，“我们那位先生似乎一辈子也没有见过像这样所谓高贵的、这样美妙的、大理石一样的年轻面孔。大学生的穿着很讲究：一件最细的浅灰色呢子制服上衣，只有头等的花花公子才穿的那种，而且非常合身；一条裤脚有套带的长裤，一顶普鲁士式深绿色制帽，一袭华丽的海狸皮领尼古拉式长大衣。此外，他的可亲和谦虚也很少见。伊达含糊地说出一个俄国最有名望的姓氏之一，大学生则用一只戴白色麂皮手套的手迅速摘下头上的制帽，当然，一瞬间亮出了制帽的红色波纹绸里，接着又迅速摘下另一只手上的手套，露出纤细的手（那手白得发青，可能手套有点紧），然后碰了碰鞋后跟，恭恭敬敬地垂下他的仔细梳理过的不大的头。‘好家伙！’我们那位先生更惊讶地想，并且再一次呆呆地看了伊达一眼，根据伊达瞥大学生一眼的眼神瞬间就明白了，伊达是女皇，而那大学生是奴隶，当然啦，不是一般的奴隶，而是极为高兴、甚至极为自豪地充当着这个角色的奴隶。这个奴隶露出爽朗而令人愉快的笑容，挺直了身子，真心诚意地说：‘非常非常高兴认识您！久仰大名，关于您，我从伊达口里听到了很多。’他说这话的时候，很友好地看着我们那位先生，正想按照这种情况下礼节的要求继续说下去，不料突然被伊达打断，她连忙说：‘别说了，彼得里克，别让我难为情。’接着转过脸来对我们那位先生说：‘亲爱的，我多少年没见到您了啊！真想没完没了跟您聊天，不过我可不愿意当着他的面聊。我们回忆过去的事情他不感兴趣，只会觉得没意思，觉得没意思就会觉得尴尬，所以我们还是到月台上去走走好……’伊达说着就挽起我们那位先生的胳膊，把他拉到月台上去了。他俩沿着月台走出去差不多一俄里远，那边的积雪差不多要没膝了，就在那儿，伊达出其不意地向他表白了爱情……”

“怎么表白爱情？”听的人异口同声地问。

作曲家没有立刻回答，又深深地吸了一口气，挺一挺胸，耸了耸肩膀。然后他垂下双目，有气无力地抬起半个身子，把那个银质的双耳桶拉到他面前，从哗啦啦响的冰块中抽出酒瓶，挑了一只最大的酒杯给自己斟了一杯酒。他的两边颧骨都红了，短短的脖子也红了。他弓着身子竭力掩饰自己的羞涩，喝干了那杯酒，刚跟着留声机唱了一句“让我看，让我看看你的脸！”①就立刻打住，坚决抬起眯得更细的双眼看着我们说：

“就这样表达了爱情……不幸的是，她的表白极为真实，绝对严肃。愚蠢，荒唐，突然，不可信吧？但是事实如此。跟我向你们报告的不差分毫。他俩沿着月台往前走，伊达立刻以有点做作的活跃口吻向那位先生询问他夫人玛莎的情况，问玛莎可好，他们在莫斯科共同的熟人可好，莫斯科有什么新鲜事儿，等等，然后说她结婚一年多了，跟她丈夫有时在彼得堡，有时在国外，有时在维切布斯克附近他们的庄园……那位先生紧跟在伊达身后，已经感觉到有点不妙，就要发生荒唐得不像是真的事情，他瞪大眼睛望着周围的掩盖了所有的月台、铁路线、屋顶和停在铁路线上的红色、绿色车厢顶部的数量惊人的积雪……他望着这一切，有一种可怕的揪心的感觉：他终于明白，原来这许多年他一直强烈地爱着这个伊达。接下来的事情你们都能想象得到，他们走到最远的靠边的一个月台上，伊达用暖手筒把一堆木箱中的一只上面的积雪扫掉，坐下来，向那位先生抬起她的微微发白的脸和一双紫罗兰色的眼睛，突然得让人神经错乱地一口气对他说：‘亲爱的，现在您再回答我一个问题：过去，直到现在，您知道不知道，我爱您整整五年，

① 原文是法语。

现在还爱着？’”

此前在远处含糊喑哑地唱着的留声机，蓦地轰然传来充满英雄、凯旋气概的音乐。作曲家闭上了嘴，以含着几分恐惧、几分惊讶的目光看着我们。后来他声音不大地说：

“伊达对那位先生说的就是这话……现在请问：如何用人类愚蠢的语言来描述这个场面？除了庸俗的词语，我能说什么向你们描绘那张仰视着的、由暴风雪后的积雪特有的苍白色映照着的面孔，那张面孔的也像当时的积雪一样极其温柔、无法言传的色调，或者一般来说，一个年轻貌美的女人一面走一面吸足了雪天的空气，忽然向你表白了爱情、等着你回答的时候的面孔？我怎么说她的眼睛来着？紫罗兰色的？不对，当然不对！那半张开的嘴唇呢？那一切总括起来的表情，包括面孔、眼睛、嘴唇的表情呢？那包着她的双手的长长的貂皮暖手筒，那蓝绿色苏格兰格子呢料显示出的两个膝头的轮廓呢？上帝呀，哪能用言辞来碰一碰这一切啊！主要的是，主要的是，怎么回答这个突如其来的令人震惊的表白，怎么回答那信赖的向你仰起的发白了而且变形了（由于羞涩，也像在微笑）的面孔呢？”

我们沉默着，也不知道该说什么，如何回答这些问题，同时惊讶地望着我们的作曲家的一双熠熠闪光的小眼睛和发红的脸。他自己回答自己说：

"没有办法，完全没有！有些时候，在一瞬间你一个字也说不出来。幸亏那位先生什么也没有说，他做得太对了。伊达也明白了他为什么发呆，看见了他的脸色。她提出那个可怕的问题之后，在令人悚惧的荒唐的沉默中一动不动地待了一会儿，等了等，然后站起身来，从香喷喷的暖手筒中抽出一只温暖的手搂住那位先生的脖子，温柔而热烈地吻了他一下，这是那种你进了棺材、甚至进了坟墓都记得的吻。就这样，她吻了他一下之后就走了。全部故事到此结束……讲这么多也就够了。"作曲家忽然变了腔调，故意兴高采烈地大声说："来，让我们为此喝个烂醉！为所有爱过我们的人，为所有我们这些白痴、没有正确估价的人，为和我们幸福地相处过而后来天各一方、不知去向、却永远被世界上最可畏惧的纽带连结到了一起的人，干杯！让我们约定，谁要是在刚才讲的故事后面哪怕多加一个字，我就拿这个香槟酒瓶子砸他的脑袋。"接着他向着整个餐厅高呼："上鱼汤！来赫列斯酒[1]，来一桶赫列斯酒，让我连头上的两只角一起把脸浸到里面去！"

那顿饭我们一直吃到晚上十一点钟。然后我们就到亚尔饭店去了，从亚尔饭店又去了斯特列利纳饭店，天亮前在斯特列利纳饭店吃了薄饼，要了最普通的伏特加酒，闹得很不像话，

① 赫列斯酒是一种烈性白葡萄酒。

又唱又叫，甚至跳哥萨克舞。作曲家跳得狂热，按他的身材来说轻巧得非同寻常，但是一句话也不说。等我们坐上三套车回家，天已经大亮，是个酷寒的玫瑰色早晨。我们经过基督受难修道院的时候，冰冷的红红的太阳已经升起在屋顶之上，从钟楼上传来第一击，似乎是最沉重的，也是最壮丽的钟声，震撼了整个冰雪中的莫斯科城，作曲家突然摘下帽子，流着眼泪，向着整个广场拼命高呼：

“我的太阳！我的爱！乌——拉！”

（1925）

日 射 病

晚间大餐结束以后，他俩走出灯光耀眼而又炽热的餐厅，来到甲板上，站在栏杆旁。她闭上双目，把一只手的手背贴在脸颊上，发出单纯而迷人的笑声——这个娇小的女人身上的一切都是迷人的。

“我好像醉了……”她说，“您是从哪儿冒出来的啊？三个钟头以前我根本没想到有您存在。我甚至不知道您是在哪一站上船的。萨马拉吧？反正一样……是我头晕还是我们在转弯呢？”

前面是黑暗与灯火。从黑暗中有强劲的软风迎面吹来，而灯火却往一旁去了——一艘有伏尔加河气派的轮船陡然转了一个大弯，朝着一个小码头驶去。

陆军中尉拉起她的一只手来吻。那只手小而有力，散发着长时间被太阳晒过的气味。她（她说她从阿纳帕来）整整一个月躺在烫人的海边沙滩上，任南方的阳光暴晒，这件薄薄的麻布连衣裙下面的她该有多结实，皮肤该晒得多黑啊，想到这些中尉既感到幸福又感到恐惧，心不由得紧缩起来。他喃喃地对她说：

“我们下船吧……”

“在哪儿下？”她惊讶地问。

“就在这一站。”

“干吗？”

他没有回答。她又把一只手的手背贴在脸颊上，说：

“疯了……”

“我们下船吧，”他木呆呆地又说，“我求您……”

“唉，随您。”她一面转过身去一面说。

滑向前去的轮船轻轻地撞到灯光昏暗的码头上，他俩差点彼此倒在对方身上。缆索的一端从他俩头上飞过去，船向后移动，水哗啦哗啦翻起泡沫，跳板轰隆轰隆响起来……中尉连忙去拿东西。

不一会儿他俩就穿过昏昏欲睡的趸船，来到河边深及车轮轮毂的沙滩上，不声不响地坐上一辆布满尘土的出租马车。两边路灯稀疏的上坡路也有一层尘土，软软的，似乎没有尽头。不过马车终于爬到坡上，吱嘎吱嘎地走在了马路上，经过一个广场、一些机关、一个消防队的瞭望塔，让人感觉到了夏夜县城的温暖和种种气味……马车在一处灯光明亮的大门口停下来，看得见敞开的大门里有一段很陡的旧式木梯通向二楼，一个穿粉红色斜领衬衫和常礼服的没有刮脸的老侍役不高兴地拿了他们的东西，拖着两只疲惫的脚领他们进去。他们走进一间垂着白色窗帘的大客房，这房间一天下来给太阳晒得十分闷热，镜台上有两支没有点过的蜡烛。他们刚进来那老侍役就带上门走了，中尉立刻奔向她，两人在一吻中呆立在那里，连气也不喘。许多年以后他俩想起这一刻，无论是他还是她，一辈子都没有过类似的体验。

第二天那个烈日当空的幸福的早上，十点钟，在几座教堂的钟声、旅馆门前广场上的集市喧嚣声、干草和煤焦油的气味以及俄国县城都有的各种各样气味的伴送下，这个始终没有说自己姓甚名谁、只开玩笑地自称漂亮的陌生女人的娇小女子就离开了。他俩没有睡多少觉，可是早上从挡着大床的布幔后面走出来、五分钟就漱洗完毕并且穿好了衣服的她，却像只有十七岁一样年轻。她难为情吗？不，不怎么难为情。她像先前一样单纯、快活，但是——已经有了理性。

他请求与她继续同行，可是她说：“不行，不行，亲爱的，您得在这儿等下一班船。要是我们一块儿走，那就把什么都破坏了。我会觉得很不舒服。实话告诉您，我根本不是您想象的那种人。我从来没有做过哪怕与此类似的事情，以后也不会再做。我好像一时糊涂了……或者我们两个大概是犯日射病啦……”

中尉也就同意了她的说法。他怀着轻松而幸福的心情把她送到码头上，刚好赶上粉红色的“飞机”号就要开船，他在甲板上当着众人的面同她吻别，差点没来得及走下已经在往回收的跳板。

他怀着同样轻松的、无牵无挂的心情回到旅馆，但是已经有了某种变化。没有了她，这间客房和有她在的时候完全不一样了。他的全身心还装着她，可又空空的。真奇怪！屋里还有她的好闻的英国花露水香气，托盘上的一只茶杯里还有她没喝完的茶，可是她已经不见了……中尉的心忽然被一股柔情抽紧了，他连忙点上一支烟，在屋里来回走了几趟。

“奇遇！”他笑着说出声来，并且感觉到两只眼睛湿润了。“她说：‘实话告诉您，我根本不是您想象的那种人……’然后就走了……”

床前的布幔拉开了，被褥还没有整理。中尉觉得现在他简直就没有勇气再看这张床。他重新拉上布幔把床遮住，关上窗户以便听不见集市上的人声和车轮的轧轧响，甚至放下鼓起许多大泡的白色窗帘，在沙发上坐下来……“旅途艳遇”就这样结束了！她走了，现在已经离开这里很远，大概坐在白色玻璃舱里或者坐在甲板上，望着在阳光下闪着耀眼的光芒的大河，望着迎面而来的木排，望着黄色的浅滩，望着水天相连的明亮的远方，望着这无法计量的伏尔加河水域……别了，而且是永远，永远……如今他们还能在哪里重逢？中尉想：“我不可能无缘无故跑到她丈夫、她的三岁小女儿、她的一家人所在的，她过着平常生活的那座城市去啊！”那座城市在他眼里已经变成一座珍藏于内心的特别的城市，想到她要在那座城市里孤独地生活，有可能时时回忆起他，回忆起他俩这次偶然的、短暂的相遇，而他再也见不到她了——这念头使他惊异，使他骇然。不行，不能这样！这太荒唐，太不自然，太不合情理！于是他感到自己今后缺少了她的一生是多么痛苦、多么无聊，不由得恐慌、悲观起来。

他站起身，重新在屋里踱步，尽量不看布幔后面的那张床，心里想：“真见鬼！我究竟怎么啦？她有什么特别的？到底出了什么事？确实像犯了什么日射病！主要的是，没有她，今天一整天我在这个偏僻的地方怎么过呢？”

他对她整个人——包括她的所有最细微的特点——记忆犹新，记得她的皮肤被阳光长时间暴晒过的气味，她的麻布连衣裙的气味，她的结实的身子，她的活泼、单纯、快活的语调……刚刚体验过她的全部女性魅力留下来的感觉还在他体内鲜活得不同寻常，不过目前主要的毕竟已是第二种全新的感觉——一种奇怪的、无法理解的感觉，是他俩在一起的时候根本不曾有过、他也想不到自己会有（昨天他以为只是跟她玩玩而已）而如今他已经无法告诉她的感觉！他想：“主要的是，永远无法告诉她了！怎么办，怎么带着这些回忆、这种无释处的痛苦，在这闪闪发光的伏尔加河（她就是由一艘粉红色的轮船沿着这条河带走的）河畔一座被上帝遗忘的小城里度过这没有尽头的一天啊！”

必须想法解脱，做点什么事情，转移自己的注意力，到什么地方去。他断然戴上军帽，拿了马鞭，一路碰着马刺迅速走过空空的走廊，沿着那很陡的木梯直奔大门口……可是上哪儿去呢？门外停着一辆出租马车，车夫挺年轻，穿一件合身的紧腰长外衣，悠然自得地吸着他自己卷的一支烟。中尉不知所措地，大惑不解地看了那车夫一眼：怎么能像这样悠然自得地坐在驭座上，还吸烟，总之，像这样平平常常，浑然不觉，若无其事？他一面朝集市走一面想："在这座城市里，大概只有我一个人觉得自己太不幸了。"

集市渐渐散去。他不知为什么要踩着刚刚排泄下来的畜粪，穿行于载着黄瓜、新的瓦盆瓦罐的大车之间。一些坐在地上的乡下女人争先恐后地拿着瓦罐向他兜售，用手指叩响她们的罐子证明质量很好；农民们向他大声叫卖黄瓜："大人，这是上等黄瓜！"把他的耳朵都要震聋了。多不合适，多怪诞啊！他连忙躲开了。他走进大教堂，人们已经在大声地、高兴地、毫不犹豫地唱着，意识到自己的责任已经尽到。后来他在俯瞰伏尔加河那一望无际的亮钢色水域的峭壁上一处热气蒸腾的荒芜的小花园里转了许久……他的军服上衣上的肩章和纽扣都给晒得烫手，军帽帽圈里面也被汗水浸湿，脸发烧……回到旅馆，他惬意地走进一楼凉爽的空空的大餐厅，惬意地摘下军帽，在挨着一扇敞开的窗户的小桌边坐下来；虽然从窗外吹进来的是热风，毕竟空气在流动。他要了一份加冰块的波特文尼亚凉拌……一切都很好，一切都包含着无限的幸福、巨大的欢乐，连这炎热的天气、集市上的种种气味、这陌生的小城市和这陈旧的外县旅馆也无不如此；然而与此同时，他的心却在破碎。他就着不咸的黄瓜和土茴香喝下几小杯伏特加酒，觉得——如果能借助什么奇迹把她弄回来，同她一起再过上一天，也就是今天，只是为了告诉她、想办法向她证明、让她相信，他爱她爱到何等痛楚、何等狂热的程度，那么他明天会毫不犹豫地死去……有什么必要证明？有什么必要让她相信？他不能回答，但是这比生命更加必要。

“神经完全失控了！”他给自己斟第五杯伏特加酒的时候说。

他推开波特文尼亚凉拌，要了一杯黑咖啡，开始吸烟，并且紧张地思索着：现在他该怎么办，如何摆脱这突如其来的、意料之外的爱情？摆脱是不可能的——对此他有极为真切的感觉。他突然又迅速站起身来，拿了军帽和马鞭，打听到邮局所在地，匆匆向邮局走去，脑子里已经有了拟好的电文：“今后我的一生至死都是您的，由您支配。”等他走到邮电局所在的那幢墙很厚的老房子跟前，他惊骇地停住脚步，心想，他知道她所在的那座城市，知道她有丈夫和一个三岁的女儿，却不知道她姓甚名谁啊！昨天在船上吃饭的时候以及后来在旅馆里他问过几次，可是每次她都笑着说：

“您何必知道我是什么人，叫什么名字？”

挨着邮电局，在街角有一家照相馆，橱窗里摆着一个军人的一张大相片，他戴着厚厚的肩章，有一双暴突眼，额头低，蓄着漂亮得惊人的络腮胡子，宽阔极了的胸膛上戴满勋章……当一个人的心脏受到阳光的强刺激（他现在明白了这一点），犯了可怕的“日射病”——被刻骨铭心的爱情、刻骨铭心的幸福击中的时候，这些日常的、一般生活中的东西显得多古怪、多可怕啊！他看了看一对新人的相片（新郎穿一件挺长的常礼服，系着白领带，剪平头，笔直地站着，挽着戴婚纱的新娘的胳膊），然后把目光转向一位歪戴着学生制帽的雄赳赳的漂亮小姐的相片……随后他怀着对所有这些他不认识的、一点不痛苦的人的羡慕心情，紧张地顺着这条街望去。

“往哪儿走？怎么办？”

街上没有人。房子都一样，是白色的，两层的，商人住的，有大花园，里面好像也没有一个人。马路上有一层厚厚的白色尘土。一切都沐浴着炎热的、火焰般的、欢快的，在这里却像是毫无意义的阳光，使人目眩。在远处，这条街向上走，拱了起来，直插入无云的、单调乏味的、有太阳反光的天空。某种南国的特色使人联想到塞瓦斯托波尔、刻赤……阿纳帕。这一点特别让人难以承受。中尉垂下头，为避开强光眯起眼睛，专注地看着脚下，步履蹒跚地，不时碰着两只靴子上的马刺往回走。

他回到旅馆，疲惫得像是在土耳其斯坦或者撒哈拉的什么地方刚刚结束一次长途行军。他拿出最后一点气力走进自己那间空空的大客房。房间已经收拾过，扫去了她最后的痕迹，只剩下她忘带走的一支发夹，搁在床头柜上！他脱下军服上衣，照了照镜子，看到他的脸——一张普通的军官的脸，晒得发灰，唇髭也晒褪了色，浅蓝到发白的眼睛让太阳晒得似乎更白了；这张脸上的表情现在是冲动的、疯狂的，而有上过浆的立领的白细布衬衫又让他显得幼稚，显得极为不幸。他仰面躺在床上，把两只灰扑扑的长筒靴架在床脚。窗户都开着，窗帘垂着，微风时不时地鼓起窗帘，把晒烫了的铁皮屋顶和整个充满阳光、现在完全空了的无声无息的伏尔加河世界的热气吹进客房来。他枕着两只手躺在床上，紧盯着前方。后来他咬紧牙关，闭上眼睛，感觉到泪水沿着双颊流下来。最后他睡着了。等到他再睁开眼睛，窗帘外面的夕阳已经发黄，风也止息了，客房里闷热而干燥，像在烤炉里一样……昨天和今天上午在记忆中仿佛倒退了十年。

他不慌不忙地起来，不慌不忙地盥洗，把窗帘拉上去，拉铃叫人送茶炊和账单来。他喝掺柠檬的茶，喝了许久。然后他叫人给他雇一辆出租马车，把他的东西搬下去。他坐上一辆有晒褪色的棕红色坐垫的轻便马车，给了侍役整整五个卢布。

"大人，昨天晚上好像就是我拉您来的！"车夫拉起缰绳高兴地说。

他们下坡来到码头上的时候，深蓝色的夏季夜幕已经笼罩在伏尔加河上，河上星星点点的撒上了各色灯火，有的挂在一艘正要靠岸的轮船的桅杆上。

"我正好赶上！"车夫巴结地说。

中尉也给了他五卢布，拿了船票，走到码头上去……像昨天一样，船靠码头的时候轻轻地撞了一下，脚下不稳引起一阵轻微的头晕，接着缆绳的一端飞过来，轮船稍稍向后移动，轮子下面的水哗啦哗啦翻起泡沫向前涌……这艘到处都点着灯、有厨房的饭菜香味的轮船，由于乘客很多而让人感到格外亲切舒适。

不一会儿他们就继续前行，向上游去了，向着她今天早上去的方向去了。

夏季的晚霞在远远的前方渐渐熄灭，河面上留下昏暗、朦胧、色彩不一的投影。远远地，在那片彩霞下面，还有些涟漪在闪光，散布在四周黑暗中的星星点点灯火渐渐向后浮去。

中尉坐在甲板上的天棚底下，觉得自己老了十岁。

（1925）

莫尔多瓦无袖长衫

为什么我要去看她，这个怪诞的、而且是有孕在身的女人？为什么我要和她认识并且维持这种不必要的，甚至是可憎的关系？昨天我们在列昂季耶夫巷相遇，又是——高兴的微笑，一分钟前言不搭后语的尴尬的谈话，然后是紧紧的握手，并且发出邀请：

“顺便过来坐坐！欢迎之至。想来就来，我总在家。明天来吧，我给您看我新做的莫尔多瓦无袖长衫……”

于是我又去了，而且不知为什么竟然急于去。

迎面吹来湿润的三月的风。春的夜幕笼罩着莫斯科城。前方有街灯闪着洁净的光。墨蓝色的高天里有些白色的絮云，被城市的灯光从下面照着。神秘地闪着古旧的镀金光辉的教堂葱头样圆顶消失在那些絮云间。在黑暗中显得庞大的一幢幢房屋的数不清的眼睛从四面八方红红地望着。

她想必又等了一整天，准备了一整天——上街买水果和点心，把自己漂漂亮亮打扮一番……总的来说，她似乎以为她的生活忽然有了使她快活的情趣，似乎找到了一个“善解人意”的人，这个人终于能够正确估价她的那颗没有被她丈夫正确估价的心。想到这里我羞愧难当，真想掉头往回跑……

然而我已经来到她家门口。进门以后我一口气沿着那铺着踩得很脏的地毯的狭窄扶梯登上楼去。啊，见鬼，楼层真高，这事儿也真荒唐！可是我反正已经按了门铃。门后响起急促的脚步声，门开了，来开门的不是女仆，而是女主人自己。

又是那高兴的，不知为什么总像是惊讶的微笑，双方瞬间表现出的窘态，然后是一连串急匆匆的，看来是事先想好的话：

“啊，太好了，您没有违约，顺便过来坐坐！我一个人在家，连仆人都出去了，他们，您知道吗，迷上了电影，简直迷疯了……来，您把外衣脱了，我们喝茶去……”

“顺便过来”她轻轻松松地做到了！外加“您把外衣脱了”，等我吻了吻她的手以后，她还在我的鬓角上没有分寸地吻了一下，还声称仆人不在。我羞得无地自容，但却精神焕发地走进了她的小客厅，像没事人一样，毫不拘束地用手帕擦我的眼镜。我一面擦一面想：不错，看来她上理发馆做头发了，做得很好，说明我猜对了，她在等我来，为此做了准备，瞧这身湖绿色天鹅绒连衣裙，刚刚遮住她的丰满的双乳，双乳间还有珍珠，下面穿着灰色丝袜、缎面便鞋……

“亲爱的彼得·彼得罗维奇，请您坐一会儿，我这就来……”

她匆匆走了。——她很兴奋，说实话，模样真不错。这是一种孕妇特有的美，整个身子像绝妙地开放着的花。嘴唇有点肿，但是眼睛又黑又亮，很美。

我叹了一口气，跌坐在沙发上。客厅的布置一般：一台打开的黑色钢琴，钢琴上端挂着威严的高颧骨的贝多芬肖像，旁边有一盏高高的立灯，戴着玫瑰色大灯罩，沙发前面有一张小桌、一盏烧茶的小酒精灯、点心、水果、金质小刀，圈手椅里乱扔着几个肢体不全的玩偶：一个是穿黄红二色无袖长衫的乡下婆娘，一个是穿红炭色衬衫和波里斯绒坎肩、戴一顶插着孔雀翎的圆帽子的棒小伙子，一个是戴着用棉花做的白色假发的侯爵夫人，一个是小丑……

“好，我来了。”

她把茶壶放在小酒精灯上，点着了，把圈手椅里的玩偶都抓起来，微笑着搁在我的膝头上，说：

“都是我的新杰作。请欣赏，并且请批评。”

我欣赏着，为了表示自己感兴趣，观察得认真仔细，批评不带任何偏见，故意挑出些小毛病，同时大大恭维了一番。她斟茶的时候问我：“您要浓一点，对吗？”并且翘着小指头微笑着递给我一杯。接着开始谈天，如果可以算是谈天的话，其实一般都是她一个人说。说什么呢？还不都是那一套。先说那些我虽然受不了可还在仔细看的玩具，因为这是“她之所好，是她倾注了自己的心血的惟一的东西，而她的心实质上只为艺术而生”；接着谈我至今没见过面的她的丈夫，而且故意嘻嘻哈哈地说：“他睡到早上十点，出门去上班，吃中饭，再睡一觉，又出门！”最后她谈起她的第一个已经夭折的孩子。她只谈她自己的事情。至于我，哪怕是出于礼貌她也从来没有问过一句，直到现在她都不知道我姓甚名谁，是干什么的，在哪儿上班，有家室呢还是单身，并且也丝毫没有要知道的愿望……

今天她特别兴奋。她兴奋，而且似乎很快乐，说个没完，还极为传神，又那么严格要求对方全神贯注，不一会儿我就变得昏头昏脑，四肢麻木，只是脸上挂着茫然的，不知所措的微笑。突然间，她跳起来说：“哎呀，主要的倒让我忘了！”然后瞬间消失在隔壁房间里，回来的时候带着胜利的微笑说：

“瞧！[①]这都是我亲手做的！挺好，对吗？”

她手里拿着个奇怪而吓人的东西——一件用农民纺的粗布做的肥大的袍子，两个肩头、两只袖子、胸前和下摆都用深褐色和宝蓝色丝线镶了绣了些东西。她拿着让我左看右看，又在自己的丰满的胸部和滚圆的肚子上试来试去，询问似的高兴地看着我。我站起来，又装出一副认真观察的样子，口里啧啧称赞着，其实我再也无法忍耐下去了，那件衣服有一种阴郁，古

① 原文是法语。

老，类似入殓的气氛，尤其她怀着孕，表现得让人不安地高兴，在我心中唤起了让我毛骨悚然，让我非常不舒服的感觉。说不定她会因难产死亡呢……

她把这件袍子扔在钢琴上，走到我身边坐下，睁大眼睛盯着我，向我讲起她对她未来的宝宝的感情。那是不寻常的，无法表述的。她“既恐惧又兴奋地感觉到自己体内的新生命，而且已经充满一种爱，任何其他爱，尤其是对男人的爱，都是对这种爱的亵渎，都是庸俗”。如果上帝剥夺她的这种爱，她会毫不犹豫地自杀，——她已经下定这个决心……或者进修道院……进修道院的想法她早就有了，一直藏在心里。如果不是因为嫁人，因为有了孩子！她一天也不会拖延！哪怕只为了这一点：为了什么，为了谁拖延；为了什么，为了谁牺牲自己？

“您说说，亲爱的，为了谁？”她两眼盯着我热切地问，“为了他吗？他未必想得到我还有自己个人的生活，还有自己在全世界也找不到人诉说的个人的快乐和悲伤。”

她两眼一直盯着我，试图笑出声来，——可不是吗，她的丈夫好像简直就不是人，而是只热衷于抓紧时间睡觉的怪物！她时而靠在圈手椅的椅背上，时而俯身向前把她的手放在我的手上，于是我就闻到了她散发出的所有的气味，包括呼吸、头发、身体、衣服。现在她的两颊绯红，眼睛简直美妙极了，动作迅猛，胸口、手指、耳朵上都有宝石在闪闪发光。而我一直看着她的天鹅绒衣裙下面的滚圆的肚子，看着她一会儿把这只腿架到那只腿上、一会儿把那只腿架到这只腿上，高高地露出她的没有拉紧的灰色长袜子……忽然间，我明白我暗自期待着的那个时刻终于到来，正是这个期待引我到她这里来，一晚上都在我脑子里转，我就拉着她的手喃喃地说："算了吧，亲爱的，别激动！"并且把她向自己身边拉。她突然咬着下嘴唇，连忙用手绢儿堵住嘴，迅速坐到我身边沙发上来，流着泪把她的头靠在我的胸膛上……

我深夜一点多钟才返回。街上看不见一个人，风向变了，风力加大，带来海水的气味，时而有雨点打在我的脸上。头上已经没有了白云，莫斯科城上空漆黑一片。我疾步向前走。

"逃走，明天就逃走！"我脑子里一直转着这个念头，"去基辅，去华沙，去克里木，随便去什么地方好了！"

（1925）

叶拉金案

一

这是一个极其糟糕的案件——离奇，费解，无法解决。它一方面很简单,另一方面又很复杂。它像一部低级趣味小说（我们全城的人都这么说），可是又能就此写出一部内容深刻的文学作品……无论怎样，辩护律师在法庭上的发言是公正的，他一上来就说：

“在这个案件上，我和原告代理人之间似乎没有争论的余地，因为被告已经承认自己犯了罪，被告的罪行和身份，一如被告似乎对其施暴的受害者的身份，在座的各位几乎全都认为是司空见惯的，无需穷原竟委。然而事情绝非如此，只是看来如此，争论的余地是有的，可供争论和思考的地方还很多……”

接下去他说：

“假设我的目标只在于争取对被告从轻发落。那么我就没有多少话可说了。可是立法者没有指出，在类似我们这样的情况下，法官应该遵循的条例究竟是什么，他给法官留下了理解、良知、洞察的巨大空间，据此才能最终选定这个或者那个惩办的法律框架。于是我就想在理解、良知上面下一番功夫，尽力首先摆出被告秉有的全部优点，摆出一切能够减轻他的罪行的因素，以期在法官们心中唤起善意，而被告只否认自己的行为出于自觉的恶意这一点，更加坚定了我这样做的决心。即便如此，我又能避免同已经断定被告是不折不扣的'老练的刑事犯'的原告发生争执吗？对任何事情都可能有不同的看法，做出不同的解释，按自己的方式去设想。在这个案件中我们看到的是什么呢？好像没有一个细节我们同原告的看法一样，在呈述、解释它的时候我们就不能够一致地说：'就是这样，而不是那样！'——我不得不时刻对原告说这句话。然而最重要的是，事情实质上'根本就不是那样'……"

这件事情一开始就很糟糕。

那是在去年六月十九日。清晨五点多钟，近卫骠骑兵团骑兵大尉利哈廖夫的餐室已经被夏季城市中的太阳照得明亮，干燥，闷热。不过仍然静悄悄的，因为大尉的寓所在城外的一个骠骑兵营区。由于四周安静，也由于年纪轻，大尉还在沉睡。桌子上摆着几只甜酒酒瓶、几只有残剩的咖啡的杯子。隔壁房间是客厅，睡着另一位军官——骑兵上尉科希茨伯爵，再过去是书房，书房里睡着骑兵中尉谢夫斯基。这天早上和平常完全一样，情景毫无异常。然而生活往往是这样，在一般的情况下发生不一般的事情。六月十九日清晨在利哈廖夫大尉的寓所突然发生的那件事情尤其可怕，离奇，有点不像是真事。在这个清晨的宁静中，外室的门铃出人意料地响了起来，接着就听见勤务兵赤足跑去开门，脚步是小心翼翼的，轻轻的，随后传来有意提高嗓门说话的声音：

“在家吗？”

来人有意声音挺响地走进来，特别随便地敞开了餐室的门，特别大胆地跺着皮靴碰着马刺。大尉抬起惊讶的，刚睡醒的脸，看见面前站着和他同在一个团的中尉叶拉金，他身材瘦小，头发偏棕红，脸上有许多雀斑，两条腿特别细，而且不直，鞋穿得很讲究，就像他爱说的，这是他“主要的”嗜好。他迅速脱下身上的夏季军大衣，扔在一把椅子上，大声说：“瞧，这是我的肩章！”然后朝着摆在对面墙边的沙发走过去，仰面躺下，把两只手垫在脑后。

“等等，等等，”大尉瞪大两眼看着他喃喃地说，“你从哪儿来，怎么啦？”

“我杀了玛尼娅。”叶拉金说。

“你喝醉了？哪个玛尼娅？”大尉问。

“女演员玛丽亚·约瑟福夫娜·索斯诺夫斯卡娅。”

大尉从沙发上放下他的两只脚，又问：

“你这是说笑话儿呐？”

“唉，可惜，也许幸而，完全不是笑话。”

“是谁来了？出了什么事儿？”科希茨伯爵在隔壁客厅里大声问。

叶拉金伸出一条腿轻轻踢开了通向客厅的房门，说：

“别嚷嚷，是我，叶拉金。我开枪打死了玛尼娅。”

“什么？”科希茨伯爵问，接着沉默了片刻，突然哈哈大笑。他嘻嘻哈哈地大声说，“原来是这样！见鬼，这回永别了。幸亏你把我们吵醒，不然我们肯定要睡过头，昨天又玩儿到夜里三点钟。”

“我向你保证，我已经杀了她。”叶拉金再一次肯定地说。

“胡说，老弟，胡说！”大尉一面拿袜子，一面也大声说，“我还以为真出了什么事儿，吓了一跳……勤务兵，拿茶来！”

叶拉金从裤子口袋里掏出一把小钥匙，向肩后准确地把它扔到了桌子上，说：

“走，你们自己去看看吧……”

在法庭上，检察长就叶拉金制造的惨剧的某些情景表现出的无耻和恐怖说了许多话，他不止一次着重提到这一幕。他忘了，大尉利哈廖夫说过，那天早晨他只是一上来没有注意到叶拉金的脸色苍白得“极不自然”，眼神有点“不像正常人的”，后来“这两点使他大为震惊”……

二

去年六月十九日早晨发生的事情就是如此。

半小时以后，科希茨伯爵和谢夫斯基中尉就站在了索斯诺夫斯卡娅居住的那幢房子的大门口。现在他们再也没有心思开玩笑了。

他俩几乎把出租马车车夫催得筋疲力尽，不等车停稳就跳了下去，把钥匙塞进锁孔中，同时拼命按铃。可是钥匙对不上锁，门后没有声息。他俩不耐烦了，跑到院子里去找扫院工。扫院工从后门跑进厨房，回来说，据女仆的话，索斯诺夫斯卡娅没在家过夜，天黑前就出了门，带走了一包东西。伯爵和中尉傻了眼：现在怎么办？他俩想了想，耸耸肩，带上扫院工坐上马车就到部队去了。他俩从部队给利哈廖夫大尉打电话。大尉在电话那头疯狂地大喊大叫：

“这个白痴，我正要吼他一顿，他忘了说，根本不要上她的寓所去，而要去他们的爱窝，在旧城街十四号。听清楚了吗？旧城街十四号。就像巴黎的单身汉小套公寓房，从街上直接进门……”

于是他们驱车向旧城街奔去。

扫院工坐在车夫座上，警察分局局长有克制地摆出局外人的神气，坐在车厢里两位军官对面。天气热，街上人来人往，熙熙攘攘，真难以相信，在这样一个晴朗而充满生气的早晨会有人死在什么地方；更不可解的是，这竟然是二十二岁的萨什卡·叶拉金干的事。他怎么下得了手？他干吗要杀她，原因是什么，又是如何杀的呢？让人想不通，这些问题都没有答案。

当他们的马车终于停在了旧城街上一幢旧而不中看的两层楼房旁边，伯爵和中尉，据他俩说，“就泄了气”。难道就在这个地方，难道有必要看，虽然很想看，忍不住要看？然而警察分局局长立刻变得严厉起来，精神抖擞而又有把握。

“请交出钥匙。”他毫无表情、毫不犹豫地说，两位军官连忙把钥匙交给他，神情胆怯得像扫院工一样。

大门在这幢楼房中央，可以看见大门里面有一个不大的院子，一棵小树，那树的绿色鲜亮得有点不自然，或许是深灰色砖墙给人造成这种印象。大门右边就是那扇直接开向大街的神秘的门，需要打开的也就是这扇门。于是警察分局局长皱起眉头把钥匙塞了进去，门开了，伯爵和中尉看到的像是一道漆黑的走廊。警察分局局长似乎凭感觉猜到该上哪儿去找开关，他向前伸出一只手顺着墙壁摸了摸，照亮了一个狭小阴暗的处所，尽里头有两把圈手椅，其间摆着一张小桌子，小桌子上有几只盘子，装着吃剩的野禽肉和水果。再往里走，进来的人眼前出现的是更加阴暗的场面。原来走廊右边墙上有一个不大的入口通向隔壁房间，也是黑洞洞的，只有天花板上吊着一盏蛋白石色的灯，罩着黑绸大灯罩，灯光阴暗得如在墓穴中。四壁从上到下都蒙着黑黑的东西，没有一扇窗户。这儿，也是在尽里头，摆着一张既大又矮的土耳其沙发，沙发上躺着一个很年轻的罕见的美女，白白的，只穿着一件衬裙，半张着眼睛和嘴巴，头垂在胸前，伸直了四肢，两条腿稍稍分开一点。

进来的人停住脚步，既恐惧又吃惊，一时呆若木鸡。

三

说死者是罕见的美女，原因是她难得地符合要画理想中的美女的时尚画家的要求：极好的身材、极好的线条、小巧而无瑕疵的脚、像孩子一样天真可爱的嘴唇、端正而不大的面孔、一头美发……可是这一切现在已经僵死不动了，黯然失色了，而这美貌使得死者看上去更加可怕。她的头发丝毫不乱，发型简直可以就这样去参加舞会。她的头枕着沙发高起来的一端，下巴稍稍触及胸部，这似乎给她那双忽然停止不动的半张着的眼睛和整个面部添加了些许迷惑不解的神情。这一切由那一盏吊在天花板上的蛋白石色灯从仿佛一只在死者头上张开有膜翅膀的猛禽的大黑灯罩底部怪异地照着。

总之，看着这景象，连警察分局局长也感到震撼。接着他们胆怯地进一步仔细观察死者。

死者的两只美丽的裸露的胳膊平伸在躯体两侧。她的胸前，在衬裙的花边上，有两张叶拉金的名片，脚边有一把骠骑兵的军刀，在这裸露的女性身边显得十分粗野。伯爵正想拿起那把军刀，以便抽出鞘来看看上面有没有血迹（这想法真荒唐）。警察分局局长制止了他，因为这样做是违法的。

“啊，当然，当然。”伯爵低声喃喃说，“暂时什么都不能动。我奇怪的是，哪儿也看不见血迹，或者犯罪的痕迹。显然是服毒了吧？”

“请别着急。”警察分局局长以教训的口吻说，“等侦查员和法医来。不过，毫无疑问，也像是服毒……”

的确像。哪儿也没有血迹——地板上、沙发上、死者身上、衬裙上都没有。沙发旁边的圈手椅上搭着女衬裤和晨衣，下面还有一件泛珍珠色的浅蓝衬衫、一条用上好的深灰色料子做的裙子、一件灰绸女大衣。这些东西都像是随便扔在那儿的，也都没有一点血迹。再者，沙发旁边的那堵墙有一个地方突出于沙发上端，上面搁着几只香槟酒酒瓶和瓶塞，几个蜡烛头和女人的发夹，还有一些撕碎了的写有字的纸片，其间有一只大杯子（里面有没喝完的黑啤酒），还有一个小玻璃瓶，瓶子的白色标签上有两个令人感到不祥的黑字“Op. Pulv”，这些迹象也都在肯定服毒的猜测。

然而就在警察分局局长、伯爵和中尉轮流着看小玻璃瓶上那两个拉丁字的时候，从街上传来法医和侦查员乘坐的马车抵达的声音，几分钟以后就弄清楚了，叶拉金说的是实话，索斯诺夫斯卡娅真的是他用手枪打死的。死者的衬裙上没有血迹，但是他们发现衬裙下面心脏部位有一个鲜红的圆形伤口，伤口周边烧焦了，从伤口中渗出发黑的血，之所以没有染着别的地方是因为有一团手绢儿堵住了伤口……

法医验尸还确定了什么呢？并不多，一是死者的右肺有肺结核的痕迹；一是子弹是近距离射进去的，人立刻死亡，虽然死者也还来得及在开枪之后说出短短的一句话；一是凶手与被害者之间没有打斗；一是死者喝了香槟酒，又在喝黑啤酒的时候吞下剂量不大（不足以致死）的鸦片；最后是死者在这个致命的晚上与一名男子发生过性关系……

然而这名男子为什么要打死她呢？叶拉金对这个问题一直坚持回答：因为他俩，即他本人和索斯诺夫斯卡娅，处在“悲剧性的情况下”，除了一死，他俩看不到别的出路，他打死索斯诺夫斯卡娅只是执行她的命令。但是这种说法好像与死者留下的遗言完全相反。在死者胸膛上发现两张叶拉金的名片，上面用波兰文写满了字（顺便说一句，文理相当不通）。一张名片上写的是：

“致剧院董事会主席科诺夫尼岑将军 我的朋友！感谢你这

几年给了我高贵的友谊……我向你致最后的敬礼，并且求你把我最后几次出场所得的钱全部交给我母亲……”

另一张名片上写的是：

“这个人杀我做得对……母亲，穷苦的，可怜的母亲！我不求原谅，因为我死不是自愿的……母亲！我们还会见面……在那儿，在天上……我觉得这是最后一刻……”

就在同样的名片上，索斯诺夫斯卡娅还写下了别的遗言。这些名片扔在沙发上端墙面突出的那个地方，而且被仔细地撕碎了。把碎片拼粘在一起可以看出这样一些话：

“这个人要求我和他都死……我不可能活着出去……”

“好，我最后的时刻到了……上帝呀，别丢下我……我最后想到的是母亲和神圣的艺术……”

“深渊，深渊！这个人是我的劫数……上帝呀，救救我，帮帮我……”

最后有几个字是最不可解的：

“毕竟永远……”①

死者的遗言，无论是完好地在她胸膛上发现的，还是撕碎了在墙面突出的地方发现的，似乎都不符合叶拉金的陈述。不过只是“似乎”。为什么在索斯诺夫斯卡娅胸膛上发现的两张

① 原文是法语。

名片没有撕碎，而其中一张上写着“我死不是自愿的”这样几个对于叶拉金来说是致命的话啊？叶拉金不仅没有把这两张名片撕碎或者拿走，甚至亲手（不是他还能是谁？）把它们放在最显眼的地方。他是在仓促间没有把它们撕碎吗？他在仓促间当然有可能忘了把它们撕碎。那么他又怎么可能在仓促间把对他如此危险的名片放在死者的胸膛上呢？他当时究竟是不是仓促呢？不对，他整理了死者的遗容，先用一团手绢儿塞住她的伤口，再给她掩上衬裙，然后自己整容，穿上衣服……在这一点上，检察长说得对：这些事情不是在仓促间做的。

四

检察长说：

“罪犯有两种类型。第一种类型的罪犯是偶然犯罪，其罪行由客观情况的不幸巧合和科学上叫做‘短暂神经错乱’造成。第二种类型的罪犯所犯的罪行有恶意的预谋，这种人是社会和社会秩序的天生的敌人，是老练的刑事犯。我们应该把坐在我们面前的被告席上的这个人归入哪一类呢？当然是第二类。他无疑是个老练的刑事犯，是游手好闲、放荡不羁的生活使得他兽性发作，犯下了这桩罪行……”

这篇慷慨激昂的发言异常古怪（虽然代表了几乎全城的人

对叶拉金的一致看法)，尤其古怪的是，叶拉金在法庭上一直用一只手托着头坐在那里，遮住眼睛不看众人，回答一切问题声音都很小，断断续续，而且表现出使人心碎的胆怯和悲哀。不过检察长倒也正确地指出，坐在被告席上的这个罪犯绝对不是一般的罪犯，也绝对没有发作过"短暂的神经错乱"。

检察长提出两个问题：第一个自然是，罪行是否在感情冲动，即发怒的情况下犯的；第二，罪行是否仅仅是无意中的帮凶而已。对这两个问题检察长都信心十足地给予否定的回答。他回答第一个问题的时候说：

"否，根本谈不上感情冲动，因为，首先，感情冲动不会持续几个小时。再者，有什么事情会使叶拉金感情冲动呢？"

为了回答第二个问题，检察长又给自己提出许多小问题，并且立刻一一加以否定，或者甚至嘲笑。他说：

"叶拉金那天喝酒是否比平常喝得更多呢？否，他一向喝得很多，那天并不比平常喝得更多。

"那天被告是否健康，目前是否健康？我同意对被告进行过检查的医生的意见，被告完全健康。不过他完全没有控制自己的习惯。

"如果假定被告真的爱那个女人，不能与他爱的女人成婚是否使得他感情冲动呢？否，因为我们确切地知道，被告并不关心，并没有采取任何措施促使他二人成婚。"

接下去检察长说：

“索斯诺夫斯卡娅打算出国是否使得被告感情冲动呢？否，因为他早就知道她打算出国。

“那么也许想到他要与索斯诺夫斯卡娅决裂，而决裂是索斯诺夫斯卡娅离开的后果，他感情冲动了？否，因为在这个晚上以前，他们已经上千次谈到决裂了。既然如此，还有什么呢？关于死的谈话？那个房间的古怪的布置，那个女人的所谓魔力，她的压力，就像整个这个使人毛骨悚然的病态的夜晚给人的压力一样？拿关于死的谈话来说，这对叶拉金根本不可能是新鲜事，他和他所爱的这个女人一直在谈死这个话题，他当然早就听腻了。至于说到魔力，这简直是可笑。那魔力已经被他们吃的晚饭、剩在桌子上的晚饭残渣、酒瓶，甚至，请恕我说，夜壶之类的俗物销蚀了……叶拉金吃了，喝了，排泄了，还到另外一个房间去，一会儿拿酒，一会儿拿削铅笔的小刀……”

检察长的结束语是：

“至于说，叶拉金杀人是否是执行了死者的意愿，这个问题无需多讨论，为了解决这个问题，我们有叶拉金空口无凭的申明，说是索斯诺夫斯卡娅自己求他杀了她，还有对于叶拉金来说是致命的索斯诺夫斯卡娅的遗言：‘我死不是自愿的’……”

五

检察长的发言有个别地方还值得好好商榷。他说“被告完全健康……”然而健康与不健康，正常与不正常，界限何在？他说被告“并没有采取任何措施促使他二人成婚……”不过，首先，被告没有采取任何措施只是因为他确信毫无用处；其次，难道爱情与婚姻有那么密切的关系，以至于和索斯诺夫斯卡娅结婚以后叶拉金就能放下心来，他的恋爱问题就彻底解决了吗？任何强烈的，不大一般的爱情都有其特异之处，甚至似乎回避婚姻，这一点难道不是众所周知的吗？

然而，我再说一遍，这都是就局部而言。检察长的发言基本上是正确的，就是不存在感情冲动。

检察长说：

“医检的结论是，与其说叶拉金当时感情冲动，‘不如说’他很平静。我要说，他不仅是平静，而且是异常平静。看过叶拉金在那里作案、接着又待了很长时间的那个收拾好的房间，使我们确信这一点。还有，证人亚罗申科的证词说，他看见叶拉金如何平静地从旧城街的寓所里走出来，如何不慌不忙地仔细锁上门。最后是叶拉金在利哈廖夫大尉那里的表现。比如谢夫斯基中尉叫他‘冷静点’，想想是不是索斯诺夫斯卡娅自己开枪自杀了，他说：‘不是，老兄，我记得清清楚楚[1]'！接着就描述了一番，他究竟是怎样开枪的。证人布德贝格说，叶拉金让他吃惊得难受，'讲完自己干的事情还沉着冷静地喝茶'。让证人福赫特更加吃惊的是，叶拉金还幽默地对他说：'上尉先生，我希望您今天就取消我参加训练的资格。'福赫特说：'这太可怕了，谢夫斯基中尉忍不住哭出声来……'不错，叶拉金也曾经哭出声来，那是在利哈廖夫大尉请示团长回来的时候，叶拉金从利哈廖夫和福赫特脸上看出，他实际上已经不再是军官了。只是在这个时候他才失声痛哭了！"

最后这句话听起来又很奇怪了。一个人在悲哀或不幸得呆滞的时候，甚至一点极小的事情，偶然映入他的眼帘的什么事情，都会使这个人一下子想起他从前的全部幸福生活，以及他目前的处境何等无望，何等可怕，这种现象是常有的，谁不知道？何况使得叶拉金回过神来的根本不是什么极小的事情，什么偶然映入他的眼帘的事情呢。他生来就是个军官啊，他的祖先有十代人在军队服役。现在他不是军官了。不仅如此，他不是军官的原因在于他真的爱得胜过自己的生命的那个女人已经不在人世，而这件骇人听闻的事情又是他亲手干的！

不过这也只是细节。主要的是，的确不存在"短暂神经错乱"。那么情况又是怎样的呢？检察长承认，"这个不明不白的

---

① 仿宋字体文字在原文中是斜体，下同。

案件，首先应该讨论的是叶拉金和索斯诺夫斯卡娅两个人的性格，并且弄清楚他们两个人的关系。”检察长肯定地说：

“两个没有任何共同点的人走到了一起……”

是这样吗？全部问题就在于：是这样吗？

六

关于叶拉金我要说的首先是，他二十二岁，这是决定命运的年龄，这是决定一个人的整个未来的可怕时期。人在这个时期一般都要经历医学上称之为性成熟的阶段，在生活中也就是初恋，它几乎总是被人单从诗意的角度来观察，而且一般都很轻率。这所谓的“初恋”往往引出一些悲剧，但是根本没有人想到，恰恰在这个时期，人会有比激动、苦恼，或者一般所谓对意中人的爱慕更深刻、复杂得多的体验，自己不知不觉地体验到性的使人胆战心惊的充沛，性的折磨人的开启，性的第一次弥撒。如果我是叶拉金的辩护律师，我就会从这个角度请法官们注意他的年龄，并且注意，从这个意义上来说，坐在我们面前的这个人是极为不寻常的。检察长重复了大家的看法，说他是“一个年轻的骠骑兵，一个生活放荡得失去理智的人”，并且为了证明自己的话正确，转述了一个证人，即演员利索夫斯基提供的一个情况：一天下午叶拉金来到剧院，演员们正准备排练，索斯诺夫斯卡娅一看见叶拉金就跑到一边去，躲在利索夫斯基背后，急促地对他说："大叔，别让他看见我！"利索夫斯基挡住了她，这位酒气熏人的骠骑兵突然叉开两条腿呆立在那里看着，不知道索斯诺夫斯卡娅到哪儿去了。

他就是这样一个失去理智的人。不过问题在于什么原因使得他失去理智，难道是"无所事事的，放荡不羁的生活"？

叶拉金出生于一个富裕的世袭贵族之家，幼年丧母（请注意，他母亲是一个狂热型的人），父亲非常严格，不苟言笑，叶拉金是在对他的恐惧中长大的，对父亲的恐惧也是他与父亲有隔阂的首要原因。检察长以无情的大胆言词不仅描述了叶拉金的精神面貌，也描述了他的外表。检察长说：

"先生们，被告本来穿着一身美丽如画的骠骑兵制服。现在你们看看他。现在怎么打扮他都不行了。在我们面前坐着的是一个既矮又驼的年轻人，蓄着两撇浅色小胡子，脸上的表情极难确定，平淡无奇，身上穿着黑色常礼服，一点也不像奥赛罗，我的意思是，他有突出的生理和心理退化的特征，在一些情况下，比如对待父亲，他极其缺乏勇气，而在另一些情况下，也就是当他觉得自己不会被父亲察觉，总之，不会受到惩罚的时候，就极其大胆，不顾任何障碍……"

在这段简单粗略的鉴定中，倒也不乏真实不虚之处。但是听的时候，首先，我不明白的是，怎么可以轻率地对待具有突出遗传特征的人往往不同于别人之处——其全部可怕的复杂性和悲剧性。其次，这真实所占的比重也很小。不错，叶拉金是在他父亲面前战战兢兢地长大的。然而战战兢兢不等于怯懦，尤其是在父母面前战战兢兢，何况他所继承的东西与父辈、祖辈、曾祖辈的整体遗传有联系。不错，叶拉金的外貌不是经典的骠骑兵外貌，不过我仍然看到一些足以证明他并非等闲之辈的地方，比如，我想请检察长仔细看看这个头发有点棕红、背驼、腿细的人，您几乎会惊恐地发现，这张长了许多雀斑、有一双避免看您的淡绿色小眼睛的面孔与平淡无奇相距多远。再请您注意他的退化的生理力量：他杀人那天参加了训练，当然是一大早，吃中饭的时候喝了六杯伏特加酒、一瓶香槟酒、两杯白兰地，仍然几乎完全清醒！

七

与一般人给予叶拉金的很低的评价大相径庭的，还有与他同一个团的许多人的证词。这些人对叶拉金的反应都非常好。比如骑兵连连长说：

“叶拉金来我们团以后，在军官中间表现得好极了，对军阶比他低的人也总是特别善良，关心，公正。我认为他的性格只有一点与众不同，就是阴晴不定，但又不是表现在给人找别扭上面，而只是他自己常常一会儿高兴，一会儿忧郁，一会儿话多，一会儿不吭声，一会儿对自己有信心，一会儿对自己的优点，甚至对自己一生的命运感到绝望……”

还有利哈廖夫大尉的看法：

“叶拉金一直是个心地善良的好伙伴，只是有一些怪癖：他有的时候谦虚，羞涩，不外露，有的时候好像又有点冒失，逞强……他到我这儿来坦白他杀了索斯诺夫斯卡娅，接着谢夫斯基和科希茨就赶到旧城街去，这段时间他一会儿大哭特哭，一会儿讥讽地狂笑，等到来人逮捕他、要送他进监狱的时候，他古怪地笑着跟我们商量，该找哪个裁缝给他定做便服……”

还有科希茨伯爵的话：

“叶拉金总的来说是个性格开朗温柔的人，他神经质，敏感，甚至容易兴奋。戏剧和音乐对他的影响特别大，常常使他下泪，他本人就是一个有着非凡音乐天赋的人，几乎没有什么乐器他不会……”

其他证人说的话也都大同小异：

“这个人容易入迷，但是好像一直在期待着什么真正的，不寻常的东西……”

“朋友们在一起吃喝的时候，他常常表现得很快活，而且有点淘气，要香槟酒比谁都要得多，见谁请谁喝……自从他爱上了索斯诺夫斯卡娅（他对所有的人都尽量保密）以后，变化很大，常常心事重重，满面愁容，说他坚信他会自杀……”

这些就是最接近叶拉金的人提供的证词。我坐在法庭上的时候心里想：检察长把他的面目涂得那么黑，根据是什么呢？他是不是还掌握着别的证词呢？不对，他没有别的证词。那么只能得出这样的结论，给他造成这种印象的是一般人对“纨绔子弟”的看法，还有法庭掌握的惟一的一封叶拉金写的信，是写给他的一位在基什尼奥夫的朋友的。在这封信里，叶拉金毫不拘束地谈到了自己的生活：

“我变得无所谓了，对什么什么都无所谓！今天好，行，感谢上帝，至于明天如何，管它呢，再说吧。我混到了一个好名声：几乎是全市的头号酒鬼加傻瓜……”

这样的自我鉴定看似与检察长的一段很能打动人的话不无联系，检察长说：“叶拉金为了追求兽性的肉欲享受，让一个给了他一切的女人受到社会公审，不仅夺去了她的生命，还夺去了她的最后一点尊严——按基督教礼仪殡葬……”然而真的有联系吗？不，检察长只引用了这封信里的几行字，而全文是这样的：

“亲爱的谢尔盖。来信收到，可是回信写得迟，有什么办法？你看到我这封信的时候也许会想：‘这么潦草，就像有一只掉进墨水瓶里的苍蝇在纸上爬过一样！’可不是，据说笔迹即使不是一面镜子，也在一定程度上反映出一个人的性格。我仍旧像过去那样游手好闲，说真的，甚至更差，因为两年的独立生活，还有别的事情在我身上打下了烙印。有些东西就连绝顶聪明的所罗门王也表达不出！所以，万一有一天你听说我砰的一枪把自己打死了，你可别吃惊。我变得无所谓了，对什么什么都无所谓！今天好，行，感谢上帝，至于明天如何，管它呢，再说吧。我混到了一个好名声：几乎是全市的头号酒鬼加傻瓜。而且，你相信吗？有的时候我感到内心有那么一种力量，一种说不出的苦，一种对一切美好，崇高，鬼知道是什么东西的追求，使得我的胸膛都要爆裂开来。你会说，这是青春期的现象，可是我的同龄人为什么就没有这种感觉呢？我变得非常神经质。有的时候，大冬天，夜里，外面刮着搅雪风，天寒地冻，我从床上跳起来，骑上马在大街上奔驰，连警察都吃惊（警察是习惯了见怪不怪的），而我完全清醒，并不是刚刚喝多了酒。我想抓住一个似乎在哪儿听到过的捉摸不定的旋律，可是总抓不住！好吧，我向你承认：我恋爱了，她绝对不是那种城里到处都有的……不过算了，不谈这个。请来信，我的地址你知道。还记得你说过的话吗？‘俄罗斯，致叶拉金中尉……’”

令人吃惊的是，即使只看过这一封信，怎么还能说“两个没有任何共同点的人走到了一起”！

八

索斯诺夫斯卡娅是个纯种波兰人。她二十八岁，比叶拉金年长。她父亲是个小官，在她三岁的时候自杀身亡。她母亲寡居了很久，后来又嫁给一个小官，不久再次丧夫。所以索斯诺夫斯卡娅的家庭相当普通，她秉有的那些奇特的心理特征，她很早就表现出的对戏剧的强烈爱好，都是从哪里来的呢？我想，当然不是家庭和她念过的私立中等寄宿学校的教育给予她的。顺便说一句，她学习成绩很好，课余时间大量看书。她看书的时候也曾经把书中她喜欢的一些思想和格言抄下来，当然，和自己有一定的联系，这是常情。她也写写笔记，一些类似日记的东西，如果可以把那些她往往一连几个月不碰一下的纸片称做日记的话，她在那上面杂乱地倾诉了自己的梦想和对生活的看法，或者记下付给洗衣妇和女裁缝多少钱等等。她究竟写了些什么呢？

"'不出世是头等的幸福，其次是尽快回归乌有。'这想法太妙了！"

"世间真无聊，极其无聊，而我的心灵向往不寻常的东西……"

"'人们只懂得临死的痛苦。'——缪塞。"

"不，我永远不嫁人。人人嘴上都这么说。而我以上帝和死亡起誓，我永远不嫁人……"

"只要爱情或者死亡。然而在整个宇宙间哪里找得到能让我爱的人？这样的人没有，也不可能有！可是我像鬼迷心窍似的热爱生活，怎么死呢？”

“无论天上地下，没有什么比爱情更可怕，更诱人，更神秘的了……”

“比如母亲要我为金钱嫁人。我，我，为金钱！爱情是那么一个非人间的词汇，其中蕴藏着多少苦难和魅力，虽然我还从未恋爱过！”

“整个世界以亿万只猛禽的眼睛看着我，而我往往像笼子里的一只小兽……”

“‘做人不值得。做天使也不值得。天使也抱怨上帝，起来反对上帝。值得做的是上帝或者微不足道的东西。’——克拉辛斯基。”

“‘当她以全副精力掩盖着自己的心灵深处的时候，谁能夸口洞察了她的心灵？’—— 缪塞。”

索斯诺夫斯卡娅在中等寄宿学校毕业以后，立刻对母亲声称她决定献身艺术。她母亲是个善良的天主教徒，女儿要当演员，这事起初她当然连听都不想听。可是女儿根本不是那种能顺从别人的人，何况此前她已经向母亲暗示过，她玛丽亚·索斯诺夫斯卡娅的一生决不可能是平淡无奇的，不光彩的。

她十八岁离开家去利沃夫，很快就实现了自己的梦想——毫不费力地登上了舞台，不久就表现出众，在观众和戏剧界名声大噪，才干了两年多就被邀请到我们这个城市来。然而还在利沃夫的时候她就写下了一些近似于从前的笔记：

“‘人们议论她，有人掉泪，有人讥笑，可是又有谁了解她呢？’——缪塞。”

“如果不是为了母亲，我肯定会自杀。这是我一直以来的愿望……”

“每当我去到城外，看到天空，那么美那么深邃，我就不知道自己怎么了。我想喊叫，唱歌，朗诵，哭泣……爱上，然后死去……”

“我要选择一种美的死法。我要租下一个小房间，让人在四壁贴上黑纱。隔壁要有音乐，我穿一件朴素的白色连衣裙躺下，在自己周围摆满无数的鲜花，让花的香气毒死我。啊，这太美妙啦！”

还有：

“人人都要我的肉体，而不是心灵……”

“如果我富有，我就要游遍整个世界，爱遍整个地球……”

“‘人是否知道他要的是什么？他对自己所想的有把握吗？’——克拉辛斯基。”

最后是：

“坏蛋！”

谁是这个坏蛋？他干了什么自然不难想象。现在只知道，这个人存在过，不可能不存在。证人绍泽是索斯诺夫斯卡娅在利沃夫的同事，他说："还在利沃夫的时候，她已经不是穿衣上台，不如说是脱衣上台。她穿一件透明的罩袍、光着两条腿接见她所有的男性熟人和崇拜者。她的美腿惊倒所有的男人，尤其是初次见她的男人。她还说：'你们别奇怪，真的是我自己的。'然后露出她的腿到膝盖以上。与此同时，她又不断地对我说，往往是含着眼泪说，没有人配得到她的爱，她惟一的希望是死……"

于是"坏蛋"出现了，她跟着他去君士坦丁堡，去威尼斯，去巴黎，还在他的克拉科夫和柏林家中住过。他是加利齐亚[①]的一个地主，极其富有。据看着索斯诺夫斯卡娅长大的证人沃尔斯基说：

"我一向认为索斯诺夫斯卡娅是个下贱女人。她的举止不是我们当地的女演员和女性居民应该有的。她只爱钱，钱和男人。她几乎还是个小姑娘的时候就把自己卖给了那个加利齐亚的老公猪！"

索斯诺夫斯卡娅临死和叶拉金谈的就是这个"公猪"。她对叶拉金随随便便地说：

"我孤零零地长大，没有人管我。我在自己家里，在全世界，对所有的人都是外人……有一个女人——让她断子绝孙！——

① 加利齐亚是历史地名，包括今天乌克兰西部和波兰的部分领土。

把我这个轻信人的，纯洁的小姑娘教唆坏了……在利沃夫我真心地爱上了一个人，像爱父亲一样，后来才发现他是个坏蛋，坏得让我想起来就胆战心惊！他让我养成吸大麻、喝酒的习惯，他带我去君士坦丁堡，那儿有他的后宫，他躺在他的后宫里看他那群裸体女奴，也逼我脱光衣服，卑鄙下贱的人……”

九

在我们这个城市里，索斯诺夫斯卡娅很快就成了大家谈笑的话题。据证人梅什科夫说：

“她还在利沃夫的时候就向许多人提出过跟她在同一天夜里死的建议，而且一再说，她在找一颗有爱的才能的心。她坚持不懈地在找这样一颗心。她总是说：‘我的主要目的是活着，享用我的生命。瓶塞应该尝遍各种各样的酒而不被任何一种酒醉倒。女人对待男人也应该这样。’她就是这样做的。我没有把握说，她是不是尝遍了各种各样的酒，不过我知道她让一大帮男人围着她转。也许她这样做主要是为了造成轰动效应，多拉些人去剧院给她捧场。她说：‘钱是小事。我是很贪，有的时候甚至像最吝啬的小市民一样吝啬，但是我好像并没有想到钱。名气才是主要的，有了名气就什么都有了。’她总说死，我看也只是为了这个目的，让别人议论她……”

她在我们这里的所作所为也和在利沃夫一样，连写的笔记都差不多：

“上帝呀，太苦闷，太无聊了！哪怕发生地震、日食也好啊！”

“有一天晚上我到墓地去了，那儿多美啊！我觉得……不行，我不会描述那种感觉。我很想在那儿待一整夜，对着坟墓朗诵，累死在那儿。第二天我演得真好，从来没有那么好过……”

还有一段：

“昨天晚上十点钟我在墓地。那景象多沉重啊！月光泻在一个个墓碑和十字架上。我好像被千万具死尸包围着。我却觉得那么幸福，快乐！我感觉很好……”

她认识叶拉金以后，有一天听说他们团的司务长死了，就要求叶拉金带她到停放死者的小教堂去，后来她写道：月光下的小教堂和死者的形象使她感到“震人心魄的狂喜”。

这个时期她对名气、引人注目的渴望简直到了狂乱的地步。不错，她长得非常美。她的美貌总的说来虽然算不上独一无二，却也有点特别的，少见的，非一般的魅力，是一种天真烂漫与极端狡黠的混合体，一种戏弄与真诚的混合体。你们看看她的相片，注意她特有的看人的样子——总是微微蹙眉，微微张开嘴唇，目光是伤感的，往往挺可爱，吸引人，好像应许着什么，同意去做什么秘密的，不端的事情。而且她善于利用自己的美色。她从舞台上猎取崇拜者的手法，不仅只是在舞台上充分展示自己的全部魅力，自己的音色、动作、嬉笑、眼泪，而且往往是通过表演那些使她能够展示自己的肉体的角色。她在家穿的也是有诱惑力的东方式或希腊式的衣服，就这样接待众多的客人。据她说，有一个房间她专设为自杀屋，里面有左轮手枪，有匕首，有镰刀型和螺纹型马刀，有装着各种毒药的小玻璃瓶，而她经常谈，最爱谈的话题是死。不仅如此，往往在谈各种各样的自杀方法的时候，她突然会把挂在墙上的装了子弹的左轮手枪一把抓下来，将子弹推上膛，枪口对准自己的太阳穴，说："快，来吻吻我，不然我马上开枪！"或者把含有烈性毒药士的宁的药丸塞进嘴里，声称如果客人不马上跪下来吻她的赤脚，她就吞下这颗药丸。她这样做这样说的神色吓得客人脸发白，离开的时候对她加倍着迷，并且在全城传播关于她的对所有的人都有煽动性的流言，那正是她想要的……

认识她很长时间、关系十分密切的证人扎列斯基在法庭上说："总的来说，她几乎从来不是她自己。戏耍、逗弄是她一贯在做的事情。她以温柔神秘的眼神，意味深长的微笑，或者一个无助孩子的伤心的叹息，把人逗到癫狂的程度，在这方面她是个极为出色的能手。她对叶拉金也是如此。她时而煽起他的激情，时而给他泼冷水……她想死吗？可是她的肉欲却爱活着，特别怕死。总的来说，在她的天性中有非常多的乐观、开心成分。我记得，有一天叶拉金叫人给她送去一块白熊毛皮。当时她家里有许多客人，而那块毛皮把她高兴得忘了所有在场的客人。她把白熊皮铺在地板上，不顾任何客人，就在白熊皮上面翻起筋斗来，还耍了许多别的花样，任何一个杂技演员看了都会羡慕……真是个迷人的女人！”

然而也就是这位证人说，她有阵发性的忧郁症。医生谢罗舍夫斯基认识她十年了,还在她去利沃夫以前就给她治过病（当时她已经患上肺痨病）。谢罗舍夫斯基也证明，最近她有严重的神经官能症、记忆力衰退和幻听现象，因此他担心她的精神是否正常。医生舒马赫尔也在给她治疗这种病，她总对舒马赫尔说，她会死于非命。有一天她还从这位医生手里拿走两卷叔本华①的著作，“非常认真地看了，最让人惊叹的是，后来发现她理解得极好。”不过医生涅杰利斯基的证词却是：

“这个女人真怪！她家里有客人的时候，她往往很高兴，卖弄风情，可是突然会无缘无故地不说话了，两眼一翻，把头伏在桌子上……要不就开始砸东西，拿起水杯、酒杯摔在地板上……在这种情况下一定要赶快求她：再砸一个，再砸一个，她立刻就不干了。”

就是这样一个“奇怪而迷人的女人”，最后让亚历山大·米

① 叔本华（1788—1860），德国哲学家，唯意志论者。

哈伊洛维奇·叶拉金中尉碰见了。

十

他俩如何相遇？如何亲密起来？彼此怀着怎样一种感情？保持着怎样一种关系？叶拉金本人已经谈过两次，第一次简短而不连贯，那是在命案发生几个小时以后对侦查员说的。第二次是在第一次审讯三个星期之后的审讯过程中谈的。

叶拉金说："对，我犯了夺去索斯诺夫斯卡娅的生命的罪，不过是按她的愿望……

"一年半以前我认识了她，在剧场售票处，通过陆军中尉布德贝格。我热烈地爱上了她，以为她和我一样。可是对这一点我并不总是有把握。有的时候我觉得她爱我甚至比我爱她更多些，有的时候又相反。再说，她周围总是有一大帮崇拜她的人，她对他们卖弄风情，我嫉妒得要命。不过最终这不是造成我们之间的悲剧的原因，而是别的原因，我说不清楚……总而言之，我发誓，我杀她不是出于嫉妒……

"我去年二月认识她，在剧场，售票处旁边。我正式访问了她，但是在十月以前我去她那里每个月不超过两次，而且都是白天去。十月我向她表白了我对她的爱，她让我吻了吻她。一个星期以后我和她，还有我的伙伴沃洛申，一起去城外的一家餐馆吃晚饭，回来的时候只有我和她在一起，虽然她很高兴，很温存，微微有点醉意，我在她面前还是胆怯得连她的手都不敢吻。后来有一天她向我要普希金的作品看，她看了《埃及之夜》以后问我会不会为了跟我所爱的女人的一夜情献出自己的生命。我连忙说会，当时她就神秘地笑了笑。我已经非常爱她，于是我清楚地看到，并且感觉到，这场恋爱对于我后果严重。我和她的关系越亲密，胆子也就越大，越来越多地跟她谈我对她的爱，说我觉得我完了……单单就我父亲永远不会答应我娶她这一点来说，而我和她不结婚在一起生活是不可能的，她是个演员，波兰人绝对不会容忍她和一个俄罗斯军官公开同居。她也抱怨自己的命不好，抱怨自己的心灵怪异。对于我的表白，我的无言的问题：她是否爱我？她避而不答，却似乎用她的这些抱怨和这些抱怨所包含的倾心相告的态度给我某种希望……

"后来，从今年一月开始，我天天到她那儿去。我派人给她送花到剧场，送花到她的住处，还送别的礼物……我送给她两把曼陀林琴、一块白熊毛皮、一只钻戒和一只钻石手镯，还决定送给她一个骷髅头别针。她特别喜欢死亡的标志，不止一次对我说，她想从我这儿得到的就是这样一个别针，还要有法文题词：**毕竟永远！**[①]

① 原文是法语。

“今年三月二十六日，她邀请我去吃晚饭。饭后她第一次委身于我……在她所谓的日本房间。就是在这个房间里，我们后来继续幽会。晚饭后她就叫她的女仆去睡觉。后来她把她的卧室门钥匙交给了我，她的卧室门正对着楼梯……为了纪念三月二十六日，我们定做了订婚戒指，内侧按她的愿望刻上了我俩的名字的首字母和我俩第一次亲密接触的日期……

“有一次到城外去玩，我们走到村子里的一座波兰天主教教堂旁边的十字架跟前，我在这个十字架前面向她发誓永远爱她，说在上帝面前她是我的妻子，我对她至死不渝。她伤感地，若有所思地站在那里，没有说话。后来她简简单单而又坚定地说：‘我也爱你。**毕竟永远！**[①]’

“五月初有一天，我在她那儿吃晚饭的时候，她拿出鸦片粉说：‘死多容易啊！只要撒一点就行了！’于是她撒了一点在有香槟酒的酒杯里，端起来搁在嘴边。我从她手里抢过来，把酒泼到壁炉里，又在我的马刺上把酒杯砸碎了。第二天她对我说：‘昨天的悲剧演成了喜剧！’她还说：‘我有什么办法？自己下不了决心，你也不行，你不敢……真丢人！’

“这之后，我们见面的次数就少些了，因为她说以后她再也不能晚上接待我了。为什么呢？我简直要发狂，痛苦不堪。

① 原文是法语。

此外，她对我的态度也变了，变得冷淡，含着讥笑，有的时候她接待我的态度就像我们刚刚才认识一样，而且总嘲笑我没有个性……可是忽然间又什么都变了。她又来约我出去逛，又来挑逗我，大概是因为我对她的态度也变得冷淡克制……最后她叫我另外租一间房子给我们幽会用，不过要在僻静的街道上，在一座阴暗的老屋里，房间要完全不进光，隔成两间也是她的主意……怎么布置的你们已经知道了……

“六月十六日那天下午四点钟，我顺便到她那儿去告诉她，房间弄好了，并且给了她一把门钥匙。她笑了笑，把钥匙还给我，同时说：‘这事我们以后再谈。’就在这个时候门铃响了，一个叫什克利亚列维奇的男人来了。我连忙把钥匙藏在衣袋里，说了些无关紧要的话。我和什克利亚列维奇一起离开的时候，她在外室大声对他说：‘请星期一来。’然后她悄悄对我说：‘你明天四点来。’她的悄悄话说得我头晕目眩……

“第二天我整四点到她那儿。使我大吃一惊的是，她的厨娘开了门以后对我说，索斯诺夫斯卡娅不能接待我，并且交给我一封信！信上说，她身体不舒服，要到她母亲的别墅去，‘现在已经晚了。’我气昏了，走进我碰到的第一家糖果店，给她写了一封很厉害的信，要求她解释，‘晚了’是什么意思，然后派人把这封信送去了。可是我派去的人又把信带回来给我了，因为她不在家。我就认为她是要和我断绝关系，回去以后另外给她写了一封信，严厉指责她跟我玩这套把戏，要求她把订婚戒指还给我，说那戒指对于她大概只是闹着玩儿的，对于我却是我生命中最珍贵的东西，是应该随我一起进坟墓的——我想说的是，我们之间一切都完了，我要让她明白，我只有一死了之。随这封信我退还了她的相片，她写的所有的信和存放在我这儿的东西：手套、发夹、帽子……勤务兵回来对我说，她不在家，我送去的信和一包东西搁在门房那儿了……

“晚上我去看杂技，碰见什克利亚列维奇，这人我不大认识，可是我害怕一个人待着，就跟他去喝香槟酒。突然，什克利亚列维奇说：‘请听我说，我看得出，您心里不好受，也知道是什么原因。请相信我，她不值得您这样。我们都是过来人，她牵着我们所有人的鼻子走……’我当时真想拔出军刀砍掉他的脑袋，可是我处在那样一种状态，不仅没有做出任何类似的事情，也没有打断他的话，甚至暗自高兴，高兴总算有个人同情我。我也不知道当时我怎么了，我当然没有回答他一个字，也没有提到索斯诺夫斯卡娅，但是我把这个人带到旧城街，给他看了我怀着这样的爱为我们的幽会挑选的房间。我觉得自己被愚弄，伤心羞惭到极点……

“从那儿出来，我催着出租马车夫拉我们去涅维亚罗夫斯基餐馆，当时下着小雨，出租车飞快地跑着，这雨和前方的灯火甚至使我觉得痛苦和恐惧。深夜一点，我和什克利亚列维奇才离开餐馆回家，我正要脱衣服，勤务兵突然交给我一张字条，说她在街上等我，要我马上下楼去。她带着女仆坐一辆轿式马车来，对我说她为我担心死了，甚至不敢一个人来，而是带上了女仆。我叫勤务兵送她的女仆回家，自己坐上她的马车一块儿去了旧城街。路上我责备她，说她在耍我。她一言不发地看着前方，偶尔擦擦眼泪。不过看样子她很平静。她的心情一般都会传染我，所以我也渐渐平静下来。我们到了目的地，她简直开心极了，她非常喜欢那个房间。我握着她的手求她原谅我责备了她，求她再把相片给我，就是我发火的时候还给她的那一张。我们常常吵架，每次到最后都是我觉得自己不对，求她原谅。深夜三点，我送她回家。路上我们的谈话又紧张起来。她坐在那儿两眼望着前方，我看不见她的脸，只闻见她身上的香水气味，感觉到她的声音冷冰冰的，恶狠狠的，她说：'你不是男人，你一点个性都没有，我不管什么时候都能把你气疯，也能让你平静下来。我要是个男人，我会把这样的女人剁碎！'我就大喊：'既然这样您就把您的戒指拿回去！'并且硬把戒指套在她的手指上。她转过脸来对我羞涩地笑着说：'明天来吧。'我说我绝对不来。她难为情地，胆怯地求我，说：'你来，来……到旧城街……'后来她又毅然决然地说：'我求你来，我快要出国了，想最后见你一面，主要是我有非常重要的事情跟你说。'接着她又哭起来，说：'我就是不懂，你说你爱我，没有我就没法活下去，会自杀，可是又不愿意见我最后一面……’于是我尽量克制着自己说，既然是这样，明天我会通知她我几点钟有空。我们在她家门口分手的时候，下着雨，因为怜惜她爱她我的心都要碎了。回到家我发现什克利亚列维奇睡在我那儿，又惊讶又反感……

“六月十八日，星期一上午，我派人给她送去一个字条，说我中午十二点以后有空。她回答说：‘六点，去旧城街……’”

十一

索斯诺夫斯卡娅的女仆安东宁娜·科瓦尼科和厨娘万达·利涅维奇证明，十六日星期六，索斯诺夫斯卡娅点酒精灯准备卷一卷她的刘海儿的时候，心不在焉地把火柴扔到了她的轻薄的罩袍下摆上，罩袍着火了，索斯诺夫斯卡娅吓得怪叫，把罩袍从身上扯下来，这事把她吓得躺下了，还请了医生来看，后来她总说：

“你们等着瞧，这是大凶兆……”

可爱又可怜的女人啊！罩袍着火的事和她的天真的恐惧特别触动我的心，使我激动。这件小事把我们一向听到的，以及她死后我们在社会上和法庭上听够了的关于她的所有看似毫无关联、相互矛盾的说法，奇妙地联系到了一起，并且使我恍然大悟，主要的是，大大激起我对几乎没有一个人真正了解、真正感觉到的那个真实的索斯诺夫斯卡娅（也包括叶拉金）的生动的感知，尽管人们一直对她感兴趣，一直想了解她、看透她，最近一年来没完没了地议论她。

总之，我要再说一遍：人的判断能力低得惊人！和平常一样，当人们要弄清楚一件事情，甚至稍微重要一点的事情的时候，往往视而不见，听而不闻。在一切显而易见之处，人们好像故意要把叶拉金，索斯诺夫斯卡娅，以及他们之间发生的一切，曲解到这种程度！大家似乎商量好了只说些低俗无聊的话，说，有什么好琢磨的，男的是个骠骑兵，在吃醋和喝酒中混日子，女的是个演员，瞎搞胡闹闹出事儿来了……

“要单间，酗酒，玩高级妓女，打架。在他心里马刀声压倒了一切崇高的情感……”他们这样议论那个男人。

崇高的情感，酒！酒对于叶拉金这样一个人究竟意味着什么呢？叶拉金说“有的时候我感到内心有那么一种力量，一种说不出的苦，一种对一切美好，崇高，鬼知道是什么东西的追求，使得我的胸膛都要爆裂开来……我想抓住一个似乎在哪儿听到过的捉摸不定的旋律，可是总抓不住……”可是有点醉意的时候呼吸就会畅快些，那抓不住的旋律会清晰些，靠近些。然而醉酒、音乐、爱情，这些毕竟都是虚幻的，只会加强对人世间和生命的强烈得无法言说、充盈得外溢的感触，其结果又会如何呢?

“她并不爱他,”人们说,“她只是怕他,因为他总拿自杀来吓唬她,就是说,不仅以自杀给她的精神造成压力,而且要把她弄成一场大丑闻的女主角。有事实证明,她对他‘甚至有点反感’。她毕竟属于他了?这又有什么用呢?她属于的人还少吗?可是叶拉金想把她爱演的许多爱情喜剧当中的一个变成惨剧……”

还有:

“他那难以计量的可怕的醋劲儿表现得越来越大的时候,就把她吓坏了。有一次,他在场,演员斯特拉昆来她家做客。开头他安安静静坐着,只是嫉妒得脸发白。忽然间,他站起来快步走到隔壁房间去了。她跟着他追过去,看见他手里有一把手枪,就跪倒在他面前求他怜惜自己和她。这种场面大概有过不少次。最后她决定摆脱他,到国外去,她死的前一天已经完全准备好出国,这难道还不明白吗?旧城街的那间房显然只是她想出来作为出国前不在自己家里接待他的借口,所以他交给她门钥匙她没有接。他一定要把钥匙塞给她,她说:现在已经晚了,意思是,现在我拿这钥匙没用了,我要走了。可是他给她写了那样一封信,她收到以后连夜赶到他那儿去,吓得魂不附体,害怕看到他已经死了……”

就算这是事情的真相(虽然这些议论与叶拉金的自白完全

抵触），那么到底为什么叶拉金的醋劲儿那么“可怕”，“难以计量”，要把喜剧变成惨剧呢？他有什么必要这样做？为什么他不在醋意大发作的时候干脆一枪把她打死？为什么“凶手与被害者之间没有打斗”？还有：“她对他甚至有点反感……她在别人面前有的时候挖苦他，给他取难听的绰号，比如叫他罗圈腿狗崽子……”我的上帝，这就是整个的索斯诺夫斯卡娅啊！她在利沃夫的笔记中就写到对某某人的反感：“他还爱着我！我呢？我对他的感觉是什么？既爱又反感！”她挖苦叶拉金了？对，有一次他俩吵过架——他俩常常吵架——她把女仆叫来，脱下手上的订婚戒指往地板上一扔，喊叫着说：“你把这个脏东西拿去吧！”在这之前她干什么了呢？在这之前她跑到厨房去说：

“我这就叫你过来，把这个戒指扔在地板上，说让你拿走。可是你记住，这只是一场喜剧，你今天就把戒指还给我，因为这是我跟这个傻瓜订婚的戒指，对我比世上任何东西都更宝贵……”

她被人叫做“轻浮的”女人是完全有道理的，天主教教会拒绝按基督教的葬仪殡葬她这个“肮脏而淫荡的人”也不无道理。她完完全全是那种职业娼妓，大众情人。这是一种什么人呢？这种人在性方面表现得特别突出，总是不满足，也不可能得到满足。是什么造成的呢？我怎么知道？请注意，有一类极其复杂又极其有趣的男人，所谓返祖（在不同程度上）型人，生来感觉特别敏锐，不仅是对女人，也包括对世间一切事物，不过他们全身心追求的正是这种女人，并且成为许许多多爱情纠葛和悲剧的男主角。为什么呢？是低级趣味使然，是堕落或者这种女人容易到手的结果吗？当然不是，一千个不是。因为这种男人其实非常清楚，跟这种女人接近、来往有多折磨人，有的时候甚至是可怕的，危险的。这一点他们感觉得到，看得清楚，心里也明白，可是最吸引他们的正是这种女人，他们无法遏制地自找折磨，甚至毁灭。为什么呢？

当然啦，她写遗言的时候只不过是在演喜剧，向自己暗示，好像真的是她的最后时刻到了。而她的日记也都没有写任何一点与此相反的东西，顺便说一句，那些日记太平庸太幼稚了，她不止一次去墓地同样不矛盾……

谁也不否认，她的日记幼稚，她逛到墓地去带有戏剧性；正如谁也不否认，她喜欢说自己像玛丽亚·巴什基尔采娃，像玛丽亚·韦切拉。但是她为什么偏要写这种日记，为什么愿意自己像这种女人呢？她拥有美貌、青春、名声、金钱、几百个崇拜者，她心醉神迷地使用着这一切。而她的生活其实苦不堪言，她一直渴望离开这个使她厌恶的尘世，这儿完全不是那么回事。是什么造成的呢？是她自己招来的。她为什么偏偏招来这个而不是别的？这是献身于她们所谓的艺术的女性的通病吗？又为什么这成为一种通病呢？为什么？

十二

星期天早上七点多钟，她卧室里床头柜上的铃就响了，是她醒来叫女仆，比平日早得多。女仆用托盘端进去一杯巧克力，然后拉开窗帘。她坐在床上,照平常的习惯蹙着眉头,半张着嘴，若有所思又心不在焉地看着女仆做事。后来她说：

“东尼娅，你知道吗，昨天大夫一走我马上就睡着了。圣母啊，我真吓坏了！大夫一到，我心里就那么舒服，那么踏实。夜里我醒了，起来跪在床上祷告了整整一个钟头……你想想，要是把我整个烧伤了我会变成什么样子！眼睛瞎了，嘴唇肿了。看我一眼都吓人……满脸包着纱布棉花……”

她好久都没有碰她的巧克力，坐在床上不知道想什么。后来她喝完巧克力，洗了澡，穿着浴衣披散着头发坐在她的小写字台前面，用带黑框的纸写了几封信，这种纸是她早就买下的。她穿好衣服，吃罢早饭就出去了，到她母亲的别墅去过，晚上十一点多钟才回来，带着演员斯特拉昆，这个人“在她家里一直是自己人”。

“回来的时候他俩都高高兴兴的。”女仆说，“我在外室接他俩进门，马上就把她叫到一边，把她不在家的时候叶拉金派人送来的信和一包东西交给了她。她指着那包东西悄悄对我说：‘快藏起来，别让斯特拉昆看见！’后来她连忙拆开信，一看脸就白了，慌了神，也顾不得斯特拉昆还坐在客厅里，大声对我说：‘看在上帝分上，赶紧去找马车！’我跑出去找马车，回来看见她已经等在门口了。我跟她坐上车疯跑，路上她一直在画十字，一遍又一遍地说：‘圣母呀，只要看见他活着就好！’”

星期一她一大早就到河上的浴场去了。这天在她家吃中饭的有斯特拉昆和一个英国女人（这个英国女人几乎天天来给她上英文课，可是几乎从来没有上过课）。中饭后英国女人走了，斯特拉昆还待了差不多一个半小时，躺在沙发上吸烟，把头搁在女主人的膝盖上，女主人这时候“只穿着一件肥大的家常便服，光着脚穿一双日本便鞋”。最后斯特拉昆也要走了，告别的时候她叫斯特拉昆“今天晚上十点”来。

“会不会来得太勤了？”斯特拉昆在外室找他的手杖的时候笑着说。

“不，来吧！”她说，“要是我不在家，柳夏，你别生气……”

接着她拿出一些信和文件扔在壁炉里烧，烧了好久。她唱着歌，还跟女仆说笑话：

“现在我把什么都烧了，既然我自己没给烧了！要是烧了就好了！不过要整个都烧掉，烧成灰……”

后来她还说：

“告诉万达，晚饭十点开。现在我要出门……”

她五点多钟出门，带着“用纸包着的一包东西，好像是手枪”。

她到旧城街去了，可是半路上还去找过女裁缝列辛斯卡娅，女裁缝帮她把星期六在她身上烧着了的那件罩袍改短，据女裁缝说，“她当时是高高兴兴的”。她看过改好的罩袍以后，就把罩袍卷起来，跟她从家里带出去的那包东西用纸包在一起，她还在裁缝店坐了好久，坐在女工们中间，总说“圣母呀，晚了，我该走了，天使们！”可是总坐着不走。最后她坚决地站起来，叹了一口气，可是高高兴兴地说：

“再见，列辛斯卡娅太太。再见，姐妹们，天使们，谢谢你们陪我聊天。在你们这个可爱的女人圈子里坐着我觉得真好，可是我总跟男人在一起！”

她走到门口还笑着点了点头才出去……

她为什么要带上手枪呢？这把手枪是叶拉金的，但是她拿来放在自己家里，生怕叶拉金会自杀。检察长说：“现在她想物归原主，因为再过几天她就要长期出国了。”检察长还说：

“于是她就去赴那个致命的，而她显然不知道对她是致命的约会。七点钟她到了旧城街十四号一室，于是这间居室的门关上了，六月十九日早上才再次打开。前一天夜里那间居室里发生了什么事情呢？只有叶拉金一个人能够说明。让我们再听一次……”

十三

在深沉的静默中，我们坐在有许多人出席的法庭上的全体人士，又一次聆听了起诉书中的某些段落，检察长认为有必要让我们再回忆一下，那也是叶拉金自述的结束语：

“六月十八日，星期一，我派人给她送去一个字条，说我中午十二点以后有空。她回答说：‘六点，去旧城街。’

“六点差一刻我就到了，带着小吃、两瓶香槟酒、两瓶黑啤酒、两只玻璃杯和一瓶花露水。我等了很久，七点钟她才到……

“她进来以后，心不在焉地吻了吻我就走到隔壁房间去了，把她带来的一包东西扔在沙发上，用法语对我说：‘你出去，我要脱衣服。’我一个人坐在外间又等了好久。我的头脑完全清醒，心情十分压抑，模糊地感觉到，一切都结束了，正在结束……不过环境相当奇特：我坐在灯下，像在夜里，其实我知道，而且感觉到，外面，在这两间密闭的黑房间墙外，天还亮着呢，是个很美的夏日的黄昏……她好久都没有叫我，我不知道她在干什么。门后面一点声音也没有。最后她终于叫我：‘来吧，现在可以了……’

“她躺在沙发上，只穿着一件罩袍，光着两条腿，没有穿袜子也没有穿鞋，一言不发，蹙起眉头看着天花板，看着那盏灯。她带来的那包东西打开了，我看见是自己的枪。我问她：‘你干吗把这个带来？’她没有马上回答，后来说：‘没什么……我不是要走了嘛……你最好把它放在这儿，而不是家里……’我脑子里闪过一个可怕的念头：‘不对，这里面有文章！’但是我什么也没有说……

“接下来我们谈了很久，挺勉强，挺冷淡。我内心激动得要命，我一直努力要想明白，一直想理清自己的思绪，最后对她说点重要的，决定性的话，因为我明白，这可能是我们最后的一次幽会了，或者，无论如何是要长期分离了，可是我什么也想不出来，感觉自己完全无力应付。她说：‘你想抽烟就抽吧……’我说：‘你不是不喜欢嘛。’她说：‘不，现在什么都无所谓了。给我点香槟酒……’我高兴得不得了，好像有了救星。我们几分钟就喝光了一瓶，我在她身边坐下来，开始吻她的手，说她走了我受不了。她一面弄乱我的头发，一面心不在焉地说：‘是啊……我不能做你的妻子太不幸了……什么都跟我们作对，大概只有上帝站在我们一边……我爱你的心灵，爱你的幻想……’她说的最后这个字到底是什么意思，我不知道。我望着上面说：‘你看，我们在这儿就像在墓穴里一样。多静啊！’她只伤感地笑了笑……

“十点来钟她说她想吃点东西。我们转到隔壁房间去。但是她吃得很少，我也吃得很少，我们多半是喝。忽然间，她看了看我带去的小吃，激动地大声说：‘你这个笨蛋，又买这么多！下次不许再这样。’我问她：‘现在还有什么下次？’她奇怪地看了看我就垂下了头，翻起眼睛低声说：‘耶稣，马利亚，我们怎么办？啊，我要你要疯了！快走。’

“过了一会儿我看了看表，已经是深夜一点多钟了。她说：‘啊，这么晚了。应该马上回家。’但是她根本没动一下，又说：‘你知道吗，我觉得必须走，越快越好，可是又动弹不了。我觉得我走不出去了。你是我的劫数，我的宿命，上帝的旨意……’这话我也不明白。大概她想说的是跟她后来写下来的话差不多的意思：‘我死不是自愿的。’你们认为她写这句话是表示她在我面前没人保护。可我认为她想说的是：我们不幸相识是劫数，是上帝的旨意，她死不是按自己的意思，而是按上帝的意思。不过我当时没有特别注意她说的话，对于她的种种怪癖我早就习惯了。后来她突然说：‘你有铅笔吗？’我又奇怪了，她要铅笔干吗？但是我赶紧递给她一支，我有一支夹在我的笔记本里。她还叫我给她一张名片。她在名片上写起来的时候，我说：‘喂，在我的名片上写东西可不行。’她说：‘没关系，给我自己写。让我想想，打个盹儿。’接着她就把写满字的名片搁在自己的胸膛上，闭上了眼睛。静极了，我陷入一种麻木状态……

“这样又过了大概半个来小时。她忽然睁开眼睛冷冷地说：‘我忘了，我来是要把你的戒指还给你。是你自己昨天要结束一切。’于是她抬起半个身子，把戒指扔到墙壁突出的那个地方。然后她几乎是喊叫着说：‘你真的爱我？我不明白你怎么能平平静静地让我活下去！我是女人，我没有决心。我不怕死，而是怕受罪，可是你能一枪打死我，然后打死你自己。’这下我才更加明白，更加清楚地看到我们的处境有多可怕，已经没有任何出路，必须以某种方式彻底解决。可是打死她——不行，我觉得我做不到。我觉得是决定我的生死的时刻到了。我拿起枪，扳起扳机。她跳起来大叫：‘什么？只打死自己？不行，我对耶稣发誓，绝对不行！’她就抢去了我手中的枪……

“接着又是一阵折磨人的沉默。我坐着，她躺着，一动也不动。忽然间，她用波兰语自言自语地含糊地说了一句什么，接着对我说：‘把我的戒指拿来。’我递给了她。她说：‘还有你的！’我连忙照她的话做了。她把自己那只戒指戴上，然后命令我戴上我的，说：‘我一直爱你，现在还是爱你。我使得你神魂颠倒，使得你痛苦不堪，不过我的性格就是这样，我们的命也就是这样。把我的裙子给我，再拿黑啤酒来……’我把裙子递给她，然后出去拿黑啤酒。等我转回来，就看见她身边有一小瓶鸦片。她坚定地说：‘听着，现在所有的喜剧都结束了。没有我你能活下去吗？’我说不能。她说：‘是啊，我把你的整个灵魂,你所有的思想都拿走了。你是坚定不移地要自杀吧?如果是这样,那就把我也带走。没有你我也活不下去。你把我打死以后,就可以带着我最后已经完全是你的、并且永远是你的这个念头死去。现在你听听我这一生的经历……'于是她又躺下,沉默了一会儿,平静下来,不慌不忙地对我讲了她一生的经历,从童年时代起……这段话的内容我几乎一点也想不起来了……"

十四

"我也想不起我们两个是谁先开始写……我把铅笔掰成两截……我们写啊写,一直没有说话。我好像是先写给我父亲……你们问我为什么责备他,说他'不想让我幸福',既然我一次都没有尝试过请求他同意我娶她?我不知道……他反正是不会同意的……然后我写给团里的伙伴们,和他们永别……然后,还给谁写呢?给团长写,希望他们体面地安葬我。你们说:那么我确信我是要自杀的了?当然。可是我怎么又没有这样做呢?我不知道……

"我记得她写得很慢,停停想想,写下一个字就翻起眼睛望着墙壁……字条是她自己撕的,不是我。她写了撕,撕了随手一扔……我觉得就是在坟墓里也没有我们深夜在那种寂静中，那盏灯下写这些没用的字那样可怕……是她要写。总之，这天夜里直到最后一刻她叫我做什么我都绝对服从……

“她突然说：‘够了。要干就快点。给我点黑啤酒，圣母保佑！’我往杯子里倒了一点黑啤酒，她抬起身子，坚决地把一撮鸦片粉扔进杯子里。她喝了多一半，剩下的叫我喝光。我喝了。她翻来覆去了一阵，抓着我的两只手，求我：‘现在打死我，打死我！为了我们的爱情打死我！’

“我究竟是怎么做的？好像我是用左臂搂着她，对，当然是用左臂，俯向她的嘴唇。她说：‘永别了，永别了……或者，不，你好，现在已经是永远……既然在这儿办不到，那就到那儿，到上面去……’我紧贴在她身上，一个手指放在扳机上……我记得，我感觉到我全身痉挛了一下……后来手指就自动地抽搐了一下……她还用波兰语说了一句：‘亚历山大，我的爱！’

“这是在几点钟发生的？我想是在三点钟。这之后的两个小时我干了什么？我花了一个小时走到利哈廖夫那儿。其余时间我一直坐在她身边，后来不知为什么整理了房间……

“为什么我没有开枪自杀？我好像忘了这回事。看着她的尸体我忘记了世上的一切。我只坐在那儿看着她。后来也是在这种怪诞的无意识的状态下，我开始整理她和房间……我不可能不对她守约，在她死后我打死我自己，可是后来我完全无所谓了……对于我现在还活着，我也无所谓。但是我不能容忍别人认为我是刽子手。不对，不对！也许我在人的法律面前，在上帝面前是有罪的，但不是在她面前！”

（1925）